招投标

Tendering and Bidding

周新 著

作家出版社

图书在版编目（CIP）数据

招投标 / 周新著 . -- 北京：作家出版社，2025.7 --
ISBN 978-7-5212-3507-4

Ⅰ . I247.5

中国国家版本馆 CIP 数据核字第 20256RX692 号

招投标

作　　者：周　新
责任编辑：桑良勇
封面摄影：于洪军
装帧设计：周思陶
出版发行：作家出版社有限公司
社　　址：北京农展馆南里 10 号　　　邮　　编：100125
电话传真：86-10-65067186（发行中心）
　　　　　86-10-65004079（总编室）
E-mail:zuojia@zuojia.net.cn
http://www.zuojiachubanshe.com
印　　刷：河北尚唐印刷包装有限公司
成品尺寸：145×210
字　　数：206 千
印　　张：10.5
版　　次：2025 年 7 月第 1 版
印　　次：2025 年 7 月第 1 次印刷
ISBN 978-7-5212-3507-4
定　　价：59.00 元

目　录

财富疲倦与灵性觉醒

丁　捷

　　"富，人之所欲也。"在这喧嚣尘世之中，财富恰似璀璨星辰，光芒四溢，散发着难以抗拒的魔力，引得无数人奋不顾身，如扑火飞蛾般地追逐。自人类文明的曙光初绽，财富便如磁石般紧紧吸附着人们的目光，仿佛拥有了它，就握住了开启幸福之门那神秘莫测的钥匙。"天下熙熙，皆为利来；天下攘攘，皆为利往。"司马迁的话，说中了财富的霸道本性，也透露出他对人类唯利是图的鄙视和隐忧。的确，人们在财富的漫漫征途上久奔之后，往往会深陷一种难以言喻的疲倦。太多的人在无尽的追逐中耗尽了心力，无数的生命因此遁入穷途末路的委顿。好在人类终究是具备灵性的物种，撞到南墙时，一定会有人因疼痛而惊醒，折身寻找生命中更有价值的部分。著名作家周新的长篇小说《招投标》，宛如一面剔透的镜子，强烈地映照出财富疲倦后的人们对灵性觉醒的渴望与追寻。小说以细腻如丝的笔触、深刻如渊的洞察以及跌宕如山的情节，为我们蛮力展开了一幅关于财富、人性与灵魂的宏大而绚丽多彩的叙事长卷。

物欲横流，财富执着所消杀的不仅仅是宝贵的时间、身体的健康，更多的是忽略了人间温暖，荒芜了心灵大地。小说《招投标》以项目招投标为引线，徐徐拉开了一幅波澜壮阔的商业画卷，里面人头攒动，狼烟滚滚。某建筑公司连续九个月投标失败，仿佛一艘在暴风雨中迷失方向的巨轮，陷入了前所未有的困境。投标不仅仅是一场场冷酷的商业竞争，更是关乎企业生存与发展的生死之战，每一次投标，都承载着员工们炽热的希望与璀璨的梦想。然而连续的失败，却如冰冷的雨水，逐渐浇灭了他们心中的火焰，信心也在接连的挫折中消磨殆尽。就在这至暗时刻，一家地产公司的招标消息如划破夜空的闪电，带来了一丝希望的曙光，但同时也引发了一系列迷雾笼罩的矛盾与抉择……大幕拉开，主人公——闪出——地产公司董事长李光田与建筑公司董事长江自妍登场。他们曾是夫妻，他们的婚姻曾经是一段传奇佳话，如同夜空中绽放的绚丽烟花，在朋友圈中有目共睹。事业上，两人在不同的领域各自展现出非凡的才华和无畏的勇气。然而，时光的流转就像无声的雕刻师，逐渐在他们的人生理念上刻下了不同的纹路。李光田在商业上的野心勃勃，如熊熊燃烧的烈火，渴望吞噬一切；而江自妍对人性和善良的坚守，似宁静流淌的清泉，润泽着心灵的土地。最终，这两种不同的力量如同冰火难融，导致了他们的分道扬镳。

财富，对于出身贫寒的李光田来说，是更大的"体积"，更是一种象征着权力和地位的耀眼徽章，几乎挤对了他全部的青春。他不断地扩张自己的商业帝国，与各种势力相互勾结，不惜违背自己的良心，踏上了一条充满荆棘与诱惑的危险道路。他为自己的人生埋下了许多地雷，后来，这些地雷不断被触发，让他陷入血淋淋的破碎中。而另一边，江自妍对财富的看法与李光田截然不同，她深知财富的真正价值不在于那冰冷的数字和耀眼的物质，而在于能够为他人带来温暖与福祉，就像冬日里的一团火焰，照亮他人的同时也温暖了自己的心灵。江自妍跟李光田离婚时，只分得夫妻财产中很少的一杯羹，但她没有气馁，精心创业，培育出了一个中医院，救死扶伤，积仁积德，以此获得了全新的事业和人设。

当然，小说并不是为了讲述一个简单的因果报应故事，后来发生的，才是它的要害。李光田在血的教训后，苏醒并站立，并开始在灵性的道路上爬行。他决定出家修行，踏上了寻找自我的艰难道路。江自妍虽然没有像前夫那样完全迷失自我，但也感受到了财富带来的疲倦，她积劳成疾，身患绝症。在面对中标机会时，她有了再次的觉醒；因不屑与某些势力同流合污，毅然拒绝了中标。江自妍的升华则体现在她对善良和正义的坚守上，后来她用自己的行动诠释了善良的力量，让我们看到了人性的光辉。小说从此延展，进一步将觉悟之树，播种、生长到他们的关系人中，救赎、影响并提升他们的境界。小说中的人物们在灵性觉醒的过程中，逐渐摆脱了财富的束缚，找到了内心的宁静和幸福。他们开始用一种全新的视角去看待世界，去感受生命的美好。就像一群在迷雾中找到了方向的旅人，坚定地朝着光明走去。

小说不可忽视的现实意义是，深入挖掘了当今商界工程招投标背后的重重隐情，生动展现了利益斗争中正义与黑幕的激烈较量。在这个过程中，我们看到了财富和权力的力量，它可以让人一飞冲天，也可以让人陷入深渊。工程招投标，本应是一个公平、公正、公开的竞争过程，是让竞争变得更有序、更柔性，但在现实中，却常常被各种利益集团所操纵，黑幕重重，投标成了让人谈虎色变的无间道。幸运的是，正是在这样的黑暗中，正义的力量也在悄然崛起。黑幕中的人，有妥协也有反抗，并未全部被不义之财拿下，其中，不乏血性飞扬的情节，让我们读起来酣畅无比。

值得注意的是，小说并非一味地否定财富，而是让我们找到了财富与灵性的平衡点。财富并不是人生的全部，真正的幸福来自内心的宁静与对生命的热爱。同时，财富可以为人类提供更优裕的生活条件，可以为我们实现自己的梦想提供物质支持。因此，在追求灵性觉醒的同时，也没有必要放弃对财富的合理追求。而灵性的觉醒，就是让我们重新找回那份本真，让我们在财富的喧嚣中，依然能够听到内心的声音。"大人者，不失其赤子之心者也。"先师孟子早就有教导。不管贫贱，保持一颗赤子之心，才能在这纷繁的世界中不迷失自我。就像一棵在狂风中依然坚定的大树，坚守着自己的根基才不会轰然倒塌，即便是一棵小草，也要紧握大地，否则会被连根拔起。

灵性觉醒对现实更有着至关重要的意义。在当今快节奏的社会中，人们常常被工作压力和生活琐事所困扰，心灵变得疲惫不堪。灵性觉醒能够让我们停下匆忙的脚步，静下心来思考人生更高尚的意义和价值。它提醒我们关注内心的需求，珍惜身边的人和事，不再盲目地追求物质财富。灵性觉醒还能培养我们的善良、宽容和乐观，让我们以更加积极的态度面对生活中的挑战。当我们拥有了灵性觉醒，我们会更加懂得关爱他人，为社会做出贡献，从而携手创造一个更加美好的世界。因而，周新就像一位在天平两端寻找平衡的智者，努力帮拜金时代的人们把握着生活的尺度和人生的分量，引导人们内外兼修，获得丰满，实现超越，进入至境。

《招投标》是短短几年内周新创作的第三部长篇小说，此前的两部我一直关注，由此有了对这一部水准的美好预设。读完小说，由衷称赞，深感欣慰。作为一名资深职业地产人，他从自己的阅历出发，找到了取材的富矿，因而带着满满的能量创作。同时，他人到中壮年，决然放弃高薪，回归文学，也骑上了人生新的斜杠。可以说，他也是一个财富疲倦和灵性觉醒的人物典型，是从书中走出去又走进了书中的智慧行者。

（丁捷，江苏省作家协会党组成员、书记处书记、副主席，著名作家）

具有职场背景的精英文学

顾　坚

　　继前两年《筑梦记》《返归》次第问世，周新的第三部长篇小说《招投标》又与读者见面了。作为一位资深的职业地产人，追梦于文坛，以其类型作品的创作密度、创作体量和创作质量，成为江苏长篇小说界的重磅人物，宛如一匹挟风裹电的黑马，令人惊喜和讶异。

　　许多人在中年之际选择文学创作，大抵首先是一个文学爱好者，对文学不是太生疏，其次是有着难以遏止的人生梳理和倾诉冲动；而选择长篇小说，则是最能淋漓尽致地达成这个目的的最佳方式，但这需要有足够的人生经验、艺术才情和坚持的力量。这几点恰好周新都具备。从某种意义上可以这么说，文学创作是挑人的，是一种"选中"，是选中之后展开行动的毅然决然，赋予人的首先是精神上的庄严。

　　长篇小说作家在最初的创作实践中，往往走的是"做熟不做生"的有效路径，这对于周新也不例外，他的作品文本都是取源于自己所熟悉的建筑和房产领域。在三十多年的职场生涯中，他从一个工地测量员到技术员，从项目经理到总工程师，一直做到开发公司的高管，可以说在摸爬滚打中深刻而全面地领略了改革开放后房地产与建筑行业的风生水起，见识了现代建造者的奋斗之志、创造之力和发展之果，也见识了这些行业衍生出来的喜怒哀乐和悲欢离合，以及种种真善美与假恶丑。因此他创作这样的题材就显得如同己出、驾轻就熟，也因此两年前的《筑梦记》甫一问世便惊艳小说界，成为深受读者欢迎的畅销书。对于涉足长篇小说的作家来说，这无疑是开了一个好头，弥足珍贵。

如果说《筑梦记》以学区房为引子，以联合办学为主线，以开发项目为背景，讲述了地产团队在特殊时期台前幕后的故事，接踵而来的《返归》则是以房地产销售行业为背景，讲述了几位在异地打工的农村青年，在城市经历了一段特殊的工作和生活之后，毅然返乡投身乡村振兴的故事；而接下来的这部《招投标》，周新把视角投射到了工程项目的招投标，以此为主线和极具震撼力的大胆叙述，深入挖掘了项目招投标背后的重重隐情，生动展现了正义与黑幕的激烈较量，穿越几十年的时代变迁，细腻描绘其灿烂辉煌的发展历程与波澜壮阔的背后所蕴藏的人生故事和创业画卷；同时，也深刻地诠释了新老企业家在时代浪潮中的坚守与觉醒，精准剖析了人性的弱点与群体内心深处的正能量。此外，《招投标》非常及时地提出了我们现实社会中尚未被普遍关注的重大问题，那就是老一代企业家尤其是民营企业家，如何解决好将自己的事业向下一代传承的问题。三部小说都是写的房地产与建筑，但各有主题，各有侧重，可谓"花开三朵，各表一枝"，都灼灼其华，精彩明艳，令人读来心旌摇动，又春风拂面。这三部作品是周新以职场文学的姿态向文学界打出的三张牌，张张有力，干净利落。

周新长篇小说受人欢迎的原因，不只是他作为一位"当事人"，站在职场角度结构故事，提供故事本身的精彩和传奇，更重要的是隐藏在故事底层的情感关怀、价值取向和道德力量，其意蕴深刻而深远。他是一位自觉的行业布道者，小说中所呈现的一幕幕职场情景，都极具专业性、知识性和励志性，连缀起来，能够让读者对房地产和建筑行业有直观而全面的了解，不啻进行了一场行业培训。这对于当下努力实现住房自由的人们，也有着切实的启蒙意义；而这一行业明里暗里的交锋和博弈，所折射出来的人性和价值观又能促使读者进行深度的思索，获得正向的生活和生命启示。因此，周新的小说在某种意义上就同时被赋予了"工具书"和"人生指南"的色彩。

另外，在网络时代催生下的职场小说的兴起，很多文本其实都是格式化、雷同化的单调乏味面目，而周新却在取材、结构和故事铺陈等诸方面努力求精求变，集百家之长，运用小说的各种技巧，把整部小说写得跌宕起伏、峰回路转、惊奇连连，在语言上也下足了功夫，做到了现实性、传奇性和文学性的高度融合，让人一读之下，便不忍释手。在我看来，周新的每部小说都具有"商战"的色调，都是具有职场背景的纯文学，这已经形成了他作品的可辨识度，也可说是"职场风格、严肃文学"的独树一帜。

总之，周新以其独特的创作经历、深刻的作品内涵、新颖的创作风格以及执着的创作精神，在长篇小说领域开辟出了一片精英文学的新天地。他的作品不仅是他个人文学才华的展示，更是对房地产与建筑行业以及整个时代的生动记录与深刻反思。他无疑是位勇敢的作家，因其勇敢而执着，因执着而步步走向成功。我们衷心希望他再接再厉，为这个既有欣荣又有浮躁的世界奉献出更多更好的佳作！

是为序。

（顾坚，中国作家协会会员、江苏泰州市作家协会副主席，著名畅销书作家）

第一章

江远涛怎么也想不到，半年以后，他身家百亿的曾经的养父，居然出家修行，甚至要遁入空门，剃度为僧。

世间活路三般苦，撑船、打铁、磨豆腐，此乃古人所传俗语。于古人之见，这三者为人生至苦之业。撑船者，终年行于江河湖海，饱受风雨侵袭，惊涛骇浪中，随时可能舟覆人亡，朝不保夕。打铁之人，整天守于炽热炼炉之旁，烟熏火燎，面对灰烟火色，又须凝神铸器，费心劳神。磨豆腐者，三更睡五更起，工序繁杂琐碎，心力交瘁。皆为挣钱糊口，维持生计。

而今在建设领域，流传着这样一句话：建筑行业三样苦，投标、收款、找出路。其中投标位列首位，可见其过程艰难，且涉及众多环节，错综复杂，扑朔迷离。八〇后的江远涛深知，对于建筑公司而言，项目投标如同在荆棘中前行，充满了千难万险。投标的结果往往决定着企业的命运，一旦投标连续失败，企业很可能走向衰败，陷入绝境，甚至有倒闭的风险。

在省城的天水路与紫金街交会处，一幢深黄色的凹形办公楼格外显眼，"秋老虎"的阳光，斜照着江远涛的办公室。在咖啡色的老板桌旁边，他正在看一份落款为2019年9月3日的辞职报告。这是公司投标部负责人写的，写得比较长，反复看了几遍，江远涛能够想象到，她写时的心情是多么复杂，多么无奈，可能还流过泪。

江远涛放下她的辞职报告，用桌上的固定电话，打给楼下的常务副总冯于强："请冯总上来一下。"

随着咯噔咯噔的脚步声，身材魁梧的冯于强略倾着腰，快步走了过来，一边走，一边在抓挠着头发。56岁的他，最近头发掉了不少，而一旦掉下来，不论长短，他总是喜欢抓在手上仔细掂量，然后，依依不舍地丢进垃圾桶。

冯于强对公司怀有深厚感情。二十年前，他亲身参与了公司的组建，见证了从创立起步、逐步壮大，到后来分立发展的全过程。早前，这家建筑公司是地产公司的配套单位，堪称一支王牌队伍，倘若不是江自妍与李光田离婚，两个公司并驾齐驱，也不会分开。如今，董事长江自妍因病住院，她将建筑公司交给了儿子江远涛。冯于强身为职业经理人，虽然不是公司老板，但他和老板一样尽心尽力、尽职尽责。

"来，冯总您请坐。"江远涛走出老板椅，招呼冯于强坐到沙发上。

"江总有事啊?"冯于强大概知道什么事情，但不能确定。

"赵立娟辞职了。"江远涛把她的辞职报告递给冯于强，顺势坐下来，叹了一口气。

冯于强接过来看了看，说："前几天，我还做了她的思想工作呢，看来没用啊。向你总经理递交辞呈，说明去意已决。"

"您是不是责怪她了？"江远涛试探着问。

"没有。九个多月，投了一百多个标，一个没成，但我从来没有怪过她。也不能怪她，我心里有数。"

冯于强看向江远涛，发现江远涛年轻而英俊的脸上，浮现出悒郁的神色。他自言自语道："投标真难啊！难怪赵立娟说，投标比投胎还难。九个多月，是孩子都该生出来了。"

赵立娟原是公司投标部总监，她的业务能力还不错，可是说来也怪，大半年了，投标一百多个，一个没中。之前她作过分析：主要是市场原因。随着投标环境的变化，各种关系异常复杂，投机取巧者太多，围标的、串标的、不正当竞标的，比比皆是；其次是我们公司太讲规矩，循规蹈矩，领导不能与时俱进。

赵立娟还说过，在这个看似平静的城市，几乎每天都有项目招投标，背后的老板伙计们，纷纷摩拳擦掌，都想把某块"蛋糕"占为己有。随着市场竞争的不断加剧，工程投标逐渐陷入了不择手段的厮杀，各种假恶丑现象层出不穷，经常造成你死我活的悲惨局面。

"她走了，下一步，我们打算怎么办？"

江远涛很清楚公司的现状。目前，下属瓦工、木工、钢筋工、水电工等班组42个，从业人员3600多人，其中在编121人，每月的工资支出，加上办公费和招待费，是一笔很大的数字。更让人头痛的是，在建的七个施工项目，半年内都将陆续竣工交付。交付后工地没活了，人员怎么安排？剩余的钢筋、管材、木料、水电等材料，都放到哪里去？塔机、升降梯、搅拌机等设备，又放到哪里去？问题是这些设备和材料，如果长时间不用，有的生锈，有的老化，慢慢就丧失了使用价值，就像汽车一样，闲在那里不动，时间长了，可能就成了报废车。

"没什么好办法。"冯于强蹙眉说，"下一步我想把刘清华调上来，接替赵立娟的职位。虽然这个人专业能力一般，但他头脑灵活，点子多。"

江远涛双臂抱在胸前，点点头："嗯，也只能用他了。回头您找他谈谈，与赵立娟做好交接。我让行政人事部发一份任命文件。"

"好的。要不要把他的工资也调整一下？毕竟岗位变了，也是给他鼓鼓干劲。"冯于强语气恳切。

"行吧。"江远涛说，"给他加工资倒不是问题，问题是往后的工作，他能不能顶起来，我心里没底。投标这一块我不是太懂，冯总您要多费心，还得依靠您啊！您是老前辈了，相信您！"

冯于强十年前在地产公司担任副总裁，他和地产公司董事长李光田是同乡，追溯起来，还沾点远亲。他毕业于同济大学建筑系，十五年前，就获得了高级工程师职称。身材高大敦实的冯于强，讲话声如洪钟，做事干脆利落，脸上时常露着严峻的神情。由于他管理严格，工地上的人都很怕他，看见他在现场出现，便惊呼："冯总来了！冯总来了！"

然而，冯于强也不是整天板着脸，他有时候也很幽默。因为他个子高，在工地的脚手架下弯腰行走，头上的安全帽，偶尔会"嘣"的一声碰到脚手架上的钢管。他对周边的陪同人员说，哈哈，我经常忽略了头顶上帽子的高度。

因为"忽略了头顶上帽子的高度"，冯于强在管理工作中吃过一次大亏。

那时候，他在地产公司当副总裁，分管规划设计和开发建设。一天上午，他接到市规划局王科长的电话，说甘南街项目的规划许可证编码错了一位数字，需要改一下，请冯总尽快把证书原件送到规划局，更改后换发新证。他想这是好事情，有错就改，免得将来麻烦。于是跑到公司档案室，叫小马调出原件。小马说，调出来看看可以，复印也可以，但没有董事长李光田的审批，原件不能借出去，这是制度。冯于强说，这是规划局领导要的，修改后换新证；再说董事长出差了，没办法审批。小马说，哎呀，您是副总裁，我也不好说什么，那您给我写个借条吧。

冯于强带着原件，兴冲冲地跑到规划局，恭恭敬敬地递给了王科长。王科长一把接过原件，看后放进抽屉，并没有修改编码的意思，只说了一句"好了，你回去吧，等候通知"。冯于强这才感到事情不妙，却不知哪个环节出了问题。

第三天，甘南街开发项目发生大量业主上访。老头老太还有少数年轻人，齐聚在市政府大门口，手持白布红字的横幅，上面写着"还我阳光，还我健康"。随后，甘南街项目的工地大门被业主封锁，车辆无法进入，工地被迫停工。理由是，甘南街项目的高层建筑太高，遮挡了北边住宅楼的阳光。

冯于强恍然大悟，这才知道王科长为什么要收回规划许可证。当他急匆匆地跑去找王科长，试图要回原件时，得到的回答是："证件有误，听候处理。"冯于强一时后悔莫及，捶胸顿足。

李光田知道情况后，提前回来了。当他听完冯于强的汇报，气急败坏地将手里的玻璃茶杯，狠狠地砸向冯于强，怒吼道："你这个蠢货，怎么这样傻呢？给我滚蛋！"幸好冯于强身子一闪，茶杯砸到对面的石材墙上，哗啦一声碎了一地。吓得旁边的女秘书张开嘴巴，目瞪口呆。

对冯于强来说，这件事是他在地产公司职业生涯的分水岭。

在此之前，冯于强和李光田的关系非常密切，重要场合包括重要饭局，李光田都会经常带上冯于强，两人无话不谈，如兄如弟。地产公司上下都知道，李光田很信任冯于强，在大会小会上，不断树立他的威信，就连大额度的设计和工程款审批权，也都放给他了。

可是这件事过后，冯于强似乎失宠了，被长时间冷待。尽管冯于强以多种方式向李光田赔礼道歉，表示下不为例，但终究没能取得李光田的谅解。后来李光田和江自妍离婚时，公司分家，冯于强主动要求到建筑公司。实质上，也是李光田的意向：他觉得冯于强不适合在地产公司干了，只不过关系深，不能讲得太明显。

事后冯于强反省自己。在多个场合，他悔恨交加地说，我忽略了头顶上帽子的高度，当时应该请示董事长，没有他的允许，我怎能随便把那么重要的证件给出去。他压根儿不知道，那是李光田买通个别官员后，侥幸取得的成果。在那个信息尚不发达的年代，手上没有原件，各种交涉处于下风，因此停工半年，修改规划，把高度降下来，造成了一千多万元的经济损失。

而江自妍不同，她不止一次地对冯于强说，你到我们建筑公司，还要像过去一样，放心大胆地管；如果你因为工作犯了错误，我不会怪你，有错就改，干工作哪有不犯错误的；况且，你的那一点错误，在我看来，是配合补救的正确做法。

在建筑公司，冯于强对江自妍的儿子江远涛，与其说是尊重，不如说是爱护。两者的年纪相差二十多岁，像上下级关系，更像是师徒关系。他觉得江远涛虽然不是江自妍的亲生儿子，但是性格脾气都像江自妍，态度随和，没有老板的架子。

冯于强召集公司投标部、市场部、工程部、外联部，开了一个专题会，当众宣布了刘清华担任投标部总监的决定；

并在会上说，九个多月了，我们还没接到新的工程项目，这是很要命的。企业面临着一场生死存亡的重大考验。希望大家在抓好在建工程的同时，全力以赴搜集招标信息，积极开展投标工作，精诚团结，密切配合，力争在第四季度投标成功，为后续发展创造条件。否则，我们都要下岗了。

刘清华三十八岁，个头不高，长得胖乎乎的。椭圆形的脸上，架着一副明晃晃的金丝眼镜，透过白色的镜片，能看见他那双比常人眨眼频率明显要高的眼睛。他在表态发言时，对公司的业务发展和投标工作，作了一个简短的回顾，大致分为三个阶段。

刘清华说，第一阶段是地产公司的直接分配。十年前，我们和地产公司是兄弟单位。作为配套公司，只要有项目，李光田总是优先给到我们，最多的一年给了六个，总造价高达38亿元，尽管我们也投标，那不过是走个形式。第二阶段是公司分家、建筑公司独立以后的二次创业。因为老板和老板娘闹僵了，离婚了，相互不来往，我们的业务只能靠自己找米下锅。那几年，我们利用江自妍的背景和医院施工的影响力，承接了12个项目，短期内实现了可持续发展。但是，随着公司分立不断公开化，外界也慢慢知道了两个老板之间很对立，许多甲方便渐渐疏远我们，不再给予照顾；加上工程招投标市场和规则的变化，这就到了现在的第三阶段。

看来刘清华是有准备的，他不时翻看着笔记本，侃侃而谈。坐在旁边的工程部经理，瞅见他的笔记本里，密密麻麻地写了三四页。会场肃然，大家都在聚精会神地听。冯于强微微点头，表示赞同。

刘清华接着说，当前，我们必须认识到，随着房地产市场回归理性，工程项目逐渐减少，竞争不断加剧，幕后围截和暗箱操作大行其道，光凭公司实力是不行的。从今往后，我们不能再像过去那样忠厚老实了，要采取多种策略，该送的送，该卡的卡，该降的降，先入为主，以智取胜。现在市面上，有很多项目是内定的，所以我们要尽量找关系，打通关节。此外，没有把握的标，我们不要投，投了也白投，劳民伤财。

"什么叫内定？为什么要内定？"

散会后，做会议纪要的女资料员小韩，机灵地跑过来，小声讨教刘清华。

刘清华说："顾名思义，内定就是内部已经确定。它往往体现了老板或领导的权力和意志，也可能是招标人实施之前，综合考量的主观表现。"

"既然能内定，为什么还招标呢？直接定一个施工单位不就完事了吗？"小韩又问。

"你才毕业，许多道理你不懂。"刘清华耐心地解释道，"工程招标是一项程序性很强的工作，通过招标可以激发市场，让多家企业参与竞争，通过竞争可以筛选到满意的合作对象。关键就在于，招标能够在相互杀价中降低工程成本，减少投资，还可以找到一个拒绝合作的借口。换句话说，找个借口，拒绝那些不能合作或者不想合作的施工方，却又不得罪有关系的领导或朋友。"

"那怎样判断一个招标项目，是否已经内定了呢?"小韩还想了解更多的门道，可是刘清华接通一个电话，夹着笔记本走了。

第二章

冯于强召集四个部门开会，没有通知行政人事部，经理宋文玲有些不开心。她打开化妆镜，朝脸上补了一点粉，轻轻地修了一下口红的唇线，捋了捋头发，又挤出一滴香水抹在脖子上，然后离开座位，朝总经理办公室走去。

宋文玲一手捂胸，一手敲门。每次见江远涛之前，她的心总是怦怦直跳，似乎要跳出胸膛。最近她每天都想靠近江远涛，可又怕，怕他心情不好，冷不丁地损她几句。

"江总，刚才冯总他们开会，你没参加呀？"宋文玲进门，笑着问。

"我没参加。怎么啦？"江远涛坐在老板椅上，淡淡地反问道。

"我也没参加。本来我想关于刘清华的任命文件，应该由我们行政人事部在会上宣读，可是没人通知我，相当于把我撇开了。如果董事长在公司，应该不是这样的。"宋文玲一边说，一边拎起桌子上的保温壶，给江远涛的水杯里轻轻添水。

公司许多同事都对宋文玲羡慕不已，认为她负责行政人事部，有采购权，有考核权，还有接近公司最高领导的话语权。有员工在私下里说，她是董事长亲自培养的儿媳妇呢。而事实上，在过去的两年里，宋文玲始终感觉到，她喜欢江远涛，而江远涛并不喜欢她。刚才情急之下，宋文玲在有意无意间搬出了董事长的大名，她想有董事长这把"保护伞"，做儿子的总经理，总该对自己的态度好点儿。

"工程投标会议，会涉及一些商业秘密，你不是工程相关人员，不需要参加。任命通知也不需要宣读，你发文就行了。"

江远涛的反应让宋文玲难以接受，这言外之意，公司的商业秘密不能让她知道，很显然，她还属于局外人。此时宋文玲进一步意识到，自己非他生命中的那个人，不要自作多情了。但她转念一想，实在心有不甘，毕竟董事长认可她，并在公开场合说过，就要找宋文玲这样的儿媳妇。

"那可不，商业秘密，我不应该知道。我相当于外人，没有资格知道。"宋文玲不轻不重地自我嘲弄一番，她说话总是习惯性地带上"相当于"。说完把保温壶放回原处，瞥了一眼江远涛，准备离开。

听出来宋文玲的话里有嘲讽意味，江远涛放下手中的文件，起身笑笑说："不不，你不是外人，也不是没有资格。宋经理，有些事情你不知道也好，以免出了问题脱不了干系。我知道你是出于好意，想多做一些工作，这个我理解。

上周工地上要的劳保用品都发了吗?"

"货品还没到,估计明天,到了我就发。"宋文玲说,"这些事你不用担心,我会负责做好的。我想问一下,董事长什么时候来上班?"

"上班还早呢。她目前还在住院。"

"那我想去看看董事长,可以吗?"

没等江远涛回答,门外传来一阵说话声。随后,冯于强和工程副总朱长贵,一前一后进来了。看见宋文玲和江远涛在近距离谈话,已来不及回避,两人索性坐到沙发上。

"那先这样,我回去自己联系吧。"宋文玲一语双关,大大方方地转身离去。

"你们开完会了?"江远涛问。

"是啊,才结束。"冯于强说,"刚才工程上反映一个问题,清河湾项目和龙源项目资金吃紧,材料供应有困难,施工队伍闹停工。江总你看,能不能放点水给他们?"

"要多少?"

"龙源项目大,给300万,清河湾项目小,给200万就行了。"冯于强回答。

"可以。公司还有点钱。"江远涛说,"也不能光出不进呀,甲方的应付款迟迟不到位,你们要去跑一跑。"

冯于强说:"医院类工程,总体上付款还不错,就是这两个房地产项目,付款最差。当前开发公司销售不太好,缺钱。"

"现在信贷资金大幅收紧,开发公司想贷款很难。"江远涛舒了一口气："他们难，我们更难，所以该收的款还得追啊，需要请客送礼的只管报上来。我觉得，没有新的工程项目，下面的施工队伍都不想克服困难了，动不动就要钱，动不动就停工。"

七个在建项目中，龙源项目和清河湾项目，属于地产类工程；桥灵项目、宁康项目、华安项目、仙林项目、鼓旗改造项目，都属于医疗服务类工程。其中宁康和华安项目在外地。这些项目的工期计划都差不多，竣工时间相差无几。当然，计划归计划，计划跟不上变化，如果没有资金支持，随时都有可能停摆。

"如果真的停工，"朱长贵说，"按照合同规定，甲方不按时支付工程款，我们可以停工索赔；而且可以趁机把材料调价和工程签证办下来。这两个项目的费用可不少，能有几百万呢。前几天，其他的施工单位在怂恿我们，要一起倒逼甲方。"

朱长贵的意思很明显。他有可能与其他施工单位达成一致，准备联合起来对付甲方，利用开发公司拖欠工程款之机，停工要挟，从中获得利益。

施工单位一旦中标，便与甲方签订工程承包合同。进场开工后，如果想增加合同金额，主要有四个途径：设计变更，工程签证，材料调价，停工索赔。虽然工程合同条款一般都有利于甲方，但在施工中途，甲方往往是被动的。因为现场有大量的工人、材料和机具设备，如果更换施工单位，关系到退场清算，操作很困难，也是不现实的。因此一般情况下，甲方先是妥协，然后怀恨在心，等到竣工交付再"秋后算账"。

"我们不要被别人牵着鼻子走。"江远涛不屑一顾地说，"也不差那点钱。就是再没钱，也不做那种事。别忘了，我们建筑公司的前身是房地产开发公司，想当年，也有过这方面的教训。冯总您觉得呢？"

"是的。"冯于强苦笑着，不紧不慢地说，"那一年，我们中了施工单位的圈套，被他们讹去了3000多万。"

冯于强说的那个施工单位，是专做土建的一家民营企业。当时因为地产公司资金困难，两个多月没有付款，他们就借机翻脸了。当然事先是有预谋的，他们不惜重金，收买了工程监理、预算合同部和工程相关负责人，众人结为团伙。经过严密的策划，各种资料和手续编造齐全，天衣无缝，全部具有法律效力。虽经多次协调，施工单位做了一点让步，但最终导致了地产公司损失3100万。为此，董事长李光田气得大发雷霆，一下子开除了7名管理干部。

冯于强对朱长贵说："我赞成江总的意见。我们还是老老实实干活，对有消极思想的施工班组，做些安抚工作，确保工程按期交付。现在接一个工程项目，不容易。"

"对！"江远涛说，"工程做出口碑，才有利于今后投标。公司的信誉，比什么都重要。噢，说到投标，冯总您要多开专题会，认真研究市场动态，抓住投标机会。对于风险较大的，我们宁愿不投，省得白费力气。"

"行！那就这么办。"冯于强答应道。他拿起笔记本，一出江远涛的办公室，便把香烟掏了出来，笑着递给朱长贵一支。

建筑公司的烟民，可能比其他单位要多。宋文玲做过一次统计，公司抽烟的人，占总人数的七分之一。其中市场部、工程部和设计部，大部分男性都抽烟。她研究发现，有的人抽烟能增加个人收益，因为他们的管理对象，经常会送香烟过来。有时一个月能收几十条香烟，转手卖给烟酒店，可退款一二万。她由此联想到，这可能是一些领导干部抽烟的秘密所在。

董事长江自妍曾经在公司大会上，宣布了"施工管理十不准"，强调所有的管理人员，不得收受材料供应商和施工班组的烟酒、购物卡等礼品，一经发现，轻则开除，重则移交司法机关处理。大家如有烟酒方面的需要，可直接到行政人事部领取。情况急用时，发信息报告，就近购买，回来报销。

宋文玲经常站在三楼的窗户边上往下巡视，从中能发现很多问题。比如哪些人踩着点上下班，进出公司大门时的状态，谁跟谁搞小动作，谁带着礼品走的，谁加班到很晚，等等。有一天下班后，她看见一个包工头，把一箱酒和几条香烟，往工程部经理的车子里塞，两个人推推搡搡，最后工程部经理仍然没收。

担任行政人事部经理，宋文玲不能按时下班，通常要等老板走了，她才能走。江自妍在的时候是这样，江自妍不在、江远涛在的时候，也是这样，原因是，随时可能有打印或者复印之类的事。自从江远涛掌管公司以来，宋文玲又多了一个心思：看江远涛下班的时候，是自己开车，还是司机开车。如果是司机开车，可能是去参加公务活动；如果是他自己开车，那可能是私人活动。

周二晚上六点十五分，宋文玲从窗户看见江远涛一个人向车子走去。他穿得相当整洁，头上梳出了发型，皮鞋擦得锃亮，样子格外醒目。宋文玲凭借女人特有的敏感，觉得有异常情况。于是她怀着猎奇的心情，立即关掉电脑。下楼开车。加了几脚油门，追上去尾随其后，想看看心仪的帅哥，到底要去哪里？

在朝阳路向南的商场门口，江远涛的车子停在了路边。宋文玲放慢车速，远见一位高挑的、戴着黑色太阳镜的女子走过来。再仔细一看，那女子肩挎黑色小包，浅棕色的披肩发，脸形精致，差不多三十岁的样子。她一时想不起来，这女人好像在哪里见过。

宋文玲突然觉得自己的小腿有些麻木，踩油门缺乏力气，看着前面接踵的车辆，两眼一片迷惘。此时，她想打一个电话给江远涛，但是找不到合适的理由，也不知道说什么好，只能眼睁睁地看着她上了他的车，关上车门，缓缓地消失在车流中。

9月的城市，依然沉浸在夏日的余热中，道路两旁的绿化树，在晚风中轻轻摇曳。各种车辆穿梭不息，宛如繁忙的织锦。宋文玲心乱如麻，一连串问题在她的脑海里激荡。她甚至不想回家，想去找一个茶馆，坐下来冷静想一想，他们是什么关系？是不是一般意义上的同学、朋友或亲戚？如果是恋人关系，那么下一步该怎么办？是顺随自然，还是再努力争取？想到最后，她觉得最好的办法，还是找一下江远涛的母亲江自妍，答案应该在她那里。于是宋文玲决定，明天上班后联系董事长。

第三章

上车的女子叫李秀丽，宋文玲并不认识。好像在哪里见过，是她的错觉。

半个小时以后，江远涛和李秀丽进了一家大酒店，出现在43层靠窗的小包间里。从大楼的玻璃窗向外俯瞰，夜色中的都市，仿佛是一片璀璨的星海；远处高楼林立，流光溢彩，又宛如一座座闪耀的城堡。江远涛和李秀丽并肩站在窗台边，凝望着远方的夜景，手牵着手，脸上洋溢着笑容。

"最近忙什么呢？二十天了，才见一面。"李秀丽的声音清脆悦耳，还有那么一点点管理者的腔调。

"这一阵子真忙，连续数月投标失败，我在制定下一步的工作方案。"江远涛轻轻地挣脱她的手，说："坐下吧，我们来点菜。你想吃什么？"

"随便。就这样喝喝茶，听听音乐，聊聊天，感觉也挺好。"李秀丽说。

从天花板传下来的轻音乐，宛如山涧清泉、溪水潺潺。

音符在空中轻柔地舞动，似乎在讲述着遥远而动人的故事，让人沉醉其中，回归内心的宁静。李秀丽双手托腮，望着专心点菜的江远涛，一双清澈的眼睛里，充满了爱的柔情。

刚认识的时候，江远涛常穿运动装，步履生风，浑身盈动着青春的活力。如今的他，一袭浅蓝衬衫搭配深蓝西裤，利落短发更显成熟，整个人散发着一种干练、自律的气质。人瘦了，方形脸略微拉长，往日那漾着笑意的面容，被坚毅悄然占据。而一双眼睛黑若幽潭，似藏着明察秋毫的智慧。刚才他双唇紧抿，让李秀丽觉得，他在扛着某种压力，有难言之隐。

"老是看我干吗？"江远涛点好菜，笑着问道。

"我在看你，好像变成了另一个人。"李秀丽笑微微地说。

李秀丽的笑容总是很温情，含笑的桃花眼里，透着喜悦与信任。她的脸型无比精致，线条舒展，比例匀称，红润的嘴角微微上扬，给人可爱和亲近之感。李秀丽不爱化妆，皮肤却白里透亮。她的秀发随意披在肩上，在灯光下，每一根发丝都闪着自然的光泽。

然而，李秀丽曾经说过，她是个苦命的人。江远涛也说过："我们同病相怜。"

李秀丽1987年4月生于昌北医院，三岁多便失去了父亲。在她的记忆中，父亲只是一个男人的影子，非常非常的模糊。母亲李梅英曾说，那时候我们家里穷，你父亲为了挣钱，跟做玉石生意的贾叔叔去了越南，寄过四次钱回来，后来就失去了联系，至今下落不明。那一张有你父亲的黑白照片，被他带走了。

与其说是母亲李梅英把李秀丽拉扯大的，还不如说是保姆吴阿姨将她抚养成人。那时李梅英在省歌舞团工作，整天忙于演出，到处跑。而且歌舞表演有一个特点，越是周末和节假日，越是忙。被寄养在吴阿姨家吃喝拉撒睡的李秀丽，是在孤独和期盼中长大的。吴阿姨家里那台黑白电视机和那只灰色的小花猫，曾经是她最好的朋友。小花猫死的那一天，李秀丽伤心地哭了一场。

应该说，衣服、书包、学费、文具和生活费这些，李梅英一个没少给，而且及时提供，常有富余。至于教育和监护责任，少得可怜，就连逛一次公园，看一场电影，对于李秀丽来说，往往都成为奢望。

十九岁那年，李秀丽考上了广州一所大学。在一个风雨如磐的夜晚，李梅英给了她一些钱，流着泪对她说，孩子你已经长大了，也成人了，以后在外面要学会照顾自己，学会自强自立，学点本事，往后好养活自己。遇到合适的，就谈一个，早点结婚有个依靠……这些年，你父亲一直没回来，我多次寻嘱无果，怕是不在人世了。我也不能老是等他啊，准备结婚，老了有个伴儿。你在外面，万一遇到困难，就给我打电话。

在学好工业和民用建筑专业的同时，李秀丽利用课余时间，还考了《会计证》《电子商务师》等三本职业岗位证书，阅读了大量的企业管理书籍，立志将来成为一名中高级管理人员。毕业后，她找了一家钢铁公司上班，担任车间计单员。可是到了第三年，也就是2012年底，钢材价格从每吨5500元跌到了每吨3700元，一时间倒闭的钢厂数不胜数。李秀丽所在的公司也不例外。

这是她踏入社会以来，第一次感到职场的残酷。那段时间，她整天忧心如焚，原本自信乐观的性格，被压力和挫败所侵蚀。但她明白，必须要重新站起来面对生活。于是她开始重新找工作，将简历投递到多家公司，包括广告公司、科技公司、培训机构和地产公司。每次投完简历，她都焦急地期待着，然而等待她的，却是一次次的失望。

终于有一天，她接到了一家房地产开发公司的面试通知。如果这次能够应聘成功，那就有了稳定的生活来源。可她明白，这并不容易。面试那天，李秀丽紧张得手心出汗。真可谓天无绝人之路，最终她凭借自己的一专多能，成功地通过了面试。拿到聘用合同的那一刻，她流下了辛酸而又幸福的泪水。

在这家房地产公司，她勤奋工作，任劳任怨。用自己的实力和努力，很快从一个专员，晋升为部门经理。

寒风呼啸的一天，李秀丽跟随老板公务出差。晚上的应酬中，大家都喝了不少酒。回到酒店后，老板居然来到她的房间，眼神异常，显然所图不轨。她说老板，您要是住这里，我就换个房间，说着拿起行李就要离开。不料老板一把抱住她，强行要吻她。她惊恐地反抗起来，拼命挣脱。在昏暗的灯光下和激烈的撕扯中，毫无知觉地抓破了老板的脸，她顿时吓坏了，趁着老板擦血的当儿，抓起行李慌忙跑了出去。

在酒店外的道桥涵洞里，她抖缩了一夜，心中充满了恐惧和无助，也不知道该如何面对接下来的残局。泪水流干了，她觉得自己的世界猝然崩塌。本想努力工作，靠自己的能力立足于职场，没想到遭遇这样的事情。知道老板养着一帮打手，她决定快速离开这个让她屈辱而又危险的地方。

母亲李梅英接到电话，想都没想就说："你快回来吧，快回来吧，其他东西别要了，回来再买新的。"

李秀丽回城，住进了李梅英为她租好的单室间。她继续找工作。好在这一年的工作比较好找。原因是2009年以后，政府开始救市，4万亿计划正式上线，央行对房地产全面松绑，房价止跌回升，全面燃爆，当年的房价涨了25%之多。仅仅五六年时间，省城及其周边的房地产开发公司，猛增到100多家。

这一年人才紧缺，尤其是地产公司的岗位需求扩大，供不应求。李秀丽有地产公司工作经历，应聘更加得心应手。不到一个月，她就收到了三家地产公司的录用通知。在如何选择公司的问题上，她和母亲一拍即合。

地产公司的财务比一般公司复杂，这恰恰体现了李秀丽的工作优势。那时候，李秀丽所在的地产公司，与建筑公司分开已过六年，但一直欠着建筑公司的工程款。冯于强去收过款，江远涛也去收过款。为了讨回一笔笔欠款，冯于强和江远涛还经常请财务部的美女帅哥们吃饭，久而久之，彼此更加熟悉。让大家意料不到的是，江远涛和李秀丽竟然恋爱了。

"我离开财务部这几年，你也不请他们吃饭了。"李秀丽夹了一块牛排给江远涛，轻声说，"你多吃点，我看你最近瘦了，是不是压力很大呀？你妈身体怎么样了？"

江远涛说："压力有点大。九个多月没接到新项目，投标部负责人辞职了，你说急人不急人？我妈算是稳定下来了，只要不扩散，就还有希望。"

"唉！"李秀丽叹息说，"我的命确实不好。我们相处以后，你妈得了重症，你们公司的业务又接不上，一个事接着一个事，感觉不顺。难怪我妈不让我跟你谈呢。"

"那倒不是。我妈得病，是她离婚以后气的，这是我妈自己说的。至于工程业务，是市场问题，跟你没关系。你妈不让我们在一起，是因为她有其他想法。"

"我妈劝我嫁给黄局长的儿子。她说企业家的孩子是富二代，就怕富不过三代，所以坚决反对我们走到一起。她说如果我们结婚，她就在婚礼现场死给我看。"

"只是说说而已吧。"江远涛笑着说，"如果不是我妈病重，我们也许结过婚了。旅游结婚，没有婚礼现场。哈！"

"去你的，恶心死了！谁同意跟你旅游结婚啦！"李秀丽撒娇说，"嗳，我问你，最近跟你妈说过我们结婚的事吗？"

"没有。她在医院遭受病痛折磨，我跟她提结婚的事，感觉不合适，你说呢？不过她以为我在谈着呢，对象是另一个人。"

"是谁呀？"

"没有。假设的。你最近忙吗？"江远涛不想多说，换了一个话题。

"不忙也不闲。每天搜集土地资源信息，有时跟你们一样，也忙着投标呢。拿地也要投标。"

"啊！你不在人力资源管理中心啦？"

"不在了。两周前，把我调到战略运营管理中心，主要负责获取开发用地。奇怪吧？我到公司换过三个部门了，很少有人像我轮岗这么快。"

"你在梁总手下？部门经理？"

"梁总被开除了，我接他的职位。"

"他不是干得好好的么，怎么被开除了？"

"他呀，说出来好玩哩。公司参与一块土地的投标，事先不清楚是对方谈好的。为了不让我们竞拍提高地价，人家开发商私下里给了他500万，让他想办法放弃，他倒好，交给公司300万，自己私吞200万，被董事长知道了。"

"哦，这家伙胆子真大。你们这个中心做的都是大事啊。"

"还好吧。能了解到政策。从2018年以来，房地产市场出现了先升后降的趋势，三、四线城市成了销售增长的主力。所以下一步，我们要把开发重点向外围延伸。"

"房地产对我们建筑业的影响，最为明显。"江远涛深有感触地说。

"要顺势而为，不要灰心丧气，还有一波建筑行情，再抓不住就难了。噢，对了，好像下一周，我们公司有个大项目招标，你们可以投标呀。"

江远涛摇摇头，说："不想投。我妈说过，老死不相往来，好马不吃回头草。"

"别死脑筋。"李秀丽说，"老死不相往来，没必要吧。他们上一辈的事情，你去计较那么多干吗？不管怎么说，我们董事长也是你曾经的养父。"

"养父也好，继父也罢，我不是他亲生的，总是不一样。如果是他亲生的，我可以不管那么多，直接厚着脸皮去找他。"

三年前，李秀丽就听江远涛讲过，董事长李光田不喜欢他，认为他是一个野孩子，当众骂过江远涛是"野种"，还说没准哪一天，他的亲生父母就会找上门来。但这不是李光田和江自妍离婚的主要原因。

江远涛是江自妍的母亲从垃圾桶里捡来的。

1985年秋天，在一个月朗风清的凌晨，江自妍的母亲隐约听见窗外有婴儿凄厉的哭声，很微弱，很尖细，却很刺耳。她连忙穿上衣服出门，顺着声音寻找。在一个又脏又乱的垃圾桶里，发现了一个浑身沾着殷红血迹的婴儿，蜷缩着，双眼紧闭，小拳头紧握，小嘴微微张着，细弱的气息若有若无，偶尔啼哭几声。江自妍的母亲看到被遗弃的婴儿弱小无辜，顿生怜悯。她脱下自己的外套，放在地上，从垃圾桶里捧起婴儿，轻轻地放在外套上，然后裹起来，抱在自己怀里。

在计划生育是一项基本国策的时代，收留一个被遗弃的孩子，是要经过相当复杂的程序的。辖区管理干部上门，要求把孩子送到孤儿院，江自妍的母亲不同意，她说了三个理由：一是这孩子被我遇到，是今生有缘，虽然我有一儿一女，也不多这一个孩子；二是我老伴前年走了，我现在一人在家很孤单，有个孩子陪伴，吃点苦也高兴，或许这孩子就是我丈夫投胎转世而来的；三是我女儿江自妍至今没生孩子，我要把这孩子给她养大。

几经周折，孩子终于落到了江自妍的名下，起名江远涛。

提到江自妍的父亲，颇有几分传奇色彩。他生于1930年。祖传加自学，成了闻名遐迩的老中医。年轻时，他在城南开了一家中医诊所。不仅擅长使用中草药，而且还掌握着一些秘制的偏方，医术在十里八乡很有名望。他看病的治愈率极高，而且收费很低，还经常为一些贫困的患者救济治疗，以至许多外省的患者也慕名而来。

他的医术和诊所的名声越来越大，却对附近新建的民营医院构成了影响。有人开始对他说三道四，甚至扬言要将他这样的江湖郎中置于死地。1983年2月，两个拎着黑色皮包的人找上门来，提出要收购他的诊所，开价10万元，但他没同意。他说在有生之年，还想多治几个病人，并不是为了钱。僵持了小半年之久，对方的收购价抬到了12万元，可他仍然没松口。然而，两个月后的一天晚上，他在一次蹊跷的火灾中不幸身亡，临终时说了一句话："要保住中医诊所。"

第一次听到这件事的时候，李秀丽很是感动。她大概算了算，那时候的12万元，换成现在能买两套大别墅。这也让她突然明白了：江远涛的母亲江自妍，为什么要拼死拼活地去投资建设中医院，花了几个亿，最后积劳成疾。

"今天就聊到这儿吧。"江远涛揉了揉眼睛，似乎有点累了，他对李秀丽说："时间不早了，把饮料喝完，我们回吧。明天还有重要事情。"说完举起饮料杯子，与李秀丽的杯子碰了碰，畅饮而尽。临走时，两人轻轻地抱了抱，再一次看了看窗外的夜色。

第四章

次日早上，宋文玲忐忑不安地到了公司。这幢上下九层、建筑面积近万平方米的办公楼，似乎装不下她此时偌大的心思。之前，她把江远涛的冷漠，理解为因董事长生病、投标失败而忧愁，而昨天晚上在路上看见的一幕，却引起了她的另一种怀疑和反思。

宋文玲是土生土长的本市人，她的父亲是住建局副局长，母亲是税务局科长。从小在优越条件中长大，一路走来也算顺风顺水。在学校里，她的成绩不上不下，但综合表现较好，尤其是态度积极，待人友善。父母对她的期望很高，希望她能考上公务员，可她毕业后考了四年都榜上无名，索性不考了。此前换过两个单位都不称心，父亲把她安排到这家建筑公司，她觉得挺好的，于是一心扑在工作上。

董事长江自妍欣赏宋文玲的听话、勤奋、好学、负责任，在处理外部事务中，也能发挥重要作用，特别是税务和工程验收方面的问题，通过宋文玲找她的父母亲，基本上都能得到解决。所以江自妍十分喜欢宋文玲，说她是个特别优秀、非常贴心的小管家。在一次员工聚会上，江自妍笑着说："你们看，宋文玲多好啊，我就想找像她这样的儿媳妇。"在江自妍看来，如果娶了宋文玲，江远涛就有了最佳的人生伴侣和事业搭档。

经过两次修改，宋文玲编好了一条信息："董事长您好！我是宋文玲，打扰您了，请原谅！好久没见到您，我想来看看您，正好有事情向您汇报。"然后庄重地摁下信息发送键。可是三个小时过去了，江自妍还是没有回音，宋文玲拨打她的手机号码，听到的却是手机已关机的声音。

宋文玲揣摩，如果董事长的手机暂停使用，那肯定有其他的联系方式。而这个联系方式至少有两个人知道，一个是她的弟弟江自仁，一个是她的儿子江远涛。这事儿本来就不想惊动江远涛，所以宋文玲不愿从他那里获取联系方式，而江自仁，她从来没见过。

虽说没见过江自仁，但宋文玲听说过这个人。他是江自妍的亲弟弟，是城南第三附属中医院的一把手、法定代表人。这家医院是江自妍出资兴建的，当前她就住在那里疗养。宋文玲心想，为了拜见梦中的婆婆，找江自仁是不可能的，相对来说，恐怕还是找江远涛现实一点，但不是现在。

实际上，正是江自仁限制了江自妍使用手机。他要求姐姐暂且把公司的事情放下来，还是保命要紧。儿子大了，做企业管理好几年了，该接班了，不给他锻炼的机会，他永远不得成才。想当初，江自妍二十七岁就担任了电台栏目主持人，如果不是遇见李光田，命运的轨迹肯定不是这样。这些情况是宋文玲后来知道的。

宋文玲在苦思冥想中，听见门外有嘈杂的说话声。她看了看手机，原来是投标工作专题会的时间到了。

市场部、投标部、工程部、外联部的主要负责人，分别坐在会议桌两侧，一双双大小不同的眼睛，齐刷刷地盯着墙上的投影屏幕。冯于强主持会议。

"大家安静啦，现在我们开会。"冯于强以浑厚的声音说，"今天，会议的主要内容是，分析当前获得的项目招标信息，一共七个项目，请大家讨论确定是否投标；然后针对具体情况，安排下一步工作。下面请投标部总监刘清华汇报，我们一个一个分析。"

刘清华早已打开了笔记本电脑。他手握鼠标，有条不紊地点击着事先准备好的招标项目一览表。他说这七个项目，情况各异，请大家共同商量是否投标。

第一个项目：总造价约2.6亿元。建设单位对老小区改造出新，本来是一项很简单的施工任务，却要求设计甲级资质、施工特级资质、有十年以上类似工程施工经验……大家认为不要往下看了，就这条件，多数公司是达不到的，应该属于量身打造的项目。因此，这个标放弃不投。

第二个项目：总造价约7.8亿元。招标没有明显门槛，但工程付款较差，需要垫资到地上三层。中标价仅作为进度款依据，实际造价以甲方审计为准。也就是说，中标后你先干，最后给多少钱甲方说了算。冯于强说，凭我们的实力，这个标可以投；我们不怕垫资，不怕审计，更不怕做了拿不到钱。但问题是，当场打电话了解情况，说项目已经开工了，这次招标只是补个程序而已。

第三个项目：没有预算总价，要求投标人根据设计图纸自行测算报价，一次性包干。采取综合评分法，原则上高分中标。招标方在公告中并未载明评标的具体办法，规则模糊，这是别有用心的，目的是借助市场能力计算工程量，降低管理成本，至于谁施工，应该内定好了。会议决定放弃。

第四个是道路项目：总投资约6.2亿元，其中主干道造价约4亿元，辅路和绿化等配套工程，造价约2.2亿元。但招标人只将主干道施工招标，大家分析，可能是在开工后，配套工程以工期紧、便于统一管理等为由，按照领导的意思，通过增补施工内容给中标单位。这种项目多半是事先内定的，但也不一定。会议要求外联部，通过关系去摸个底再说。

第五个项目：总造价约5亿元。招标内容正常，但回标时间太短，只给了八天。冯于强认为，我们加班加点八天也能做到。市场部陈晓凤说：是能做到，可就在昨天晚上，我和同学在一起吃饭，她无意中说到这个项目，已经事先得到资料在做工程量测算了。也就是说，甲方故意缩短投标时间，使多数企业望而却步，即使投了，也会由于时间仓促而产生偏差，因此，不如不投。

第六个是商住项目，招标范围包括土建安装、设备采购等，工程造价约4.3亿元。要求施工单位注册资金在5亿元以上，设计资质甲级，施工资质一级，具有类似施工经验，信誉良好，有垫资能力，无违法违规记录。根据外联部的前期调查，这个项目的情况比较真实。总体上分析，大家都认为这个标可以投。

第七个项目，是老东家在二环北路的大型住宅区，含部分商业，总造价约22亿元，分为三个标段，平均每个标段约7亿元。招标公告近期发布。

对于这个项目，会上争议很大。

冯于强首先纠正了"老东家"的错误叫法。他说："在没有分家之前，我们建筑公司和地产公司的关系是平行的，都是独立平等的法律主体，两个老板是夫妻，也是平等的。虽然分开之前，我们做了不少他们地产公司的项目，但从理论上来讲，那是一种合作，是一种平等的合作。它地产公司不是我们的雇主，更不是我们的东家。"

市场部陈晓凤说："分立之后，江自妍董事长对地产公司的项目，从来不感兴趣，我们也从未投过他们的标。再说了，我们吭哧吭哧忙了好多天，地产公司也不会给我们中标的机会，所以，我的意见是不参与。"

投标部刘清华说："当前市场招标项目比较少，找到一个投标项目真的不容易。二环北路项目的造价那么高，别说都中了，即使中一个标，也能解决燃眉之急。至于董事长他们的过去，那是两码事，我们投标是市场行为，跟他们的恩怨没啥关系。说不定，看在过去的情面上，我们中标的概率更高呢。"

工程副总朱长贵的意见是："现在几个在建项目，很快都要完工了，没活干了，人员都无法安置。到了这个节骨眼上，不要考虑那么多了，我们参与公开招投标，不偷不抢，能中最好，不中拉倒。他们老板李光田六十多岁，听说不太管事，也许我们中标了，他还不知道呢。"

外联部经理说："虽然我们和地产公司这几年没有合作过，但还有往来，他们不是还欠我们的尾款吗？如果投他们的标，能拉近双方关系，不中标无所谓，中标了继续合作，分久必合嘛！就怕李光田阻止，不让我们投标。"

陈晓凤接着说："李光田还是管事的，他不像我们董事长，他身体好着呢，据说还坐班。我觉得，他们首先会拒绝我们投标，即使让我们投，也不会让我们中标。再说我们公司，不要说董事长不同意，就是总经理江远涛，也未必同意我们去蹚这个浑水。"

"好了好了，都别争了。我来讲两句。"冯于强接过话茬儿，"招标和投标，都是双向选择，周瑜打黄盖，一个愿打一个愿挨。项目是否投标，首先取决于我们自己。当然，总经理和董事长的意见是重要的，到时候我去请示一下。如果同意的话，凭我这张老脸，他地产公司的那帮人，多少会给点面子。"

冯于强又说:"这件事很重要,我想多讲几句。目前市场上的工程招投标,存在很多不确定因素,什么围标、串标的;什么弄虚作假、骗标的;什么靠行贿牟取中标的,各种情况都有。而我们公司的老一套,已经跟不上形势了,现在必须认识到问题的严重性,下面要调整思路,多措并举,务必取得突破。"

一场争论,加上有人抽烟,会议室乌烟瘴气。外部市场压力大,内部意见分歧大,冯于强感到异乎寻常地踌躇。会议结束后,他回到办公室,往茶杯里倒些水,喝了几口,又点燃一支香烟,左手掐着腰,在办公室里踱来踱去。

冯于强想想有点心痛。这些年,在房地产和建筑行业摸爬滚打,吃过亏、上过当,所见所闻令人讶异。2005年,他和16家单位一起,参加了天津一家国际贸易公司组织的投标,共缴纳200万元竞标保证金,送标时发现,公司已人去楼空。2008年,一个号称"投资60亿元的水电站土石方工程"招标,先后吸引了40多家企业投标,有人为了拿下其中一个标段,汇去了360万元保证金,后来才知道,这个项目根本就是假的。冯于强代表公司,投了150万元,打水漂了,连一点回音都没听到。

提到招投标,冯于强曾经感叹说,贵圈真乱!有人的地方就有江湖,有利益的地方就有灰色地带,更何况这块大肥肉,眼馋的人那么多,总免不了有人投机取巧,利用规则漏洞或违反规定来牟取暴利。各种奇葩黑幕、套路、猫腻,屡见不鲜，让人防不胜防。没投过标，不知其中的险恶，不知其中的招数，更不知其中的惊心动魄。

有人在背后还羡慕冯于强，说：干投标的，每天跟上亿级的项目打交道，又刺激又开心，何乐而不为？事实上，他有时忙得连喝口水的工夫都没有。关于这些年投标的苦衷，他幽默地总结道：九州跑遍，八面玲珑，忙得七窍生烟，换得六根不净，五体欠安，依旧四处奔波，三更未眠，只为两个铜板，一生拼搏啊！

处理完办公桌上的文件，冯于强一看手表：六点多了。他甩甩胳膊，扭扭脖子，感觉肚子咕噜咕噜地叫起来，准备动身回家吃饭。

"咚咚咚"，有人敲门。

冯于强刚刚关了电脑，连忙过去开门。进门的是朱长贵和刘清华。两个人手里都拿着资料。

"不好意思，冯总。"刘清华说，"本来打算明天上班找您，刚才我俩怕您明天出去办事，所以还是提前来了。"

"是的。我们有报告需要您签字，比较急。"朱长贵附和道。

"没事。"冯于强说，"我经常搞到很晚才走，今天还早呢。"

朱长贵说，龙源项目的塔吊，协调过几次了，就是不愿意拆，影响室外施工，甲方天天都在催。塔吊老板非要我们把租金付清才肯拆。清河湾项目的水电工班组长，他家是贵州六盘水的，前不久，他老家发生山体滑坡，造成了很大的灾情，他想借50万块钱，回去急用。

"哦！两件事都是特殊情况。我同意支付。把单子给我。"冯于强接过审批单，爽快地在常务副总栏上签上自己的名字。

刘清华说："我也有两个单子需要签字。一个是项目投标保证金，一个是报名资料的用印申请。另外，我们投标部想安装'招标雷达'，这个花钱不多，可以对招投标机构的数据，做全方位透视。相关机构发了哪些招标公告，哪些企业中标，中了多少次，等等，都能一键获取。这是产品说明书，请冯总看看。"刘清华把几张印刷精美的宣传页，悄悄地递给冯于强。

冯于强眯起眼睛，注视着产品说明书。刘清华递过来一支香烟，顺从地为他点燃。顿时，一股烟气弥漫开来。抽烟似乎可以放慢时间，刺激神经，使人兴奋。在吞云吐雾中，三个人东拉西扯聊了起来，最后又聊到了地产公司的招标。

朱长贵说："二环北路项目的三个标，我们最好参与。中一个也好，公司的业务就能接上了。"

刘清华刚上任，也想做出成绩来。他说："我也希望参与，问题是，两个公司之间的关系太复杂，好像有不可调和的矛盾。"

冯于强说："其实早期时候，他们地产公司和我们建筑公司，关系并不复杂，像一家人，李光田和江自妍的关系，表面上还可以。后来，两个人在管理上理念不同，分歧不断，才有了矛盾，当然还有其他事情，最终矛盾激化，离了。"

"情况我也知道一些。"朱长贵说，"李光田原来是流浪汉，后来是一个拉板车的，他发财是我们董事长的功劳。但我不知道他们结婚和离婚的真正原因。"

"虽然你们知道一些情况，但你们都没我清楚，我是知根知底的人。"冯于强说。

"那请冯总讲给我们听听。首先，李光田和江自妍是怎么认识的？"刘清华一边问，一边摆出认真倾听的姿态，并将一包封装整齐的香烟果断地拆开了。

第五章

李光田出生于农村。他是大地主乔家升的儿子。

如果按大家庭的子女排行，他排老五，因为乔家升除了正房大老婆赵桂香以外，还有四个妾，并且都有孩子。如果按照正房的关系来排，他是老三，上面一个姐姐，一个哥哥。

当年，乔家升的家业最盛时，拥有土地百余顷，当铺3处，街房56间，碾子14座，家有大量金银珠宝，生活十分奢华。为防山贼土匪，乔家升建了一个四周全是河沟的大庄园，号称"乔家围"。围内占地约300亩，有坐北朝南七进五门楼，大小屋宇100多间。设有古朴典雅的假山长廊、水池亭台，景色雅致，分外庄重。

乔家升不仅养有打手，而且还勾结官府恶霸、地痞流氓，势力不容小觑。在当地作威作福，欺压百姓。

乔家围四周的河沟宽约百米，死水不流动。东面设有一处小码头，小码头安装了升降式木栈桥。有人进出时，将栈桥放下来，无人进出时，将栈桥升起来。没有管家的许可，外人无法进入。解放后，乔家升负隅顽抗，不理会解放军在围外喊话，拒不放下栈桥。僵持了半天，无奈之下，解放军将一枚迫击炮弹直接打到了乔家升的家门口。不识时务的乔家升非常震惊，连忙吩咐管家放下栈桥。

1952年秋后的一天，三个士兵对乔家升说，你把衣服穿好，吃饱饭，今天送你回家。乔家升从鞋底里抠出之前藏下的两块洋钱，对另一个姓范的地主说，我打算路上买点糖果带回去，给孩子们高兴高兴。姓范的说，老乔呀，你在做梦吧？怎么死到临头了，还执迷不悟？

召开公审大会执行乔家升、范贵堂等人死刑的时候，李光田还没出世，在他母亲赵桂香肚子里三个多月。为了规避孩子地主后代的身份，赵桂香早早就回到了娘家。乔家升一死，赵桂香很快跟一个姓李的光棍结了婚。孩子出生后叫李光田，意思是李家没有田地。从此，赵桂香对外坚决不承认李光田是乔家的种，尽管有人说，孩子长得就像乔家升。

由于阶级斗争需要，当地的基层干部派人把李光田一家"接"了回来，经常让赵桂香参加批斗会、上台接受批斗。斗来斗去，赵桂香的头发掉了几缕，时常在背后里怨天尤人。一天早上，她指着广阔的稻田，对三个孩子说，你们看，前面的一大片田地，以前都是我们家的，现在都不是了；你们长大以后，要多挣些钱，再把这些田地买回来。

当初"李光棍"只图赵桂香长得漂亮，没有考虑到抚养三个孩子的艰难，更没想到跟随赵桂香回了原地以后，所受的成分歧视和冷嘲热讽。不到三年时间，"李光棍"离开了赵桂香，回到他的出生地，继续打光棍去了。

那时候，村里人谣传说，李光田这孩子良心不太好，讨饭的人到他家门口，他抓米的时候，拳头是握着的。表面上看，满满的一把米，实际上，指缝里的米粒屈指可数。因为是小孩子，人家讨荒人当面不说，到了隔壁邻居，就讲那家孩子太小气，没家教。

家里穷，李光田的姐姐乔志花没有念过书，而李光田读到小学四年级就辍学了。不上学，他就在家里捡粪、打猪草、挖野菜。在田野中，他经常看着天上的大雁发呆，心想什么时候能像大雁一样，远走高飞。

生产队长仇视李光田一家人，特别讨厌李光田。李光田十二岁那年的一天下午，社员们已经刨完了田里的芋头，纷纷打成堆，肩挑手抬地送往生产队的仓库。这时候，左邻右舍的十多个孩子，都急不可待地跑到地里，用手或竹片搜寻遗漏在土里的芋头。如果运气好的话，能碰到漏掉的小芋头，抑或是断了半截的，也是很幸运的事儿。可是社员们干活很仔细，李光田扒了好久，也没见到芋头的影子。后来找到了一根粗壮的芋头根茎，去皮后，当场咀嚼解馋。

可能是看到李光田的嘴动了，生产队长背着手，气冲冲地走过来，咬牙切齿地说："你这个小炮子，还在这边吃起来了呢，啊？赶快给我滚！"

李光田的嘴停了，手也不动了，睁大眼睛恐惧地望着生产队长。此时在他眼里，对方的威严大于任何鬼神。

生产队长一直在骂，而且骂得越来越难听了。脾气暴躁的赵桂香忍不住了，大步走过来，冲着队长理直气壮地说："这么多孩子都在找吃的，你怎么不骂他们？我家小孩吃的是芋头根，有甚好骂的？你就是两眼看人不一样！"

队长声色俱厉："我就骂你怎么样？死一边去！你这个地主婆、臭婆娘，再敢跟我顶嘴，我抽你嘴巴。"说着朝赵桂香愤愤走来。

赵桂香继续跟队长说理。不料队长一个箭步，上来就是一巴掌，正好打中她的脸颊，接着又是一拳，打在她的嘴巴和鼻子上。李光田看到母亲鲜血直流，吓蒙了，站在那里，一动也不敢动。

回到家里，赵桂香以泪洗面。她愤怒地拿起竹竿，狠狠地抽打李光田的脑袋、脖子和胳膊，嘴里骂个不停："你这个该死的，闯了这么大的祸，我们往后怎么活啊？你这么大的个子，人家打我，你愣着干什么？你的手呢？你不想想，我们被人家欺负成什么样子啦？我养你有什么用啊！你这个孬种，你给我滚走，我这辈子再也不想看到你。"赵桂香一边打，一边骂，一边哭。李光田痛苦不堪，饮泣吞声，此刻他感到天昏地暗，生不如死。

那个夜晚，李光田没有睡。他在墙角蹲到半夜的时候，猝然产生了一个执念：离家出走，绝不回来。临走时，仅带上两件旧衣服和一只缺了边口的破碗。

乘着皎洁的月光，他一个劲儿地往省城的方向走。到了东河口大坝的最高处，他回头望了一眼，看不见任何人。去省城他唯一想找的，是一位远房表叔。早前听母亲说过，表叔在省城的搪瓷厂工作，他家里有布票、豆腐票、肉票和煤球票。找到他，或许能找到一条活路。

李光田怕狗就是从那时开始的。一路上饿了，想到人家讨口饭吃，常常因为狗叫而退避三舍。然而，风餐露宿到了省城，几乎找遍了所有的搪瓷厂，却并没有打听到姓乔的人。也许路人根本不重视十二岁孩子的问话，也许李光田记错了地址，反正七八天过去了，一无所获。李光田感到非常绝望。

一天走到下关码头，在一条崎岖的坡道上，李光田看见一个中年男人，正拉着双轮木板车，艰难地向上攀行。这种木轮板车又叫大板车、排子车，李光田没见过。他觉得很新奇，就跟在后面。看着车子上面的货物，幻想着掉下来一点东西，捡个便宜。忽然"嘭"的一声，大板车的车轮碰到了一颗石子，瞬间停止不前，转而急速向下滑行。中年男人打了一个趔趄，踉跄着顺随车子往后倒退。眼看中年人就要向后摔倒，李光田冲上去，一把托住中年人的肩膀。由于外力作用，车子改变了方向，转个角度停在了坡道中间。而李光田和中年人一起，一左一右摔倒在地上。两人从地上爬起来，拍拍身上的尘土，面面相觑。中年人说了几句客气话，便再次套上拉带，继续向上拉车。李光田看他体力不支，在后面使劲帮他推车。

上了坡以后，李光田感到右脚跟异常疼痛，行走受到限制。他坐到路边的一块大石头上，脱下破鞋查找原因。中年人也停车了，走回来问道："咋的啦？是不是脚扭了？"

李光田龇着牙说："没事儿，歇会儿就好了。"

中年人看到李光田的脚踝处有点红肿，用手按上去，有明显的凹陷。他说："哎哟，你这是为了帮我，遭了罪啊。天快下雨了，来，你坐到我的大板车上，我把货送到以后，带你到我家歇息。"

后来，李光田在回忆这段经历的时候说，那时候没有上医院检查的想法，能坐上他的大板车，尽管脚在疼，心里却是踏实的，有一种从未有过的安全感和归属感。

拉车的中年人叫孙红军，是一个忠厚的老实人，家里有两个女儿和勤劳、贤惠的老婆。他把李光田拉到家里，对老婆说："今天我差点儿回不来了，如果不是这小孩在后面托住，我后脑勺着地，摔上一跤，恐怕小命难保。"当天晚上，李光田像救命恩人一样，受到了盛情款待：吃了三碗米饭、两块咸鱼、大半碗鸡蛋汤。

在孙红军家的库房里休憩了十多天，李光田的脚渐渐好了。这期间，他除了没说自己的父母是地主，其他的话基本上都说了。孙红军问："你还想去找你表叔吗？"李光田哀求道："我不想找了，您能收下我吗？以后我就认您是我叔。我能帮您拉板车。我不要什么，只要有饭吃。"

孙红军夫妇不忍心赶走李光田，经过商量，决定留下他试试。然而，光阴似箭，岁月如梭，时间犹如白驹过隙，一晃就是十一年。

早年大板车木制的车轮，早已换成了铁轴钢圈加橡胶的车轮。大板车加长加宽，载重量有所提高，一车能装千余斤。后来的数量也由一辆变成了两辆，李光田单独拉一辆，跟在孙红军后面。遇到上坡的时候，两人相互帮助。拉货的种类也多了，什么煤炭、砖瓦、灰石、废钢烂铁、黄沙水泥等，有时还为别人搬家。

那时候，五大三粗的李光田，空闲时间有三个小爱好：一是喜欢听收音机里说书，然后把故事讲给孙红军有点智障的大女儿听；二是喜欢借隔壁赵四的课本看；三是喜欢摆弄大板车的车轮子。有空的时候，他把车轮卸下来，像举杠铃一样锻炼身体。开始二三下，后来连续能举六十下，甚至还能把车轮握在手中，向前平推十多次。同路的车友说，看你这样身强力壮，三五个人也打不过你，我们跟你同路，不怕流氓地痞。

1976年，根据李光田的建议，孙红军利用手里积攒的钱，在河滨大道边开了一间茶铺，带卖瓜子花生，夏天也卖西瓜，目的是给学业无成的大女儿孙春英谋个营生。这是经过政策允许的。在计划经济时代，大多商品须在供销合作社进行购买，孙红军申请的理由是，女儿大了，头脑不太好使，想找口饭吃。李光田经常鼓励孙春英，希望她也能像

"傻子瓜子"年广久那样，去挣很多钱。

不到两年时间，孙春英一个人挣的钱，竟然超过了孙红军和李光田两个人挣钱的总和。1978年12月，十一届三中全会之后，开始实施一系列经济改革，李光田在收音机里听到了改革开放带来的商机。他向孙红军建议，把小卖铺改造一下，做成五金小商店，那样能挣更多的钱。

1979年秋天，五金店正式开张。也就是这一年，李光田和孙春英结婚了。没办法，孙春英怀上了李光田的孩子。不过孙红军夫妇也没反对。孙春英的母亲对亲友说：一个女婿半个儿，光田跟随我们两口子十几年了，非常贴心，比亲儿子还亲。众亲戚都认为，李光田人高马大的，聪明能干，长得又很俊气，结婚是件好事。

开始的时候，五金店没有分类，摆得比较杂。有竹皮暖壶、煤油灯、搪瓷脸盆、篦子、刮胡刀、水龙头、门把手、门锁、拉绳式电灯开关、张小泉剪刀，还有两节电池和三节电池的手电筒，2.5伏和3.8伏小灯泡：小的3分钱，大的5分钱。

第二年，孙春英生了一个女孩，常在家里带孩子，店里的生意多由李光田打理。他卖货、进货，有时忙到很晚。

在李光田的操持下，后面的两年里，五金店进了许多新商品，并且开始分类摆放。他把商品分为五大类，一类为工具类，如锯子、钻子、改锥、钳子、打气筒等；二类为电气类，像电线、白炽灯泡、开关、插座等；三类是水暖类，比如水龙头、阀门、各种水管等；四类为墙面材料，有砂纸、毛刷、涂料、油漆等；第五类是卫生用具，例如扫帚和拖布等。这些商品好销，与1980年提出的"出售公房，调整租金，提倡个人建房买房"的政策和首次把房子定义为商品有关。

1982年夏末的一天，一位相貌清秀、身穿蓝色格子花裙子的少妇，来到李光田的五金店里，她就是对李光田后期发展产生巨大影响的江自妍。

江自妍来买水龙头。她说家里的水龙头坏了，老是漏水。李光田说，漏水也可能是水管坏了。江自妍说我不太懂。李光田说，你先换水龙头看看，再漏就是水管问题；换的时候要小心，太紧太松都不好，太紧容易把管口拧成活丝，太松还会漏水。江自妍说，要么你去帮我换一下吧，我丈夫没回来，我怕安不好。李光田问，你家离这儿多远？江自妍说不远，步行一刻钟。李光田叫岳父看店，就去了。

江自妍在前头走，李光田跟在后面。上了二楼进到江自妍的家，李光田第一次见到如此漂亮的居室。他在厨房里小心翼翼、认认真真地忙着，江自妍站在边上，目不转睛地看着李光田操作，还随意跟他聊上几句：

"你家的店，生意好吧？"

"还好。都是门口人照顾。"李光田说。

"哎，你不是本地人吧？"

"不是。外地的。"

"哎！我看你很像一个人。"

"我像哪个？"

"你自己觉得，像不像电视剧《蹉跎岁月》中的那个角色柯碧舟？"

"……"李光田摇摇头，表示没看过电视剧。

李光田身穿红色背心，胳膊和胸脯赤露在外，健硕的肌肉，随着拧、扳、绞的动作，彰显着力量与活力，看得江自妍含情脉脉。

江自妍是广播电台《生活栏目》的播音员。她丈夫是报社记者；确切地讲，是北京一家报社驻省城记者站的记者。两人于1977年结婚。可婚后不久，就产生了矛盾。她丈夫是家里的独生子，多次要求江自妍生个孩子，而江自妍非常珍视自己的工作，生怕有了孩子就中断了播音岗位，宁可人流也暂不生育。江自妍希望丈夫把户口从北京迁到省城来，可丈夫坚决不肯，还说，总有一天要回北京。江自妍说：你要是回北京，那就意味着我们结婚是一个错误决定。婚后那几年，她丈夫不是出差采访，就是回去陪父母，很少与江自妍同床共枕，因此两人经常争吵。三十岁的江自妍，比李光田大一岁，正是一个成熟多梦的年纪，独守空房的苦衷，只有她自己知道。偶遇长相英俊、血气方刚的李光田，她萌生了一些想法。

十几分钟过后，李光田把水龙头换好了。江自妍说："李老板等会儿，你能不能帮忙看看我房间的窗户，怎么一刮风，就咣当咣当地响，吵得我晚上睡不好觉。"说着推开房间的门。

李光田站在房门口，惊奇地看了一会儿。那床、那毛毯、那大放异彩的枕头，比自家条件高贵多了。他蹑手蹑脚地走进去，瞅着窗户仔细检查一番，对江自妍说：铰链的螺丝松了，我回去拿工具，把它上紧就好。

等到李光田第二次进门时，江自妍已经泡好了茶，还在桌子上放了几块饼干。窗户修好以后，两个人坐在桌子边，面对面聊了一会儿。多是江自妍询问，李光田回答。此时的李光田，已是读过一摞旧书的"文化人"，加上他多年跑码头的经验，讲话精准，严丝合缝。他说小时候家里很穷，兄弟姐妹九个，父母实在供养不起，就把他寄养给了这边没有儿子的堂叔。而地主、结婚、生有女儿等关键状况，他只字未提。倒是江自妍讲的全是实话，除了没有告诉他，自己在电台工作。

打那以后，两人不断见面。李光田经常在江自妍下班以后去找她，有时带点水果，有时带点瓜子花生，有时还买一盒流行的磁带——她家有一台日产的双喇叭录音机。江自妍听到"咚咚，咚咚"的敲门声，就知道李光田来了。他们在一块聊天、听歌、嗑瓜子、看电视剧，娓娓而谈，情意绵绵。江自妍告诉李光田：周五晚上、周六、周日不要来，见到楼梯口的第三节木扶手上有铅笔写的2，不要敲门，说明丈夫在家。

李光田喜欢江自妍眉清目秀的瓜子脸、诱人的身材，能讲很多动人的新闻和故事，尤其她讲话的声音特别好听，跟收音机里的声音几乎一样。而江自妍欣赏李光田有演员、明星气质，体格健壮，一双手虽然粗糙但很勤快，有经商能力和老板风度；同时也有一种对李光田出身贫寒、从小就寄人篱下的同情。

李光田和江自妍发生关系，是在他们认识四个月以后。那天晚上，李光田在门口敲了几次门都没有开。等到快十点，才见江自妍红着脸、踉跄着上楼。她说单位同事结婚，喝酒耽误了时间。李光田上前接过她的风琴包，扶着她开门、进门、关门。江自妍洗完澡，李光田殷勤地搀着她进入房间。江自妍说，没事了，我休息了，你也早点儿回去睡吧。但是李光田没有走，他望着江自妍若隐若现的身体曲线和酡红的脸，不由自主地走过去坐到床边，轻轻地掀开了她的被角。在迷糊中，江自妍一把搂住李光田的脖子，发出如饥似渴的呻吟声。两人干柴烈火，激情迸发。

往后两人的关系，有了质的飞跃。但由于多方面原因，江自妍并没有要和李光田结婚的意思。她当面对李光田说：我被你征服了，如果是七年前，我有可能跟你结婚，不在乎你什么身份。而李光田越发喜欢江自妍，相比孙春英，可谓天壤之别。于是，他们在一起的话题更加广泛，有时还畅谈起了人生理想。

1983年4月的一天午夜，江自妍依偎在李光田的怀里，挑逗说："信不信？我可以让你发大财。"

李光田问："发大财？做什么？"

江自妍说："你知道吗？五六十年代，'四大件'是手表、自行车、缝纫机、收音机。改革开放以后的今天，'四大件'变成了电视机、录音机、洗衣机、电冰箱。你呀，就做电冰箱。"

"怎么做？我一点儿不懂。"

江自妍说："你把店里的东西全部处理掉，花点小钱，布置整洁些，再把店铺改一个名字，我让厂家放十几台电冰箱进去，卖掉以后你拿利润分成。"

李光田不解地说："那要很大投资吧？我家没有那么多钱，再说我叔也不一定同意。"

"不要你们投资。你家只要提供场地，协助销售就行。其他事有厂方负责。"

"谁会上门来买呢？"李光田心里没底。

"这个你不用担心。"江自妍说，"我在台里做节目的时候，帮你带几句就可以了。"

时隔大半年时间，江自妍才把李光田问过多次的答案告诉他。而此时，江自妍已从电台播音员晋升为主持人。在电视尚未普及的年代，广播电台节目主持人，在大众心目中就像神一般存在，尊贵非同一般。李光田听了喜出望外。

"哎，别冲动呀。"江自妍又说，"你回去和家人商量好。我明天去和电冰箱的厂家沟通，都同意了签订协议，等有了协议，你再去处理五金配件，开始简单装修。"

一切都很顺利。两个月以后，原本陈旧的五金店，转眼变成了焕然一新的电冰箱专营店。鲜明的门头招牌，雅致的大门，里面摆放整齐的电冰箱样品，一切都是崭新的。然而开张十天，只卖了一台电冰箱，光顾的客户并不多。李光田心急如焚，他时刻关注着收音机的动态，期待着江自妍通过无线电，来拯救这个摇摇欲坠的电冰箱专营店。

这天傍晚时分，李光田果然听到了江自妍播送的一条关于电冰箱的市场报道，大概意思是这样的：

> 如今的"四大件"，变成了电视机、录音机、洗衣机、电冰箱。四大件的更新换代，象征着人民的幸福生活，就像芝麻开花节节高。最近，我们收到众多听众来信，反映我市河滨大道上，新开了一家电冰箱专营店，不仅品种多，质量好，价廉物美，而且服务非常热心周到。

李光田扫兴地关掉收音机。他认为江自妍讲得太少、太简单了，真正有关他店里的商品内容，不到半分钟，没有详细介绍他店里的产品。

然而次日一早，李光田感到万分意外，也万分惊喜。他来开门的时候，冰箱店门口已经排成了两列长队，顾客太多，把隔壁陈大爷的烧饼炉子都挤翻了。仅仅半天时间，店里13台电冰箱全部订购一空，还收了35台的订金。

接下来，几乎天天门庭若市，销售势头强劲。零售加上批发，最多的一个月，销售了1170台。李光田算了一下，累计获利6.8万元，直接碾压当年名声大噪的万元户。李光田有一招很厉害，他给顾客优惠的时候，都会说一句：我给您优惠，麻烦您回去帮我写一封好评、表扬信之类的，寄到报社、电台或者有关部门。那时的人讲诚信，答应了真写。于是各大媒体连续报道，口口相传，专营店的生意热度不减，节节升温。

李光田牢牢抓住商机。他以较高的租金，把左右隔壁的油条包子店、弹棉花店、烧饼店和坡下的民房，统统租了过来。有的改造打通成店铺，有的作为储存电冰箱的仓库，还招了十几个店员、伙计，选了经理、班长。一时间，他成了小有名气的大老板。

此时的李光田，动嘴不动手，俨然一个大商人。他穿着入时，整天指指点点，就连孙红军夫妇，他也毫不客气地指挥调度，让两位老人很不舒服，经常低头责骂几句。最让孙红军夫妇不满的是，李光田从来不说与厂家之间的合作事宜，也不说究竟一个月能赚多少钱。只偶尔听李光田说，昨晚请领导干部吃饭，花费多少，明天还得送礼，又得花费多少。

1984年，江自妍的丈夫真的回北京了。主要原因是，他工作成绩突出，组织上提拔他担任新闻处主任，这仕途上的绝佳机会，他不肯轻易放过。临走前，他对江自妍说，要么你跟我回北京，要么我们离婚。江自妍不假思索地回答说，离就离吧，我早就想到会有这一天。

得知江自妍离婚了，李光田高兴之余，却备感压力。他很快意识到，江自妍不久会与他结婚，这也是他梦寐以求的。可问题是，自己有妻子和女儿，怎么办？于是他挖空心思，渴望找到摆脱现实婚姻的好办法。

有一天，机会突然来了。

那天太阳落山时，孙春英不见了。从家里到店里，找了几趟，就是看不到她的人影。李光田对孙红军说，她脑子不好，可能犯病跑到市中心去了，我们分头去把她找回来。于是两人一组，人分五路，脚踩自行车，按东西南北中，在路上寻找。李光田和孙红军一组，各骑一辆永久牌自行车向东行进。在曙光电影院门前的西巷口，他们发现了孙春英，旁边还有一个男人，走近一看，是电冰箱厂家的维修班长郑小明。此人常到店里装配电冰箱，并负责维修，跟孙春英较熟。他俩刚刚看完王家乙导演的电影《相约在凤尾竹下》。见此情景，李光田勃然大怒，当场打了孙春英一耳光，还大声地吐了郑小明和孙红军一口唾沫。

这是李光田精心设计的一场骗局，为与孙春英离婚撕开一道血口。三十年以后，郑小明在网站上发表过一篇《灭绝人性的离婚》，写的就是这件事，不过用的都是化名。他事前收了李光田的钱，写了保证书，却没想到事情的结果。尽管郑小明后来跟着李光田步步高升，但说到这件事时，他表示非常后悔。

组建一个家庭谈何容易，而解散一个家庭却易如反掌。

仅仅三天时间，李光田与孙春英就签了离婚协议，当初没办结婚证，连民政局都不用去。这时候孙红军才发现，女儿离婚不是一个家庭的破裂，而是整个家庭的分解。不过，孙红军夫妇和女儿都接受了现实，他们得到了一大笔可观的资金，也同意把店铺的产权和经营权，全部交给李光田，从此各奔前程。临别那天，孙红军夫妇把属于李光田的物品，大包小包的全部给了他，包括李光田曾经讨饭用过的旧碗。而李光田没有对旧碗多看一眼，随手把它甩在地上，碎成了三瓣儿。

冷静之后，孙红军夫妇老泪纵横，极度怅惘。女儿痛苦不堪，茶饭不思，两次投河自杀未遂。而李光田似乎志得意满，扬扬自得，他与江自妍的关系更加亲密，更加肆无忌惮地享受着快乐的时光。

那几年，城市的基础设施建设，在改革开放以后达到了新的提升，交通运输、能源、水利等领域迅速发展，特别是大量的城市功能得到了实施和改进。1985年，由于码头沿线拓宽改造，打造新的港口经济，政府决定对老码头6公里范围的房屋设施进行拆迁。李光田的电冰箱专营店，正是在拆迁范围内。几乎没费什么事，只谈了两回，一大笔补偿款，就到了李光田手上。

江自妍对李光田说，你可以趁机做得再大一些：在靠近市中心的地方，租一层商场，在河西租一块地作为仓库，不要怕，你现在有了属于自己的销售品牌，还有数以万计的客户资源，后面我再给你做做宣传，生意会如日中天。江自妍还说，我们暂时不要公开结婚，结婚了对事业发展不利，在一起不是跟夫妻一样吗？

李光田的意思是，暂时不公开结婚也行，希望她生一个孩子，最好是男孩子，以后继承家业。这一年江自妍三十三岁，她也想生个孩子，可是事与愿违，偏偏不怀孕。到医院检查，医生说，你人流的次数有点多了，现在很难怀，也很难治。这个情况让江自妍感到异常恐惧。尽管她的母亲从垃圾桶里捡了一个男孩，长得很讨喜，但李光田不屑一顾。

没有公开结婚，江自妍和李光田早已同居，就住在李光田新买的广渠公寓里。不同以往的是，他们公开露面的次数渐渐多了，有人经常看到他俩出双入对。在一些外交场合，尤其是商务谈判和攻关活动上，也常能见到江自妍的倩影。由于她的美貌和特殊的身份，许多领导、老板和商家，都会给她面子。

按照江自妍的策划，李光田在省城的副中心，租了一层1760平方米的商场，并注册商贸公司，增加销售人员和管理人员，建立管理团队，开始正规化经营。凭借良好的供货渠道、丰富的客户资源、先进的经营模式和江自妍匠心独具的推广手段，电冰箱的销售不减当年，大有独占鳌头之态势。眼看供货来不及，江自妍再次劝李光田在河西买一块地，建仓库备货。

所谓的河西，原本是一大片沟塘、农田、洼地，遍地芦蒿和几步一水潭连成的滩涂，地广人稀，主要以荒芜和空旷为特征。白天兔子乱窜，晚上蛙声一片。没有路灯，也没什么人，只有几条煤渣和黄泥摊铺的土路。直到1987年，河西才有了一条4米宽的水泥路，叫油棉路。

1988年以后，宪法修正案规定，土地使用权可以依法转让。李光田利用手中的钱，买下了河西作为仓库的一块地皮。当时的崔村长问，李老板能不能多买一点？李光田指着旁边的一块水塘，开玩笑说，再买的话，你把这块水塘送给我，好不好？崔村长立马答应，并请李光田晚上吃饭。就这样，李光田以每亩8000元的价格，又买了95亩，而且得到了村里免费赠送的68亩水塘。

望着前方属于自己的土地，李光田对身边人说，小时候母亲对我讲过，你长大要多挣些钱，把前面的一大片土地买回来，如今我开始慢慢实现了。而此时他的母亲赵桂香，已经去世二十二年。不管她的坟头上长的是草还是树，李光田没有回去看过。后来他听哥哥说：你走了以后，妈到处找你，跑到省城找到表叔，都说没见到你。母亲在家伤心过度，精神失常，还经常受人嘲讽。第二年清明节的前一天，她与邻居因琐事发生争吵，受到刺激，回到家里自缢身亡。

同居以后，江自妍对李光田的事业更加关注。她总是第一时间掌握政策信息，第一时间为李光田的发展计划提供决策参考，第一时间协助他解决业务拓展中遇到的困难和问题。钱多了，生意做大了，江自妍的思想有了变化。有几次，她提出要与李光田公开举行结婚仪式，没想到，被李光田以事务繁忙婉言推托。江自妍看得出来，李光田的内心不认可江远涛，他渴望一个属于自己的孩子。不知道从何时开始，江自妍发现李光田的寻呼机调成了振动，回电话避而远之，他还常常深夜回家，懒得讲话，偶尔做爱却敷衍了事。诸多迹象表明，他不是以前的李光田了，更让江自妍难以置信的是，他在外面不仅有了女人，而且不止一个。

1987年12月，深圳进行了首次公开土地拍卖，催化了全国房地产加速发展。这一年，是房地产进入商业化的重要节点。1991年，全国24个省份进行房改，推动了房地产进入起飞阶段。当年的平均房价为1400元/平方米，到1992年，房价平均猛增至5000元/平方米，1993年上半年，房子价格冲到了6500元／平方米。大量房地产公司相继诞生，有一家地产老板看中了李光田手上的土地，并愿意以每亩35万元的价格购买，用于房地产开发。一亩地能赚30多万，总共能挣一个多亿，李光田笑着答应了。

可是到了下半年，首个调控政策出台，土地价格和房价又回落到了1991年的水平，跌幅达八成五。再次验证了凡流行之物，虽可轰动一时，却难以恒常持久。当时海南有三大景观"天涯、海角、烂尾楼"，同时引发全国房地产硬着陆，房价纷纷大跌，房地产市场瞬时冰封。而李光田的一个多亿，却正在享受10.98%的存款利率。

1995年底，在房价连续阴跌、无人购房的情况下，全国商品房累计空置面积高达5031万平方米。1996年，房地产行业出现了全面巨额亏损。1997年亚洲金融危机爆发，房地产行业濒临崩溃。购买李光田土地的开发商，亏得呼天喊地。

然而此时，江自妍对李光田说，电冰箱的市场渐渐饱和了，你不如进军房地产，别看现在低落，不久房地产还要大起，这个时候土地最便宜，你把钱拿出来买地。于是，李光田很快成立房地产开发公司，在金丝路东侧看中一块地，以分期付款的方式，买了583亩。

1998年7月3日，国家发布了关于进一步深化城镇住房制度改革、加快住房建设的通知，全面终止福利分房，开始实现居民住房分配货币化、私有化。于是房地产市场大热，许多单位抢购房子来分给职工，一口气消化了全国的存量空置房。李光田开发的住宅区开工不久，只凭几张图纸，房子一售而空，狂获销售总额26.8亿元。

李光田尝到了一夜暴富的甜头。那几天，他因亢奋而失眠。在江自妍的鼓动下，他利用这笔巨款的杠杆，接连撬动了浦青、谷平、营口、大港和周边城市的六个地块，一跃成为赫赫有名的开发商。有人戏言，他成了新社会的大地主。接二连三的滚动开发，每次都能抓住政策的关键节点，通过裂变效应，五年后，他的销售规模突破了300亿大关。真可谓，在行业的风口，猪都能飞得很高。

西装革履、手持大哥大、身坐高级轿车的李光田，时常在政协、人大等会议上露面，电视上也能看到他的专访。这时候，广播电台有关他的报道反而少了：一是普通记者采访，他不太愿意接受；二是他真的很忙，没有时间接待；还有一个原因是，之前江自妍刻意把他作为热点人物进行包装、报道，被其他同行举报了，因此还落了个严重警告处分。

相比于其他行业，房地产开发的程序是比较复杂的，但概括起来就是买土地，盖房子，卖房子，从中获利。为赚更多的钱，李光田成立了建筑公司，不仅能承建自己开发项目上的工程，肥水不外流，还能对外承揽项目，获取更多利润。其中，还有一个不可告人的原由：能根据情况把工程建设成本通过技术手段加大，从而减少开发利润中所得税的实际缴纳。

建筑公司也可以修建道路。2003年，李光田为区政府建了两条路，实际投资1876万元，算出来的造价却是4501万元。李光田和冯于强一起，带着结算书和两箱东西到区政府汇报，对领导说，路建好了，我们不是来要钱的，如果领导实在过意不去，在望江路上，给我们一块荒地，让我的工人种种菜，养些牲口，能糊口就行。

区政府用"以地补路"的方式，真的在望江路上给了李光田一块地。乍一看这块地，是又偏又荒的不毛之地，但只有少数领导知道，正在修订的二十年城市发展规划中，这里是未来的国际金融中心。提供这个情报的人，不是江自妍，而是另一个人。

这一年，江自妍不在电台上班了。她辞职主要有三个原因，一是不放心李光田的私生活，他太有钱了，美女如云的情景让她心生畏惧，她要守在他的身边；二是受到电台处分以后，她感到脸上无光，再无擢升空间；三是受到2000年到2003年期间，全国一万多名科级以上党政干部"辞职下海"的影响，她怀揣梦想，也想展示一下商业运作的才华。

江自妍"空降"到公司，担任商贸公司董事长，主要负责电冰箱销售。一年后，她兼任建筑公司董事长，成了冯于强的顶头上司。而冯于强是地产公司副总裁，兼任建筑公司总经理。

介入公司管理以后，江自妍的异常发现与日俱增。越来越多的人，包括地产公司那边的员工，都直接跑到江自妍办公室反映问题，甚至喊冤叫屈。开始的时候，李光田还能听取江自妍的意见，可渐渐地，两个人之间的分歧就产生了，而且变本加厉。前后因为几件事情和几项重大决策，加上最后一个希望的破灭，江自妍无法妥协，于2009年9月，她与李光田分道扬镳。

分家的时候，两人没有大吵，更没有大闹。地产公司以及名下的土地，全部归李光田，商贸公司和建筑公司归江自妍，同时分给江自妍人民币10亿元。江自妍心里清楚，所分资产不过是想象中的四分之一，但她只能默然接受。她觉得没有争的必要，也知道李光田心狠手辣，争论有可能招来杀身之祸。这是李光田亲口讲的：养了一帮人，整天在健身房里，没事做。

建筑公司另立门户，换了公司名称，换了办公地址，也换了人员编制。冯于强主动要求到建筑公司跟随江自妍，虽然降级工资低一些，工作压力可能更大，但他觉得江自妍心善、讲道理，即使再累，心情也愉快。辞别那天晚上，李光田把冯于强叫到办公室，喝着工夫茶，谈了三个多小时。其间说道："冯总啊，我们兄弟一场！过去我一直把你当自己人，什么事也没瞒你，你知道的事情太多太多。到了建筑公司，你要首先管好自己的嘴巴。"

第六章

西风浩荡，城市悄然蜕变成秋天的模样。天空中洒落起绵绵小雨，雨点在天空中追逐，在树叶上跳舞，在小溪里奔跑。道路两旁的树，仿佛在竞相展示它们最后的深绿、翠绿和青绿。倘若道路上没有车辆穿梭，这一幕更像是大自然精心呈现的风景画。

冯于强迈进公司大门，抖落雨伞上的水珠，收起来放在公司大厅的前台处。他几乎每天都来得早，一般提前个把小时到岗：烧壶水，泡杯茶，抽支烟，考虑当前需要处理的事情。有时还把近期的工作重点，写在一张纸上，放在办公桌的明显位置。对于特别重要的事，冯于强会写进黄色小方块的便笺，贴在电脑下端的边缘，这样随时可以看见。

近期的重要工作，第一项是工程投标。

整理好桌子上的文件，冯于强打开电脑，浏览了公司网站和相关资讯，接待了一个班组长的来访。刚过九点，投标部刘清华拿着一沓资料，进门说："冯总你看，那边地产公司正式发布招标公告了。"说着把资料递给冯于强。

"哦！我看一下。你坐、你坐。"冯于强饶有兴致地接过资料。

刘清华说："招标公告和我们前面掌握的情况差不多，现在更加详细。二环北路项目总建筑面积40多万平方米，以高层建筑为主，局部两层地下室，不含消防、人防等专业分包，总造价约22亿元。总工期840天。项目分为三个标段，平均每个标段7个多亿。采用综合评标法。"

"这个项目之前有点争议，到底是投，还是不投？"刘清华问得很认真，眼里闪着困惑。

"我也在考虑这个问题，按照常规，这样的标我们非投不可。但是关系特殊，反对的意见也有道理，所以非常为难。"冯于强眉头紧皱，抓了抓头发，一看又掉了五六根，其中两根是白的。

刘清华说："从我们了解的情况来看，没有内定。我想正是这种特殊的关系，在同等情况下，也许他们会优先考虑。"

冯于强说："我想也是这样。上次我就说了，还得听听江总的意见，毕竟他是总经理，他母亲不在，他就是当家人。"

"那当然。但是我们的意见要统一。反正我的想法是积极参与投标，不能放弃。"刘清华坚定地说。

工程投标一般分为五个阶段。前提是施工单位对项目进行调查，再结合自身实际决定是否投标；第二是报名阶段，对照招标公告，上传报名资料，缴纳投标保证金；第三是投标准备阶段，即报名完成取得招标文件后，研究相关资料，进行踏勘、答疑等事项，按要求制定标书；第四是正式投标，并参与开标、唱标等流程，然后等候投标结果；最后是总结，中标了，与招标人签订施工合同，不中标，要总结失误，改进工作。

上午十一点，宋文玲告诉冯于强：江总办公室的人走了，您现在可以去。

冯于强与江远涛共事有八九年时间。2008年8月，大学毕业的江远涛被母亲安排到商贸公司上班，那时候，江远涛对房地产和建筑很感兴趣，但直到第三年11月，江远涛才调到建筑公司。在冯于强的引领下，江远涛进步很快，几年时间，他的学习心得有厚厚的十几本。从主管到经理，从经理到副总，一步一个脚印。去年江自妍查出病情，他遵照母亲的安排，担任公司总经理。

"冯总好！"见到冯于强，江远涛主动站起来打招呼，"上次说的款项，都到位了吧？"

"到位了！能撑上一阵子。"冯于强回答。

"坐吧。"江远涛下位，伸出右手，示意冯于强坐下来。

"有一个新的情况。"冯于强把地产公司的招标公告，放在江远涛面前，将内容作了概述，最后问："现在大家的意见不太统一，到底是投还是不投？想听听你的意见。"

江远涛拿起资料看了看，陷入了沉思，似乎内心翻腾起波澜。过了一会儿，他说："我们跟地产公司分开有十年了吧？

这些年，并没有什么业务上的合作。两个董事长之间，早就断了联系，现在去投他们的标，会不会让人觉得奇葩呢？"

冯于强说："上周开会，多数人的意见是想投。他们认为工程投标是市场行为，跟你母亲没有关系。这个标比较大，中一个标段就7亿左右，能解决很多实际问题。"

"即使投标，也不一定能中标，到最后，还落下个没里没面的下场，难为情。另外，还有市场问题。"江远涛说，"综合考虑，我想还是不投为好吧。"

"现在，想接项目太难了，公司已经陷入困境，依我看，不要顾虑那么多，发展才是硬道理。"冯于强说，"我对这个项目还是有信心的，因为是老公司，人头都熟，有很好的关系，中标的可能性很大。"

江远涛思考了片刻，说："发展才是硬道理，这话没毛病。我在想，董事长恐怕不愿我们去投他们的标，母亲的脾气我知道。"

"不一定吧，都是过去的事了。十年时间，早该烟消云散，何必那么计较呢？"

"过去他们积怨太深，有些事情，你可能不太清楚。"

"我基本上清楚。"冯于强叹息一声，想了想又说："这么大的项目，又是这么好的机会，不投太可惜了。江总，我觉得还是参与一下，不用你出面，包括李光田那边，都是我去协调。毕竟我们九个多月没有中标了。你可以问一下董事长，听听她的想法。"

江远涛咂咂嘴，勉强地说："问就别问了，问她有可能不让投。这样吧，你们想投就投吧，如果不中标，就当这件事没有发生过。冯总，我敢跟您打赌，地产公司是不会让我们中标的。"

"你的担心我能理解，结果再看吧。"冯于强舒了一口气，拿起资料站起身，好像憋着一股劲儿走了。

冯于强的一番话，仿佛一串石子投入静谧的湖水，扎破了江远涛心湖的平静，那些被时光尘封的记忆，瞬间如潮水般徐徐涌来。

想起小时候，他偶尔能见到个子高高的李光田，穿得整齐，相貌严肃，带过一次又甜又香的大白兔奶糖。见面少的原因，是江远涛基本上跟着外婆长大，吃饭、穿衣、拉屎拉尿，多由江自妍的母亲照顾。江自妍只有晚上或周末才会来，教他写字、画画、唱歌、赶铁环。到了上学的时候，他更加搞不懂一个问题：为什么叫李光田"大伯"，不叫他"爸爸"？

在江远涛童年的印象中，大伯没有带他上过街，没有看过他的作业，没有接过他放学，更没有教过他什么知识，甚至连一个故事也没讲过。倒是带来过木剑、陀螺、纸叠手枪、握式弹弓，还有松开发条一蹦一蹦往前跳的铁皮青蛙。外婆说过：大伯是老板，妈妈是播音员，他们的工作都很特殊，也很忙，没有时间陪你。

在小学二年级的一次植树活动中，江远涛和一个女同学发生了口角，女同学说，你是拾来的，你没有爸爸，也没有妈妈……这让江远涛感到非常委屈。回到家里说给外婆听，外婆嗔怒道："她小孩子瞎讲，别听她的。以后不要再说了，你妈听到肯定生气。为了好好养活你，他们只生你一个，都不再生了。"

没有比较，就没有差距。渐渐长大的江远涛，总是感觉自己的家庭与别人家不同。尽管家境很富有，条件很优越，可是那种距离感，尤其是与大伯之间的那种陌生感，是不可言状的。

江远涛读到初三的那年冬天，身患疾病的外婆把江远涛叫到身边，语重心长地道出了事情的真相。她说孩子，你的确是捡来的，虽然你没有亲妈，但是江妈妈跟亲妈一样，她非常喜欢你。你看她给你买衣服，买书包，买文具，供你上学，处处关心你，爱护你。你妈妈工作忙，陪你的时间是少了一些，你要理解。以后你要听她的话，不要让她生气。讲完这话一个多月，外婆就走了。在她的遗言中，要求江自妍一定要多关心孩子，一定要把他的工作安排好，一定要为他完婚。

从高中到大学，同学们都称江远涛是"富二代"。虽然他本人的穿戴并无特别之处，但学生宿舍里的电风扇、电饭锅、洗衣机、电水壶、电冰箱等电器，全是他家免费提供的。快到毕业的时候，几个同学联系他出国留学，地方已经选好，却被江自妍阻止了。江自妍说不要出国，就在国内发展不是很好吗？出国还不放心。那时公司正需要人才，当年选择经济管理专业，就是为企业发展考虑的。江远涛很听话，毅然放弃出国深造的机会，毕业就到公司上班。

除了距离感和陌生感，江远涛觉得李光田威严而不可接近，仿佛天外来客，让他感到神秘、畏惧、难以交流。最让江远涛难忘的，是有一次李光田与江自妍吵架，李光田居然骂江远涛是个野种，气得江自妍当场晕倒在地，吐了一口血……往事不堪回首。如今，冯于强好像穷途末路，非要去投标，委实让江远涛罔知所措。

回到办公室，冯于强马不停蹄地叫来刘清华、朱长贵和陈晓凤，传达意图，商讨对策。他说，其实小江总的内心不是不想投，而是怕董事长不同意，最怕的是，如果不中标，面子上很难看。你们三个听好啊，我们必须争口气，就是千方百计，也要至少拿下一个标段，如果一个不中，我也没脸再干下去了。

冯于强再次强调说："你们要高度重视。这次投标的意义非同一般，两家公司的内外关注度都很高，影响面很大，我们一定要全力以赴确保成功。现在的问题是，怎么投才能成功？"

抽着烟，喝着茶，你一句，他一言，四人在烟味和茶香中商量了一个多小时，最后达成三点共识：一是尽快去地产公司了解情况，摸清内部底细，如有问题，再作新的决定；二是立即准备资料报名，缴纳投标保证金；三是深入分析招标文件，探勘现场，制订详细的投标方案。

三人离开，冯于强回到座位上，找到一张纸，翻过来，在上面写出下一步要拜访的地产公司相关负责人。首先是董事长李光田，冯于强考虑，当前先不要惊动他，不到关键时候不让他知道。二号人物是总裁郑小明，这位是地产公司的元老级人物，早年电冰箱的维修班长，城府特别深，架子也很大，就怕他不愿意接见冯于强。总工程师张顺曦是一定要沟通的，他最清楚规划设计，而且是技术标的评委之一。还有两个人也很重要，一个是分管开发建设的副总裁陆正杰，一个是招投标管理中心的总经理陈风。陈风这家伙是个老狐狸，也是实权派，不过他跟冯于强的关系还不赖，以前他招标出现纰漏，常是冯于强帮他掩盖掉的，否则让李光田知道，非开除他不可。

走访的思路有了，冯于强还觉得不对劲：不能自己一个人去，常言道，一人为私，二人为公，还是带上刘清华比较合适。此外还不能空着手，虽然都是老同事，但毕竟好久没见面了，上门拜访，多少有点表示才符合情理；况且这次去不仅是拜访，而且是去打探情况、续接感情、有事相求的，以后还得靠他们支持。可是带什么东西呢？花钱多了，怕老板有想法，花钱少了，怕人家不入眼。冯于强觉得，每人两条香烟或两千元左右的小礼品比较合适。

对于冯于强来说，这些的确属于小礼品。在他二十余载的送礼观念里，区区一两箱茅台酒、一两箱中华烟以及一两万的购物卡，都不过是无足轻重的小礼品；只有价值十万、二十万、五十万，乃至一百万甚至数百万的馈赠，才堪称大礼品。也正因为如此，房地产与建筑行业，常常被视为干部腐败的高发地，职务犯罪的温床。

第七章

第二天上午，冯于强穿上笔挺的藏青色西服，皮鞋擦得油光发亮，头发梳得一丝不苟。他和刘清华各拎一个公文包，同时出现在地产公司的大楼前。

"这大楼经过装饰，我差点没认出来。"冯于强对刘清华说。

大楼前面增加了门厅，四根以大理石精心雕琢的柱子挺拔而立，金碧辉煌的顶部，装饰精巧，熠熠生辉。门厅的地面也做过升级，增设了三级由花岗岩精心砌筑的台阶，每一步都显示不凡的气势。大楼前的那片场地，如今换成了石材铺设，一片光洁平顺。场地中央，对称坐落着品种和颜色各异的箱花。周边的铁艺围墙，平添了几分艺术气息。最显眼的，是大门处的监控和电动伸缩门，更具现代化与科技感。门前保安表情庄重，有一种高高在上、不可侵犯的威严。

新来的保安不认识冯于强，经过一番介绍和情况说明，才许放行。

"我们先去哪儿？"刘清华问。

"先找陈风吧，他在五楼。"冯于强回答。

话音刚落，冯于强转身一看，在楼梯口遇到了多年未见的副总裁陆正杰，两人笑着握手，热情寒暄。

"久违啦，哈哈哈！你是无事不登三宝殿啊。"陆正杰笑道。

"我来拜访你们呢。"冯于强说，"我先到陈风那儿去一下，回头再到你办公室。"

陆正杰说："陈总在开早会，你要么先到我那里坐一会儿。"

"好啊，也行啊！"冯于强响应道。

李光田下面一个总裁，六个副总裁。这六个副总裁，一个分管战略运营和人力资源，一个分管销售和招商，一个分管规划设计和前期，一个分管招投标和采购，一个分管财务、法务和审计。陆正杰分管开发建设和物业。

现在的组织架构与十年前不同。那时管理干部少，冯于强是三个副总裁之一，管得比较宽。因为分工不细，权力比现在要大很多，几乎可以调动五六个部门的资源。当年其貌不扬、整天架着近视眼镜的陆正杰，才是个规划设计部的负责人。因为是校友，在规划方案和设计配合上，冯于强没少给他支持，陆正杰只要有烦恼，总喜欢讲给冯于强听。

"坐吧！冯总、刘总。"陆正杰一边说一边泡茶。

冯于强坐下来，望着办公室的设计图纸、效果图展牌和材料样品，心想陆正杰的老习惯还是没改，他从来不把这些东西摆好。就像他穿衣服，很随便，走在马路上跟农民工大哥差不多。但人不可貌相，熟悉他的人才知道，他是建筑学博士，一肚子才华；不要说其他的，只要说广电大厦及其高高的电视塔是他设计的，还获过全国设计大赛一等奖，就令人肃然起敬。没有人怀疑，他是地产公司的一块金字招牌，就是做人太老实，职位升得慢。

陆正杰说："冯总不要客气，你也算是我的老领导了，今来有何贵干啊？"

冯于强说："我和刘总一来拜访，二来了解点情况。"

"了解情况？"陆正杰突然降低嗓音，"是不是关于李董？"

"不是不是。"冯于强连忙道，"听说你们二环北路的项目快要开发了，目前正在招标，我们想参与投标，不知道什么内情呢？"

陆正杰介绍说："这是我们地产公司目前最大的项目。三年前拿的地。那时房子诚可贵，唯有价更高，董事长想把规划中的商业改成住宅，政府没批，一直拖到现在。眼看房地产形势在变化，才决定把它全部开了。从施工难度上讲，不是很复杂，图纸都是全的。资金方面，只要正常销售，付款不是大问题。因为想利用新的施工方垫资，公司就采取招标。你们建筑公司和我们地产公司本是一家人，虽然分了，感情还在。两个董事长怎么样，是他们的私事，对你们投标没影响。"

"陆总，我们想知道，这个项目有没有意向合作单位？也就是说，有没有事先内定？"刘清华直言不讳地问。

"应该没有。"陆正杰说，"早前是有的，就像你们那时候，也属于内定的。之后绝大多数的施工单位，什么战略合作单位，都跟我们闹僵了，有的打架闹事，有的封门堵路，有的停工索赔，还有的打官司，没一个合作愉快。他们跟你们不好比。"

冯于强说："是的。那时候我们的工程是有的做，可是付款也难，李董宁愿用钱去炒股，也不付工程款。但我们从来不闹事，哈哈哈！当前找项目实在太难了，如果这一次能中标，我们不图挣多少钱，只图工人和材料设备，有个地方安排。"

"那是啊。二环北路项目体量大，能干二三年，前面有一大块空地。"陆正杰用手比画着，表示场地容量很大。

"这么说，陆总你是赞成我们来投标？"冯于强笑着问。

"当然呐，我赞成！"陆正杰说，"开始我还以为你要了解李董的情况。"

"李董怎么了？"冯于强露出骇怪的神情。

"他哥哥乔志根出事了，你不知道吗？"陆正杰压低嗓音说，"前一周被纪委带走了。这几天，李董没来公司上班。"

"乔志根是李董的亲哥哥吗？"刘清华轻声问道。

"当然是亲的。亲兄弟。"冯于强和陆正杰几乎同时回答。

"什么情况？是因为你们地产公司的事吗？"冯于强问。

"不清楚。我想多少有点关系。"陆正杰说，"此人并非一般啊，他也是我们董事长发财的关键人物。"

"怎么不一般？"刘清华不解地问。

"那就不要我说了，你们冯总比我清楚。呵呵！"陆正杰干笑了两声。

"后面再说吧。"冯于强看看手机，催促道，"时间过得真快，我们快去陈总那里吧。"

乔志根比李光田大一岁，是同父同母的亲哥哥。他跟父亲姓，一直没有改姓。之前有人劝他改姓，说地主的后代不太好，他偏不改，说要继承祖辈的根脉。

母亲赵桂香毒打李光田的那天晚上，他和姐姐就在边上站着，身体哆嗦，眼泪直掉，但他没有上前阻止。第二天发现李光田不见了，他哭过，找过，也向母亲呐喊过"我要弟弟，你把我弟弟找回来"。在这件事情上，他和姐姐对母亲是有看法的，甚至耿耿于怀。内外压力和窘境，也许是赵桂香第二年自缢身亡的主要原因。

赵桂香离世后，乔志根和姐姐乔志花开始吃百家饭。生产队安排各家各户轮流照顾，衣服鞋子由社员们轮番赠送。村民们觉得他俩可怜，有时还主动提供救济。相比之下，他们的生活，反而比之前更好一点：那些小小的捐助汇集起来，使他们的衣食条件，超过了贫下中农的孩子。

乔志根十五岁那年，姐姐嫁给了邻村的黄树，落下他孤身一人。不知道是生产队的安排，还是单身汉"三老歪"王春雨的自愿，姐姐乔志花出嫁以后，王春雨就住进了乔志根的家里，帮他做饭、洗衣、扫地，还时常陪他看书写字。有一天，王春雨问乔志根："你念书这么用心，成绩这么好，你长大了想干甚么？"

乔志根回答："我想当官。"

然而，乔志根的高中还没毕业，所有高等学校已暂停招收新生。从1966年开始停止高考，上大学采用的是推荐制：从广大工农兵中，推荐表现比较好的、成绩比较突出的人，到大学里学习深造。乔志根的家庭成分，是不能被推荐上大学的。

尽管乔志根学习很刻苦，成绩非常好，但高中老师认为，他表现不好，品德有问题。究其原因，是在一次交给学校食堂的大米中，为了增加重量，他放了两块砖头，被发现了。

没能被推荐上大学，乔志根不气不馁，坚持看书自学。"三老歪"王春雨看他干活带着书，吃饭看着书，拾粪读着书，甚至上茅厕还在看书，非常感动。不忙的时候，王春雨总是一拐一拐地出门，到处为他借书。人家不在乎乔志根的求学精神，而是看着王春雨身体残疾的情分，毫不吝啬地把书借给他。

1977年，中断了十年的高考制度得以恢复，但乔志根仍然因为成分问题，无法参加考试。直到1979年初，上面出了新政策：地主、富农分子摘掉帽子，给予农村人民公社的社员待遇，其子女在升学、就业、服兵役、提拔等方面，享有同等权利。乔志根这才圆了大学梦。

有了前面的教训，乔志根在大学里非常注重自我表现，不犯一点点错误，做了大量的好人好事，加之他成绩优异，毕业时，被分配到一个县里的水利局，当办事员。

　　这一年冬季，通过一位老乡引见，阔别二十年的李光田和乔志根，在省城的明光路青秀饭店相逢。兄弟相见，抱头痛哭，百感交集，彻夜长谈，彼此倾诉着多年的坎坷经历。这些情况，李光田没有告诉江自妍，而他与江自妍的关系，也没有告诉乔志根。

　　为了方便联系，相互照应，一年后，李光田利用在省城的人脉资源，成功地将乔志根从县城调至省城，之后又采取送礼等手段，帮助乔志根晋升职位。在短短的八年时间里，乔志根居然当上了国土局的副处长。李光田搞房地产开发的很多政策信息和关系搭建，都是乔志根和江自妍在背后起的作用，而许多人只知道江自妍，不知道乔志根，更不知道他是李光田的亲哥哥。

　　听说乔志根当了大官，"三老歪"王春雨非常高兴，掉了七颗牙齿的歪嘴巴，在村里逢人便说。那年中秋节前夕，他带着自己种的花生、黄豆，农村做的豆沙月饼，还有乔志根曾经读过的几本书，一拐一拐地去找乔志根。先坐拖拉机，再坐大客车，一路长途跋涉。然而非常遗憾，他在国土局的大门外，等了四天三夜，也没见到乔志根。后来门口警卫传话，说乔局长叫你不要等了，他出差去了，一时回不来。王春雨回到家里大病一场。从那以后，他再也没有提过乔志根的名字。有村民注意到，别人在聊天时，只要提到乔志根，王春雨什么话也不说，眼里泪汪汪的。

　　在同一座城市，见面比较方便。乔志根时常关心李光田的事业发展，也时常为他出谋划策，提供城市发展规划的信息。他对李光田说，搞房地产不能没有自己的势力，亲戚家人总比外人可靠。于是在乔志根的指导下，李光田把大姐夫黄树和同父异母的两个兄弟，一个个喊到省城来，为其安排工作，从不同角度，协助房地产开发的建设和管理。

给大姐夫黄树安排的工作，是物业公司的执行副总。经过三个月的速成培训，他便走马上任。但没到两年，他又回到农村种田去了。如果不是乔志根多次说情，李光田早就要辞退大姐夫，说他许多工作不能圆满完成。

2002年春节前，富平路小区的物业费迟迟收不上来，业主们反映物业公司乱收费、乱摊派。经查，业主中有一个姓熊的人，是拒缴物业费的组织者、牵头人。李光田听了非常生气，要求大姐夫黄树带几个人，在他下班的路上拦住他，狠狠揍他一顿。谁知道几天过去了，黄树没有完成任务，理由是遇不到姓熊的人。李光田安排人员跟踪，发现黄树并没有在路上拦截，而是把几个人带到路灯那边下象棋去了。

华丰大道开发了一排门面房，前面有九棵枝繁叶茂的大树，挡住了门面房的视线和采光，从而影响销售。园林局认为，这是城市主干道的行道树，不能迁移。李光田打算让人在下半夜偷偷锯掉此树，可又怕动作太大。有人建议说，弄硫酸往树根上浇，时间不长，树就会自然死掉。李光田把这个任务交给了黄树。可是一段时间以后，九棵大树一棵也没死，似乎还更加郁郁葱葱。李光田再次批评了黄树办事不力，叫他滚蛋，乔志根出面讲情，留了下来。

但是后来，乔志根不再为大姐夫黄树讲情了，原因是，乔志根亲自安排他在刘局长的车底下安装追踪器，他也没有完成。

在李光田眼里，他大事办不了，小事办不好，而且不听话。星凯小区每户缴1000元装修押金，一共收了100多万元，叫他不要退、不要退，他硬是在业主装修完之后，悄悄地退给业主了。因管理需要，装修的工人进入小区办理出入证，每人收30元工本费，他偏偏只收10块。让他在小区里统一供应黄沙、水泥，加价30%，他倒好，都按原价卖掉了。

于是，物业公司内部有人向李光田告状，说你大姐夫不适合做物业管理，执行力太差；在小区里一句大话、一句狠话都不敢讲，整天笑哈哈的，像傻子一样。为了再次考验屡教不改的大姐夫黄树，李光田又给他下达了一项特殊任务。但是这一次，黄树不但没有执行，而且卷铺盖走人了。他走之前，没有当面跟李光田和乔志根打招呼告别，而是给他俩各写了一封信。据说，他走的那天早上，有十多个业主代表，开四辆车，依依不舍地把他送到长途汽车站。

黄树写给李光田的信，李光田收到了，也看了，看过之后把信撕成了16片。写给乔志根的信，乔志根也收到了，也看了，看过之后把信夹在一本书里。前几天，乔志根的妻子在整理物品时，意外地发现了这封信，展开一看，大姐夫黄树写的内容，其中有一句话，正是乔志根今天的结果。

第八章

到陈风办公室的时候，已过上午十点半。肥头大耳、挺着大肚腩的陈风笑着说："冯总你好！怎么到现在才来？"

"早就来了，说你在开会，我去陆总那儿聊了一会儿。"冯于强看见他胖乎乎的脸上，多了不少抬头纹，平齐的短发变得花白。

"临时开个小会，早就结束了。"陈风热情地倒水泡茶。

"这些年没见面，你变富态了。"冯于强说，"经过十多年的奋斗，你现在当上大领导了，属于'三高'人群，高学历，高职位，高工资，不容易啊！"

陈风说，大领导不敢当，倒是真的不容易。这些年把头发都熬白了，也熬走了不少人，老一班的同事所剩无几，都跑到环境好的公司去了。招投标管理中心新招的这批年轻人，没有吃苦精神，他们只为工作而工作，很少有什么事业心、责任感。

冯于强说明来意以后，陈风说："你们想投标？没问题，反正是公开招标，公平竞争，择优选用。我们两家公司是老搭档了，不过……"

陈风欲言又止，右手不由自主地抚摩着自己茁壮的络腮胡子，眼帘下垂，好像遇到了什么难题。

"不过什么？"冯于强和刘清华都目不斜视地望着陈风，等候他的下一句话。

陈风站起来，把办公室的门关上，然后回到座位上，喘了一口气，说："冯总你知道的，公司比较复杂。庙小妖风大，池浅王八多。现在比十年前更复杂。有一个人，你可能不太熟悉，要把他沟通好，要不然，很难弄。"

"陈总说的这个人是谁啊？"冯于强惊奇地问，"是不是李光田？"

"不是。是张大少。"陈风说，"你和他关系怎么样？"

陈风认为公司的复杂性，大致表现在两个阶段。十年前的复杂性是横向的，主要是李光田和江自妍的发展理念存在很大差别。表面看上去，江自妍好像不管什么事，除了商贸公司和建筑公司，她只管法务和财务，但李光田同意的事情，比如合同流程走到法务，往往是不能通过的。而江自妍要做的事情，李光田也经常压下来不批。财务上更是明显：江自妍要支出，李光田不同意，而李光田要付一笔钱，江自妍不愿意支付。那时候，公司管理人员是分帮派的，信仰李光田的一派，信仰江自妍的一派。譬如冯于强、陈风、陆正杰，都是江自妍一派的。

十年后，公司的复杂性主要体现在纵向上。老员工一派，新员工一派，李光田的亲朋好友一派，原先属于江自妍阵营的又是一派。关键问题是，李光田不太相信老员工了，即使像总裁、副总裁这样的高管，有时还没有三十二岁的张大少说话顶用。如此一来，公司上下之间就出现了矛盾，有的事情副总裁不同意，下面人找到张大少，竟然能把公章盖得好好的。多数人都说，张大少是省里大领导的孩子，而个别人传闻，说李光田有好几个私生子，张大少是其中之一，他可能是公司未来的接班人。

张大少是年前调到经营管理中心的，主要负责经营模式和行业发展研究，制定经营战略规划，采集开发项目的经营数据，动态分析监控，提出预警报告和计划调整方案。同时从投资发展部调过来的，还有长发美女周芳，她是最早研究张大少身世的人。张大少第一天上班，她就发现他的五官长相和说话声音，有点像董事长李光田。到后来，再看他价值60多万的江诗丹顿手表和230万的法拉利跑车，就更加怀疑了。可是张大少从不张扬，他说手表是从香风街买来的高仿品，跑车是从朋友那里买来的二手货，不值钱。

"张大少，"冯于强说，"属于小一辈，谈不上有什么关系。是不是一定要跟他沟通一下？他管招投标吗？"

陈风说："他是招标委员会的成员，参与资格预审和评标。关键是他有话语权，有时他的意见就能代表董事长。这次招标22亿元，来投标的单位应该不少，竞争会相当激烈。

如果你认识他，最好去沟通一下。我们过去是老同事，我得把底细告诉你。"

冯于强说："既然这样，那我来找一个和他熟悉的人，帮忙打打招呼。除了李光田，你看找谁合适？"

"他以前在投资发展部，你找他的老领导唐总应该管用。不过近日别找，他的心情不太好。"

陈风说的投资发展部，不是常规理解的概念，它的主要职能是投资炒股。这个部门是非常神秘的，公司的绝大多数人，都不知道他们整天在干什么。进入股市的员工们常常在骂，说我又被庄家收割了，但想不到，庄家的人，就在他身边站着。

李光田在股市中投资果断。凭借雄厚的资金实力、专业的操盘团队、精锐的分析专家，还有证券公司的内部消息，媒体舆论的炒作支持，以及先进的数据分析系统和通信传输设备，在1995年至2018年期间，他们巧妙运用尾市拉高、真出假进、轮番炒作、涨跌停板出货、震仓、做空、压低出货等手法，通过打短线和中长线操作，累计出击1300余次，获利43亿人民币，操盘手段令人发指。不仅在熊市中创造了暴涨的奇观，而且在牛市中制造了暴跌的假象。

"心情不太好，是因为最近连续亏损。"陈风说，"投资发展部这个庄家，好像被更大、更厉害的庄家盯上了，经常被宰割。尤其是上半年，亏得一塌糊涂。"

"这么看来，我还不宜找唐总。"冯于强说，"其实我也不想找他，毕竟关系远了点，不像我和你。哈哈！"

"不急，再想想。还有什么？"陈风拿着保温瓶，给冯于强和刘清华的茶杯里加了一些热水。

"我想请教陈总，这个项目有没有事先谈好的施工方？以后工程款能及时支付吗？"刘清华谦逊地问道。

陈风说："没有，真的没有。关于工程款支付，招标文件上有说明，前期要垫点儿资。工程款来源主要还是靠销售，本身这个项目的土地，就是贷款拿的。"

冯于强问："当时为什么要贷款？你们地产公司一直不差钱呀！"

陈风说："钱是有的，可是老板要做大做强啊。那年贷款30个亿，接二连三买了好几块地。这块地最大，竞拍时高价拿下的。你们应该去现场看一下。"

"是要去看一下。"冯于强说，"还是李董有本事，能贷到30个亿，不简单啊！对我们建筑公司来说，这可不是小数字！"

"呵呵！"陈风笑道，"记得有一年，公司贷款150个亿，不光是买地用，还能放出去吃利息差，一年能赚几千万。"

"不过三年前，房地产贷款确实不难。"冯于强表示认同。

"对啊！什么资料造假、重复抵押，只要有领导关系，吃吃饭，喝喝酒，再付一点代理费，别说150个亿，就是几百个亿，也照样贷得出来。然后给几千万的好处费，小意思了。"

"项目贷款与我们投标有关。讲实话，我们不希望所投标的项目，是有贷款背景的。"冯于强说。

"跟你们有啥关系呢？"陈风转脸问道，"贷款要你们还吗？"

"不。有关系。"冯于强从企业经营和风险防范的角度，表示出担忧。

"冯总担心啦？"陈风戏谑道，"怎么胆子没有以前那么大了？十年前，你是经常忽略了头顶上帽子的高度。呵呵呵！"

三人笑罢，一看到了中午饭点，陈风请冯于强和刘清华到食堂吃工作餐。冯于强说，食堂人多，不方便，不如请陈总到外面吃点。陈风说，中午时间太短，不如晚上吧，晚上我来请你们，毕竟来到我这里，还带了礼品；我顺便把陆正杰也叫上，一块儿聚聚。说着，陈风掏出手机，给陆正杰打电话，三言两语就敲定了。

晌午，冯于强和刘清华在双桥路的小饭店，点了两菜一汤，吃过以后，等到上班时间，直奔总工程师张顺曦的办公室。但是很不巧，门开着，没有人，文员说他去设计院了。冯于强打电话问他什么时候回来，他说到设计院商讨户型调整的事，尽量早点回来。

"那我们就去郑总那里吧。"冯于强对刘清华说，"都一样，反正都是要去的。"

话虽这么说，冯于强心里清楚，其实是不一样的：协调事情一般是自上而下，而了解情况一般是由下往上；下面的情况了解越多，心里越是有底，对上面领导的态度更容易把控。不过此时此刻，也只能这样了。

"郑总就是郑小明吧？"刘清华问，"都说这个人非常的精明啊？"

"是啊！他何止是精明。"冯于强的回答似乎莫测高深。

在冯于强看来，郑小明是地产公司的二号人物，是李光田的亲信。在很多场合，李光田声称：郑小明是对公司有杰出贡献的人，也是公司发展壮大的奠基人之一；从我做电冰箱生意开始，他就一直跟着我，一路摸爬滚打，立下汗马功劳。

当年李光田在河西买地的时候，村里送了68亩水塘。对于别人而言，这块水塘除了养鱼，没什么大用途，而对于郑小明来说，它不是水塘，而是一个聚宝盆。

郑小明是本地城镇居民，对整个城市的地势地貌相当熟悉，对城市建设的地下土方工程了如指掌。他知道主城区的地势相对较高，盖房子挖出来的土方无法就近回填，多余土方无处丢弃的情形，经常急得基建单位团团转。外运弃土的价格，最高时涨到了每立方50元。郑小明瞄准了商机，他把68亩水塘围起来，专门提供卸土场地，俗称"土场"。在短短的两年多时间里，他坐地不动收取"渣土费"430万元。更为神奇的是，水塘填平了，又作为开发用地卖给了地产商，多挣了2300多万元。李光田当然高兴，很快给郑小明的职位加了一级。

水塘变成开发土地转让之后，手持长棍短刀看场子、收费用的一帮兄弟，全部被公司收编。他们成了专门完成特别任务的嫡系，当时叫"特管队"，也是后来物业公司的班底人员，有的还当上了副总、经理或保安队长。

"特管队"分工明确，纪律严明，暗语暗号都是统一的。比如把"吃饭"叫"上垦"、"女人"叫"腰子"、"公安"叫"坝子"、"香烟"叫"草珊"……递香烟一手发三支，取中间一支的是自己人。在郑小明的统一指挥下，这支"特管队"前后完成特别任务数百次，但在一次公然驱逐商家的行动中，郑小明受伤了，而且被拘留了七天。

事情发生在怀宁路商业街。这条街曾经是破烂不堪、下雨泥泞、晴天尘土飞扬的老街。旁边新开发的沿街商业，初始售价每平方米8500元。李光田以这个价格，把一幢3900平方米的三层商业楼，卖给了好朋友王培信。一年后，政府拆迁改造，投入巨资整治环境，此处的商业价格飞涨到每平方米12600元。李光田找王培信谈判，希望他每平方米补价差4000元。王培信不接受，以协议为依据，一分不加。三周后，在中间人的协调下，王培信勉强追加每平方米1000元。但李光田不同意。于是关系破裂，反目成仇。

这天下午，郑小明得知，王培信已经对三层商业楼进行装修，并且完成了一半的工程量。他和李光田认为，这是妄图先入为主，造成既成事实的野蛮行径，当即决定连夜行动，摧毁他的全部装修成果。于是，郑小明紧急召集"特管队"和物业保安，抽调开发项目的"精兵强将"，共计80人，手持切割机、大铁锤、斧头、钢钎等，分头齐聚目的地。先制服值班看守人员，再火速开展拆除和破坏。随着"呼隆、哗啦"的声响，不到一个小时，三层楼内七零八落、遍地狼藉。混乱中，郑小明的右手背，被一块飞来的玻璃碎片，划出了一道4寸长的口子，鲜血直流，他急忙用左手按住伤口，顷刻间，两只手都沾满了鲜血。

王培信报案后，派出所现场取证，并责令地产公司负责人出来承担责任。郑小明挺身而出，说此事全是我一人所为，董事长并不知晓。被刑拘七日后，他出来吹牛说，还好，我在里面没受什么罪，天天好饭好菜，除了看报纸，就是睡觉，还长了二斤肉。当天晚上，李光田请郑小明吃饭，给他买了一套西装、一双皮鞋，奖励五万块钱；还说了，你今晚不要回家，到我们的会所住一宿，我安排了两个美女，帮你好好洗个澡，做个按摩，压压惊。

四天后，郑小明的职位又提了一级。

有员工说，郑小明这家伙黑白两道，他领导的部门，一半是团队，一半是团伙。在"两团"建设上，他有一套独特的本领。人们经常看到他和李光田率领相关部门负责人开会，研究如何提高房价，如何降低工程成本，如何进行政府公关，如何实现利润最大化。在他的倡导下，成立了小额贷款公司，扩大了娱乐会所，新增了礼仪公司、卡拉OK专用厅、内部游泳池等项目。不但减少了对外开销，增加了营收，而且还为李光田及其相关领导的业余时间，提供了安全而又高级的娱乐保障。

当然，这都是以前的事了。现在郑小明的办公室与十年前迥然不同，就连办公室的面积、办公桌的规格、沙发的数量，都是原来的两倍有余。冯于强刚进门的那会儿，明显感到自己的气场不足，有一种不知所措的恍惚感。

"你们先坐吧。"郑小明正在总裁的位子上看文件，慢悠悠地说。

"谢谢！打扰郑总了。"冯于强并没有立即坐下来。他绕过一排文件柜，走到办公室右侧的沙发前，抻长脖子，看墙上挂着的一幅粗重浑厚的毛笔字：

观古知今思进退，
读书养志识春秋。

"这字谁写的？"冯于强故作惊奇。

"我写的。怎么样？"郑小明感奋地站了起来，走过来笑着说，"不相信啊？你看下面，落款是不是我的名字？哈哈哈。"

冯于强凑近一瞧，字虽丑，但的确是郑小明的名字，恭维说："不错不错。想不到啊，郑总您现在是文化人啦！"

"没事写着玩玩。写字也能修心养性。请坐，请坐！"郑小明喟叹道，"啊呀，这么多年过去了，你也不回来看看我们啊！"

冯于强说："郑总裁，您是元老级领导，工作繁忙，我来了也不敢随便打扰您呀。不瞒您说，昨天我还在想，您会不会接见我呢。"

郑小明说："元老级，哈哈，你说得没错，是老了，快成骨灰级了。哈哈哈。如果不是董事长留我，我早就退休回家了。今非昔比啊，公司的事情，也该让年轻人管管了，我这个老江湖，不顶用啦。"

听出郑小明的话里有推脱之意，冯于强连忙说："您太谦虚了。有您掌舵，董事长省心多了。董事长对您一直很满意、很信任。"

"但是这几年，"郑小明说，"我思考了很多，越想越是觉得，我对自己不满意，对自己不信任，对自己有意见。"

"这话怎么理解？"冯于强扭过头，仔细打量着郑小明。相比十年前，他菱形的脸上少了严苛的凶气，却多了友善的神情。他的目光不再是那么冷峻，有一种平静与随和。过去他喜欢穿那种深色的、无领的休闲服，而今天，他穿的却是一套熨烫平整的西服。

郑小明看向冯于强，说："实际上，也没什么好理解的。你当初跟着江自妍去了建筑公司，那是对的，起码多活十年；像我呢，在这边地产公司，起码少活八年。呃，扯远了，说说正经事，你们来找我，什么事啊？"

冯于强叹气道："那我就如实汇报。我们建筑公司九个多月没接到新工程，上顿不接下顿，快要断粮了。你们二环北路项目招标，我们想参与一下，看在老伙计的分儿上，请郑总裁高抬贵手，优先照顾！"

"既然你们跟下面沟通好了，应该没问题。"郑小明说，

"我现在不管具体工作，但是，只要我还在这个位子上，我自然会支持你们，都是老兄老弟的。"

"那太好了，非常感谢郑总裁!"冯于强和刘清华听了十分感激，双双拱手道谢。

"不过，你们要充分调研。"郑小明又说，"公司和项目大了，情况比较复杂，这里面，会有你们想象不到的困难。"

第九章

陈风订的饭店是徽菜特色，包间不大，但装饰典雅，环境舒适。有窗户，有洗手间，还有打牌的桌子。冯于强推门一看，陈风和陆正杰已经到了。陈风说：来来来，时间还早，我们四个人，正好掼蛋。

现在流行"吃饭不掼蛋，等于没吃饭"的新风尚。掼蛋不仅是一项娱乐活动，而且还承载着社交功能。它有助于拉近人与人之间的距离，营造和谐融洽的氛围。无论性格内向还是外向，掼蛋都能以其独特的魅力，吸引人们参与其中。作为一种阶层融合的桥梁，满足人们的沟通需求。在掼蛋双方的对峙中，人们可以暂时放下身份和包袱，尽情享受愉快的时光。

陈风和陆正杰一组，冯于强和刘清华一组。一组是地产公司，一组是建筑公司。经过一个多小时的激烈对抗，"建筑公司"一方终于赢了一局。陆正杰气急败坏地说："这个屌牌，手上一副炸弹都没有。不掼了，吃饭！"

"不是吃饭,"陈风攥着酒瓶说,"先喝酒。我来讲几句。"

陈风倒满四杯酒,来了几句简单的开场白。他说:"今天我请冯总和刘总吃饭,请陆总作陪,感谢老领导今天回公司看我们。想当年,我们同事一场,不忘过去,忆往情深。因为敏感时期,小范围聚聚、聊聊,除了不聊招投标,其他随便聊。我们聊到哪里、哪里了。"

冯于强听出了陈风的意思:他首先声明是他个人请客,不是建筑公司请客;其次说明在招标期间与投标单位吃饭,容易引起误会,只能小范围进行,而且要保密;最后提示今天晚上什么都可以聊,但不要触及工程招投标;这里说过就了断,以后不要再提了。

在柔和的灯光下,包间内弥漫起酒和菜的香味,洋溢着友好的气氛。话题从个人何时入职、经历了什么,聊到了这些年碰到的奇闻怪事,分享职业生涯中遇到的点点滴滴,继而又聊到了公司的起步与发展。

电冰箱专营店、商贸公司、地产公司、建筑公司,都是李光田和江自妍合力缔造的成果。从李光田个人事业发展的角度看,孙红军、江自妍、郑小明、乔志根,都是关键人物。拉板车的孙红军,给了他安身立命之处,开启他发轫之初的梦想。江自妍引导他创业,并不断推动他迈向成功之路。郑小明是得力干将,功臣之一,没有他舍生忘死地拼搏,也不行。乔志根不仅是加速器和导航,而且是破冰船和护身符,呼风唤雨,推波助澜,但现在谣言四起,生死未卜。还有姓肖和姓邵的领导，在那个行业混乱、制度不健全的年代，也起了托举和庇护的作用。

"他们中间最重要的人，是江自妍。"陆正杰说。

"不，我认为最重要的人，是孙红军。"陈风有异议。

在相当长的一段时间里，李光田不可一世。他坐拥一辆军用牌照的绿色越野车，横穿在各个城市的大街小巷，仿佛能纵横于江海，自由于天下。更加离谱的是，他曾经想把公司各部门的名称，更换成与政府部门接轨：工程管理部改为工程建设科，规划设计部改为规划设计处，财务部改为财经科，以此类推。后来被江自妍阻止了，重新设置了七大中心、八个部门。

至于李光田发家的第一桶金，四个人争执不休。陆正杰和冯于强认为，是开创电冰箱专营店之后的快销获利和拆迁补偿，而陈风则认为，是河西那块仓库用地的成功转让。最后大家和解：第一桶金固然重要，但不是绝对的财富保障，有人挥金如土，或命不逢时、投资失败，短期内便化为乌有。房地产如火如荼而又风云变幻的那些年，李光田始终都能抓住政策的风口，让商品房的售价和销量扶摇直上，真让人怀疑，许多地方性政策的出台，就是出自他的哥哥之手。

"主要是大的气候环境影响，房地产是阳光下的最后一个暴利产业。"陆正杰说，"从2003年开始，房地产投资快速增长，再次出现了过热现象。由于施行土地'招拍挂'，地价和房价大幅上涨。当年6月，银行下发121号文件，调整贷款政策，提高首付款比例，这是第一轮牛市之后，中央政府的调控措施。"

陈风说："到了8月份，18号文件出台了，明确指出房地产业是国民经济的支柱产业，并提出促进房地产市场的持续健康发展，是保持国民经济持续快速健康发展的有力措施，对符合条件的开发企业和地产项目，要继续加大信贷支持力度。"

冯于强说："可是你们知道吗？18号文件确立的国民经济支柱产业，是对1998年23号文件所确立的新的经济增长点的升级，也标志着新一轮的房地产宏观调控正式开始。"

刘清华说："地方政府为了土地财政，可能会用一些方法提高地价，从而刺激了房价增长。如果不是中央政府及时调控，房价不知道要涨成什么样子。"

说到李光田与江自妍离婚，公司流传着多个版本。有人说因为孩子问题，李光田不接受江远涛，一心想要江自妍生个孩子作为接班人，可是她不生，借故计划生育有规定，事实上是不能生；有人说不是因为孩子，李光田外面有孩子，而且有男孩子，不在乎江自妍能否再生了，离婚就是要甩开她；有人说，江自妍知道李光田外面女人多，确定他背叛了感情，无奈之下提出离婚；还有人说，两个人的管理模式不同，经常闹矛盾，离婚是必然的。

1985年12月，李光田确实对江自妍说过，我们一定要生个孩子，不论男孩女孩，为我们接班、传代。江自妍有自知之明，她说我们不是有江远涛吗？他就是我们的孩子呀。现在计划生育这么严，我要是再生孩子，工作就没了。

李光田不认为江远涛是"我们的孩子"，他姓江，又是捡来的，充其量只能算是江自妍的养子，跟自己没有多大关系。况且李光田不喜欢江远涛，算命先生说他与自己犯克，以这样的孩子作为家庭传承和事业接班人，他怎么也说服不了自己。再说了，自己还年轻，不能在一棵树上吊死。

那年头，电冰箱的经营风生水起。风度翩翩的李光田口袋鼓实，神气活现，招来许多女人刮目相看。经常有烫着时髦卷发、身着喇叭裤的年轻美女和少妇们，纷纷主动向他示好，簇拥在其身边。1986年期间，李光田先后与七八个女人有过亲密接触，并且与其中的三位建立了较为固定的情人关系，这中间就有电冰箱专营店的女销售经理。

通过李光田身上的味道、晚上回来的时间、床上睡觉的态度，江自妍猜测李光田有了外遇，但没有任何证据。江自妍也不想认为那是真的，加之心里有愧于没给他生孩子，便予以了巨大的包容。她还是以事业大局为重，更加努力地帮助他，希望他有一天能够迷途知返。同时也在想，反正忙到最后，这事业不论大小，还是归我儿子江远涛的。

一年年过去了，江自妍觉得事不如愿。在婚姻和爱情上，她意识到与李光田的距离越来越远，而在事业上，她感到也在慢慢失控。左思右想，江自妍作出了下海经商、掌控李光田的重大决定。

辞去工作，卸下包袱，江自妍要求与李光田进一步确立婚姻关系，并提出公开举行婚礼。但李光田以各种理由推辞不办。在江自妍的再三哀求下，才勉强办理了结婚登记，只办了四桌酒席，没有仪式，没有摄像，没有穿婚纱。李光田的解释是：年纪都大了，老夫老妻的，意思一下就行了。

江自妍到公司上班，是他们企业发展中的一个里程碑事件。在当时，是轰动全公司的特大新闻。

在同一幢大楼上办公，李光田在16层，江自妍在15层。她先后担任商贸公司和建筑公司的董事长，兼管法务和财务。看上去这个安排是非常合理的，也正合江自妍的心意。一开始做商业和企业管理，她说是大姑娘坐轿子，头一回，没什么经验，非得下功夫大补一番，于是她买来了一百多本企业管理方面的书籍，看得孜孜不倦。可是李光田不赞成江自妍天天捧着书，他说搞企业管理，太书卷气了不行，必要时，还得铁腕手段、雷霆措施。

过了几天，李光田来到江自妍的办公室，送来两张EM-BA招生简章，说你不要看书了，我帮你联系了工商管理硕士进修班，去那里报名的，都是上市企业和央企国企的高管、社会中坚力量和具有一定规模的公司创始人，你去进修两年，比看书来得快。江自妍没同意，她说我就相信书，那些培训机构，往往都是骗钱的。

后来为这件事，江自妍深刻地思考了很久。从好处想，她认为李光田是出于好意，想帮助她快速成为一名真正的企业家；而从坏处想，她认为李光田使的可能是调虎离山计，不想让她靠得太近，许多事情也不想让她知道；还有一种更坏的推测，是故意安排她到那些老板成堆的地方，希望她有朝一日红杏出墙，被哪个老板牵手而去。

往后的事实证明，江自妍的分析，一大半是对的。

进公司不到一个月，江自妍就发现了一些管理上的问题。比方说，工程合同不规范、不当消费过多、风险投资无度、合理付款拖拉等。开始的时候与李光田沟通，他还蛮有兴趣地听着，也致力于改进，但时间一长，李光田有时在听，有时对问题作出解释。后来李光田对江自妍的意见和建议，渐渐产生了抵触情绪。再后来，两个人经常为一件事，争得面红耳赤，直至发生吵架，再甚至摔东西。

那一次给"特管队"人员发奖金，江自妍不同意。她说这本来就是一个干坏事的团伙，一年的工资、车旅费，再加上医疗费，花销1200多万，已经很多了，我们还给打架斗殴的人发奖金，不是正义行为，道理上讲不通；这样助长他们的嚣张气焰，万一哪天出了人命怎么办？江自妍不付奖金，还要解散"特管队"。

对于投资发展部疯狂炒股、操纵股票，江自妍意见很大。过几天投5000万，过几天投8000万，过几天要投2亿，都是大额交易，数字惊人。她认为这样炒股是反人性的。找李光田理论时，他说你不懂，我们一直都是赚的。江自妍说，你赚的是钱，亏的是良心，你这是比赌博更加恶劣的抢劫，你知道吗？你害了多少家庭妻离子散，甚至家破人亡，断了多少人的前程啊！

2005年，房地产市场继续保持增长的惯性，房价上涨，销售火热。这天晚上，江自妍对李光田说，现在公司的账户上有18个亿，我有个想法很久了，一直埋在心里。李光田问她什么想法。江自妍说，我想拿出5个亿，投资建个中医院怎么样？我那学医的弟弟，做梦都想创办一所医院，我爸生前也有过交代。李光田当时没有表态，他说要做一个方案，评估一下再说。一个月以后，李光田以方案不可行和买地为由，回绝了。江自妍把方案拿过来一看，中间粘着的纸，竟然都没打开。江自妍明白了，他连翻都没翻，对中医院根本不感兴趣。

十天后，江自妍又提出花3亿元，收购一个即将倒闭的半导体科技公司，以后向芯片制造方向发展。但李光田依然没有同意，而且表现出不屑一顾的轻蔑态度：把一沓技术资料扔进了垃圾筐，这让江自妍的心中涌起了一股失望的悲哀。

江自妍意识到，她与李光田在企业发展和经营管理上的分歧，已经慢慢演变为相互之间的隔阂和矛盾。而在家里，尽管豪宅宽大，富丽堂皇，她却感受不到生活的温暖和幸福。相比以前，李光田简直判若两人。

"曾经在电台主持节目，造就了江自妍良好的心理素质和极大的耐心与包容心。"陈风说，"他俩遇事争论的时候，我们在走廊里就能听到李光田拍桌子和大骂声。而江自妍始终保持着镇定，即使李光田叫她滚出去，她也神态自若地说，我为什么要滚出去，我是为了企业好，才这样的。"

"你们可知道，"陆正杰问，"他俩离婚的导火索是什么？"

"这是高度机密，公司真正知道的人，应该不超过十位。"陈风说，"你们不要看我呀，我也不知道。"说完他端起酒杯，示意四人共饮。

2008年7月，江自妍让李光田把刚刚毕业的江远涛，安排到地产公司上班，李光田不乐意，却让江自妍把他安排到商贸公司。江自妍说，江远涛喜欢房地产和建筑，从培养接班人的角度，还是到地产公司合适一点。李光田说：还接班人呢，他不是你亲生的，也不是我亲生的，怎么可能让他接班呢？笑话！这句话差点把江自妍的肺气炸了。但江自妍忍住了，没吱声，心想没到时候，到时候看你还能这么嘴硬？

2009年8月下旬，投资发展部的长发美女周芳，到江自妍办公室签财务发票，有一张大额发票，江自妍说不能报销。周芳说这是张大少的，请江董照顾一下吧。江自妍抬头问，为什么要照顾？周芳诡秘地说，我就怕李董有意见。江自妍听出端倪，笑着说，哪个张大少？你叫他到我办公室来一趟，我要了解情况。

半个小时过后，当江自妍看到张大少的那一瞬间，似乎一切都明白了。江自妍捺住性子问他，你叫什么名字？什么时候来上班的？学的什么专业？家住在哪里？张大少说，我叫张大少，来上班快一个月了，学的专业是计算机科学与技术，家住在科苑路红旗小区。

仿佛最后一个希望就此破灭了。这一次，江自妍忍无可忍，她跑到李光田的办公室质问：你老实说吧，张大少是不是你的孩子？李光田说，是又怎么样？不是又怎么样？江自妍一听这话，就明白等于承认了，又问：你摸着良心讲，你外面到底有几个孩子？李光田恼羞成怒地斥责道：我外面有几个孩子，凭什么要告诉你，孩子多呢！江自妍听后满腔怒火，痛心疾首，顿时昏倒在地上，口吐白沫。李光田的秘书小兰见状，连忙拨打120求救。李光田扬起手指，点着小兰恶狠狠地说，这事儿不准你说出去，否则，我让人剥你的皮。

"江自妍一周多时间没来公司，不少人找她签字，却不见她的身影。"陆正杰说，"十天后，我听到的消息，就是她和老板离婚了，公司也分开了。"

"后来我在报纸上，看到江自妍发表的一首诗。"陆正杰把筷子轻轻地放在碗上，深情款款地说，"她是这样写的：我的眼睛，能容下人间万物，唯独却，容不下一串眼泪。当它慢慢滑落时，我用微笑的嘴唇，偷偷地，将它舔咽……"

四人缄默。

"到了2009年9月份，"冯于强说，"变更营业执照，布置新的办公楼，公司搬迁，我都参与了。"

"我听说，当时把建筑公司和商贸公司分给江自妍，外加10个亿？"陈风说。

"10个亿不算多，"陆正杰插话道，"至少应该分给江自妍30个亿。"

"没有。就10个亿。"冯于强说,"江董她同意,其他人能说什么呢?她把工程上的欠款付了,只剩6个多亿,接着买土地、建医院,全部花光,后来把商贸公司也转让了。"

"刚才讲到医院,我听说江自妍的病,有生命危险啊?"陈风担心地问。

"她在哪个医院呢?"陆正杰跟着问。

冯于强叹口气:"是啊!是有点危险。她目前就住在她自己建的医院里,院长是她弟弟,条件上笃定没问题。我们都希望她早日康复!"

第十章

公司的大多数人，都在忙工程投标，看来这项工作是现阶段的重点和热点，宋文玲耐不住寂寞，也想往这块儿钻研。虽然她不是这个专业，也没有这方面的经验，可是通过几天的探索，她居然发现了一个秘密：招投标与现代人的婚姻，有很多相似之处。于是她在笔记本上，一个一个地标记，结果让自己大吃一惊。

公开招标相当于征婚，邀请招标相当于相亲，议标相当于自由恋爱，串标相当于几个人追一个，流标相当于恋爱失败，中标相当于恋爱成功，招标代理相当于委托的红娘，监理相当于婚前指导医生，投标保证金相当于彩礼，公示相当于过朋友关，中标候选人相当于确定恋爱关系，合同谈判相当于婚前约定，签订合同相当于办理结婚证。在招投标活动中，有领导插手或早已内定，相当于婚姻由父母当家做主或包办。

经过深思，宋文玲觉得跟过去相比，现在的世道有很多情况是相反的。早前有工程项目，是甲方找施工单位，甚至求着施工单位；而现在有工程项目，是施工单位求着甲方；就像早前的女孩子不愁嫁，男方求着女方，而现在的剩女们，到处寻求男方。过去的甲乙双方，君子一言，驷马难追，没有合同和协议，也能顺利合作到底，如同没有结婚证，也能相伴终生；可现在不同了，有了结婚证，一些人照样离婚，就像工程中标、签订合同了，照样可以变更，或张冠李戴、分包转包。相当地不诚信。

对于九个多月没中标、没接到新项目，宋文玲假设原因：可能是不会包装自己，不会采取策略，没给人家好处；就像恋爱时，不会打扮自己，不会话术技巧，没请对方吃饭，也没给人家礼品。说到这里，冯于强佩服她一下子悟出了这么多道理，因此要去看现场时，冯于强决定带上宋文玲。

"什么叫看现场？"宋文玲坐在去往二环北路的车上，笑着问。

冯于强回答："从投标角度，看现场的标准说法是现场踏勘，这是投标必经程序。目的是对投标项目的交通环境、临水临电、施工道路、临时设施搭建位置，是否有沟渠、管线等，进行多方面了解，掌握第一手资料。"

朱长贵补充道："看现场，有甲方统一组织的，也有施工方自行安排的。作为投标人，都希望甲方统一组织，能进一步了解招标人的意图，获取更多信息，还能了解到竞争对手。后来有规定，招标人不得组织单个或者部分潜在的投标人看现场。"

"相当于男孩子和女孩子相亲吧？"宋文玲风趣地问。

"不是。"冯于强说，"目前的看现场，相当于看照片。看过照片，就大概知道要不要往下谈了。"

宋文玲咯咯地笑，又问："有没有看了现场以后，就不想投标了呢？"

朱长贵说："当然有啊。上个月我们去看现场时，发现施工单位已经进场了，你说投标还有意义吗？"

"那相当于刚恋爱，就偷吃了禁果，也相当于婚前同居。"宋文玲笑着说，"那有没有不看现场就参加投标，或者看过现场，还上当受骗呢？"

"也有啊。我们都经历过。"

朱长贵说："2011年，我们在投标前看过一个项目，现场的'三通一平'做得很好，场地被推土机刮得平平整整，看上去很舒服。中标以后签了包干合同，进场挖基础才发现，那下面根本不是土，都是石头。机械设备弄坏了好几台，还用了20吨炸药。甲方说包干合同，不能调整价格，结果算算，光一个基础，就亏得不像样子。好比开着汽车去，骑着三轮车回来。

"还有一个外地项目，当时两人看完现场，回来说挺好的。中标后进场一看，工地上有两条通信电缆，严重影响施工。问二人，你俩怎么看的？他们说，当时看的不是这个现场，搞错了地块。后来杆线迁移，折腾了半年时间，花了几百万。招标文件规定：'投标人应自行察看现场，并将影响施工的不利因素考虑在报价内。'如果早知道，就应该考虑相关费用，这是甲方允许的；但是不知道，就没有报价，硬生生地贴了一笔钱。好比穿着西装去的，穿着短裤回来了。"

宋文玲笑得前仰后合，说："前一个，相当于被人家的浓妆艳抹给蒙蔽了；后一个，相当于照片上的人和结婚的人，不是同一个人。"

"别笑了，我们到了。"冯于强解开安全带，准备下车。

"是这儿吧？不能看错地方啦。"宋文玲调侃说。

三人下车，向工地大门走。见到前面一个秃顶的老头儿，正在玩手机。看到有人来了，他问道："你们干什么的？哪个单位的？"

"老人家您好！我们是来看现场的。最近来看现场的人，多不多啊？"

冯于强没有告诉他单位名称，怕走漏风声，还顺口向他打探来看现场的人有多少。而"秃顶老头"只说了"有不少"，并未详细回答。看来"秃顶老头"聪明，也怕泄露情报。

在现场，朱长贵手持规划总平图，比画着说："这块地就是二环北路项目，你们看，这个方向是东南，西北角紧靠马路。"

这块地325亩，是长方形的，差不多有30个足球场那么大，一眼望去，空旷开阔。场地内修了一条5米宽的水泥路，其余的地方，长满了不知名的野草和野花。

冯于强说，当我们看到变压器，说明强电到位了；看到自来水的阀门有水迹，说明施工用水接好了；看到内外有道路，说明交通有了保障，这就满足了电通、水通、路通和场平的"三通一平"条件。现场的地形与规划图相符。第三标段空地最大，能够堆放大量材料设备，正是我们需要的。我们投标的重点是第三标段，哪怕只中这一个标，也能在很大程度上解决后顾之忧。

看过围墙内的场地，冯于强和朱长贵是比较满意的。但宋文玲不经意说了一句话："这里这么偏，谁来买房子呀？相当于从城市到农村了。"

朱长贵说："不偏。这里是将来发展的新城区，五年后，会有地铁通过来。他们做房地产开发，这叫眼光决定未来。"

"这是李老板的惯性思维。"冯于强说，"以前他在河西拿的几块地，开始都很荒凉，几年以后都翻了好多倍。从那以后，他买地专找规划中的新城区，坐享城市发展红利。"

"相当于股票，专买潜力股，等候升值。"宋文玲说，"万一被套住，那就死定了。"

"一般情况下不会，套不套，跟我们关系不大。我们盖房子，盖好了收款走人。"朱长贵一边说、一边举起手机，拍了几张现场照片。

这时候，从工地大门口进来一男一女，男的手拿资料，女的手持照相机。他们的小车停在路边上。

冯于强对宋文玲说："一看就是做工程的，大概也来看现场。你把他们的车牌号记下来，回去查查是哪个单位的。"

走出大门的时候，三个人默契地停下脚步，踏着鞋底的泥土，不约而同地回过头，亲切地望了一眼现场。在亮丽的阳光下，现场仿佛被染上了青绿的颜色，显得生机勃勃，宛如一块镶着金边的硕大翡翠，静静地躺在那里，等待着有缘人的发掘与开采。

"这个项目是一块大肥肉，竞争性一定很强。"上车后，朱长贵说。

"相当于土豪家的白富美，想要的人很多。"宋文玲问："工程还没开工，'秃顶老头儿'在那儿干吗？"

朱长贵回答："这个你就不懂了。他看大门，是防止有车子进来乱倒垃圾，也防止有人把变压器偷去拆了，当废铜卖。"

"他可能还有一项任务，"冯于强说，"观察并记录每天来看现场的情况，听听都说了些什么。看大门的人，往往是开发公司的内部奸细。"

"有没有施工单位中标后进场了，又被赶出大门呢？"坐在车上无聊，宋文玲找话题，也是一种学习。

"也有啊，我就遇到过。但是，讲起来很惭愧。"

冯于强说，2004年，我在地产公司。这一年房价跌后反弹，同比涨幅近15%。由于房地产红火，各种材料涨价很猛，有的涨了30%。方山台那个项目，就是在这样的情况下招标的，中标价3.6亿元，高得比较吓人。

当时的中标单位是一家安徽的公司，中标后合同签了，但没有开工。原因是政府推出"国八条"，明确提出要采取措施，抑制房价上涨。政策出台后，全国房价应声而跌，方山台项目不敢开工，静观其变。

2006年5月，政策要求调控住房结构，加大中小套型比例，首次提出90和70的户型政策。于是，当年的房价降了6%左右。李光田没有耐心了，决定重新变更规划设计。这一次变更加上报建，搞了大半年时间。

大半年之后，材料价格随着房价下跌也大幅降低，算了算，与两年前的中标价相比，方山台项目增加投资6100万元。李光田的朋友老范，在敬酒的时候说：现在3.6亿太高了，您不如转给我做吧，我只要3个亿，另外我出200万的清场费。只听咣当一碰，李光田昂首喝完杯中酒，说了句："好，一言为定！"

我们去找安徽的公司洽谈，他们根本不接受200万就退场，还讲了一大堆理由：说我们是经过公开招投标的，有正式的施工承包合同，进场两年多了，损失很大。问他们有什么损失，他们说现场建了临时设施，与专业队伍签订了施工协议，订购了钢材、木材、机具等施工必需品，还养了十几位管理人员；如果要解除合同，至少要赔偿2500万元，否则，打死也决不退场。

我和工程总监，把这个情况向李光田作了汇报，并建议在200万的基础上增加费用，继续跟他们谈。但李光田的脸一沉，凶狠地说，还要增加什么费用？他们要是不走，你们直接把他们从我的地上强行赶出去。我说这样做不厚道吧。工程总监也说，不开工是我们的责任，解除合同是我们提出来的，而且人家确实也有损失呢。李光田"嘭"地一拍桌子说：你们不干给我滚蛋。

第二天，物业公司来了三个手臂刺青的"猛男"，说是来"协助"我们清理现场的。我和工程总监的意见是不能胡来，强行清退是违法的，弄不好造成人身伤害，人家一报案，我们就进去了。"猛男"却说，没事儿，不要怕，都已安排妥当。我说你们真是不懂，现场那么多的房子，那么多的人员，还有那么多的物品，我们几个人有什么用啊？能赶走人家吗？

后来想了一个策略：请安监部门到现场检查他们的临时设施，提出防火等级不够、安全隐患太多等问题，据此发文，要求限期拆除。但安徽的公司置之不理。其实那个时候，我已经知道后面会有强行措施，就劝他们先拿200万撤离，后面再谈，可是他们不理解我的好意，充耳不闻，无动于衷。

中秋节那天，工地上只留下一对年纪大的农村夫妻值守，其他人都回去过节了。物业公司会同老范的施工队伍，出动了五台挖土机、两台推土机、六部切割机、四部装载机、七辆渣土车和六十多名工人，在农村夫妻出去逛超市的个把小时，将现场夷为平地。他们的行李和管理用品，被集中到工地外面的帆布大棚里。农村夫妻回来一看，难过地哭了。老范手下人给了他俩4万块钱，连夜把他们送回了老家。

"然后呢？"宋文玲问。

冯于强说："后来安徽的公司报案了。有些话不太好讲。派出所建议司法途径解决。官司打了两三年，直到2009年9月，我离开地产公司时，还没结案。"

"签了施工合同，又让另一家单位承包，这相当于一女二嫁。"宋文玲嘲谑道，"也相当于结了婚，又在外面找了小三。瞎搞！"

"建筑施工单位是弱势群体，其实很苦的。带着一大帮农民工、材料供应商，到处找饭吃，长年在夹缝中求生存，不容易啊！就像我们现在，正处在生死存亡的关键时期，岌岌可危。"冯于强说。

"这么看来真是不容易。"宋文玲说，"冯总，以后让我也参与你们的投标工作，好不好？我也想学习学习，觉得蛮有意思的，我能帮你们做很多服务工作哩。"

冯于强说："可以考虑。我回去问问江总，正好我要跟他反映最近的情况。如果他同意，下次开会你就可以参加了。"

第十一章

回到公司，冯于强揪着一块旧布，前后左右地擦了擦皮鞋，把旧布放进茶水柜最下面的抽屉里，然后咕咚咕咚喝了几口水，又抹了抹嘴巴，顺手拿起桌子上的一张平面图，和刘清华一前一后，向江远涛办公室走去。

江远涛正在专心致志地注视着手中的财务报表，见到冯于强和刘清华进来，他放下报表，站起来说："你们来得正好，我刚想打电话呢。财务报表显示，公司的现金流出现问题了。你们不能只顾忙着工程投标，还得抽出时间，向甲方催款呀。"

"我们也催了，"冯于强说，"都会讲各种理由，就是在拖拉。"

江远涛说："老是打电话不行，还是要去当面沟通。项目竣工前，要工程款相对容易点，一旦竣工交付，收款就更难了。"

"是的。你放心，我来安排。"冯于强说，"我们这会儿过来，是想把最近的情况跟你反馈一下。"

"噢！那你们坐吧。我过来。"为了表示尊重，几乎每一次，江远涛都是主动下位。

冯于强说："上周我和刘总去了地产公司，拜访了几个主要领导，陈风还请我们吃饭，晚上喝了不少酒，聊了很多很多。现场也看了，总体情况还可以。虽说他们的经营状况没我们想象的那么好，但是瘦死的骆驼比马大，综合实力比其他地产公司还是要好一些。通过走访，基本上确定项目没有内定。他们都支持我们投标，这说明大家还是讲感情的。

"现场的水、电、路都通了，场地已平整，围墙大门全部到位。"

冯于强把规划平面图递给江远涛，说："对照这个总平图，场地确实宽敞，特别是三标段的位置，好大一块空地，能放很多材料设备。"

"这么大的项目，没有意向合作单位？我不太相信。"江远涛表示怀疑。

冯于强说："根据我们了解的情况，没有内定。他们长期合作的施工单位，都认为算账难、要钱难，基本上都不再合作了。那个老范，原来是李光田的好朋友，后来都成了仇人。"

刘清华说："现在的民营企业都很聪明，知道降低成本是第一宗旨。他们往往在招标以后，以最低的价格，给心仪的单位做。"

江远涛说："你们知道这些情况，不怕吗？冯总，您是高级职业经理人，要站在企业长远发展的角度考虑问题，不能只顾眼前利益。您想想，跟他们合作过的单位，都不愿意继续合作了，那我们为什么要冲上去？"

冯于强面色凝重，沉思了片刻，说道："地产公司算账难、要钱难，这是社会常态。再说也不一定是李光田的责任，多半是下面人有问题。可是我们不一样，都是老关系、老熟人，他们肯定会区别对待。况且，我们投标还存在另一个目的，就是找地方过渡一下，委曲求全，蓄势待发。"

"我们的投标保证金已经交了。如果中标，实在不想做，可以转给别的单位做。"刘清华说。

"这样委曲求全，我看也未必能中标。"江远涛说着站了起来，双手按住自己的腰，似乎有支撑不住的负重感。

"清华说得有道理，如果转给别的单位做，同样有利可图。"冯于强又说，"还有一件事儿，这段时间，我们的投标工作比较集中，人手不足，所以想让宋文玲加入投标工作小组，做些配合。她本人也想参与，江总你看呢？"

"哈！宋经理她早就想参与投标工作。"江远涛笑着说，"我怕有些情况，她会告诉她的父母。现在您冯总开口，我没有意见，您把握好。"

宋文玲得知自己被纳入投标工作小组，笑着露出了八颗洁白的美牙。为了进一步掌握相关知识，她多方查阅资料，把一些陌生的概念写在本子上。例如投标这个词，是一个专业术语，指投标人应招标人的邀请，根据招标公告或投标邀请书所规定的条件，在一定期限内，向招标人表达和承诺的行为。基本做法是，投标人首先取得招标文件，认真研究，考察现场，编制投标书，再履行送标、开标、评标、定标等程序。

下午召开"投标工作专题会"，名单上有了宋文玲的名字。她一手拿着手机，一手揣着笔记本，兴致勃发地迈向隔壁的会议室。

会议室灯光灿烂。紫红色的桌面，周围12张黑皮座椅，今天基本上坐满了。冯于强坐在顶头的位置上，他声调沉稳地说：

"大家安静，现在开会。今天的主要议题是，讨论并安排二环北路项目的投标工作。上午我们把走访调研和现场踏勘的情况，向江总汇报了，他非常重视，同时，也还是担心我们投不中，丢人现眼。为了做好充分准备，背水一战，请各个部门团结协作，共克时艰。"

会议决定，下一步的工作分为四大块。一块是商务标，根据招标文件和设计图纸，进行工程量核算和计价，结合自身和外部条件，对三个标段进行报价，这个由陈晓凤负责。第二块是技术标，主要是施工方案、进度计划、技术措施等，由朱长贵负责。第三块是资信标，要体现企业和人员的资质等级要求，把施工资格和能力亮出来，由宋文玲负责，王传金协助。"还有一块是公关和协调，这个由我和刘清华负责。"冯于强说。

刘清华强调："这一次是综合评分法，商务标占比65%，技术标占比25%，资信标占比10%，因此，计量计价特别重要。由于工程类项目在综合评分法中，不得采用最低价法，严禁恶意竞标，因而我们的报价不能是最低的。"

陈晓凤说："请工程部尽快把施工方案写出来，我们要结合方案制定施工报价。此外我建议，要联系招标代理公司，设法对接关系，获取有用信息。"

刘清华说："招标代理我来负责对接，施工方案请朱总抓紧。我也提一个建议，最近要多沟通，有什么信息及时分享；关于我们投标的一些细节，只能内部知道，大家要注意保密。"

冯于强总结："大家讲得非常好！要注意保密。以上工作按责任分工，速度要快，请各位加加班。宋经理做好服务保障，在用车、用餐和资源调配上，要给予优先考虑；同时，我们还不能忽视其他工作，要做到统筹兼顾。"

散会以后朝外走，宋文玲侧脸问陈晓凤："什么叫招标代理？"

陈晓凤说："招标代理就是具备相关资质的机构，或者是公司，按照相关规定，受招标人的委托或授权，办理招标事宜。"

"哦，那相当于婚姻介绍人、红娘。"宋文玲笑着说，"哎，陈总别走，到我办公室坐一会儿，我还有问题请教你呢。"

宋文玲的办公室在会议室隔壁，十几步远。陈晓凤转身到了，一屁股坐在沙发上，放下手上的笔记本，伸了一个懒腰。

"来，加点水。"宋文玲拿来保温瓶，往陈晓凤随身带的玻璃杯里注水，问她："是不是招投标有很多潜规则？我听说80%以上的招标结果，都是事先内定的？"

陈晓凤说："这个比例可能夸大了吧。不过在招投标活动中，确实存在一些黑色交易。"

"黑色交易？是串标吗？什么叫串标？"

"顾名思义，串标就是相互串通，骗取中标。例如说，甲公司公开招标，小王是甲公司的部门经理。这时候包工头小孙找到小王，通过介绍费或其他利益输送希望中标。小王同意后，先选一家关系好的代理机构，以方便小孙中标。然后在资格审查阶段，故意剔除一些投标人，并把项目的保密信息泄露给小孙。小孙依据小王提供的信息制作标书，成功中标，再给小王好处。"

"那什么叫围标？"

"围标跟陪标差不多。几个投标人之间相互约定，一致抬高或压低投标报价，通过限制竞争，排挤其他投标人，使某个单位中标。比如甲公司公开招标，乙公司找到甲公司，私下交易达成内定意向。因为公开招标需要三家以上参与投标，乙公司为了保证自己中标，就会出钱请几家关系好的公司来陪标；并暗示他们把标书做得马虎一点，报价高一些，甚至直接帮他们把标书做好。最后乙公司中标，再分钱给他们。"

"那什么叫指定？"

"这个一般指的是特定的品牌和厂家。有些甲方会在招标文件中，直接指定某个厂家的产品和服务，或者迂回一点，指定某些产品的规格型号，而这些规格型号，实际上只有唯一的生产厂家。这种赤裸裸的方式，前些年比较常见，近几年在国家的严格监管下，已经收敛了很多。但小项目还存在。"

"那什么叫差别对待？"

"意思是招标人对不同的投标人，提供的信息不一致，为自己中意的、有利益输送的投标方，提供更为精准的信息。这些有差别的信息，极有可能影响到报价和评标，从而使内定的投标人中标。这也是违法的。"

"这对于大多数想要公平竞争的单位来说，不是非常困扰吗？花了大量的人力物力，做了厚厚的投标文件，即使报价再准，标书再好，还会沦为陪标对象。一切打水漂了呀！"

"是的呀。"陈晓凤说，"其实除了你刚才问的，招投标领域还有很多秘而不宣的丑闻。譬如泄露标底和评标情况，偷窥其他投标人的底细，暗中传递关键人物名单，尤其是资格审查和评标委员会的名单。

"比较气人的是特殊定制法，就是帮某个投标人，量身定做条款，以此控标。在招标前，与某单位进行实质性谈判，到了回标阶段，让投标人补充、撤换或更改投标文件、更改报价，修改电子版数据。

"有些单位用的是指使、暗示法。就是明的或者暗的，要求评标人员进行倾向性引导，指使代理机构为内定的中标人提供帮助，甚至用低于成本价的低价中标，然后在项目实施中，通过变更、签证等手段再提高造价。

"最丑的是装傻。招标人发现一个投标人代表，在表上签下多个投标人的名字却不制止；发现不同标书的委托代理人、法定代表人、项目负责人都是同一人，却让他继续投标。搞笑呢！总之你没投过标，你不知道这里的险恶；艰难的过程动魄惊心，各种招数层出不穷。哈哈！"

陈晓凤说："刚入行的时候，领导安排我天天看招标网站。投标前的那几天是最忙的，天天晚上熬到凌晨三四点，回家洗漱一下、眯一会儿就又去公司了。封标前一天，连吃饭的时间都没有。胶印好标书，凌晨出发，开车几个小时到目的地。我年纪轻轻的，却落下了腰椎间盘突出和颈椎病。脾气越来越差，黑眼圈越来越重，待在公司的时间越来越长，在家的时间越来越短。渐渐习惯了，投标的步骤了然于心：盯项目、写标书、报价、盖章、封装、送标，每个环节都不能出岔子；要不然，连轴转的努力就白费了。报名时的茫然，拿到招标文件时的谨慎，封标前总想再检查一遍的认真，评委喊到公司名字时的紧张，中标时的狂喜，废标时的懊恼，经历了，才知道那是什么感觉。"

"我能理解，想想太不容易了。"宋文玲感慨地说。

"但是我们公司还好，领导不折腾，很有人情味，走的是正道。"看着宋文玲不解的眼神，陈晓凤解释说，"就是投标的时候，不围标，不陪标，不串标，不搞歪门邪道，中规中矩。"

"但是，"宋文玲惋惜道，"太规矩了，很难中标呀。相当于太规矩了，找不到对象哩。哈哈哈！"两人捂着嘴笑起来，陈晓凤带着笑声，起身走了。

陈晓凤路过冯于强办公室的时候，冯于强正在反复考虑一个问题：地产公司那边的张大少，如何对接？上回听说他的权力不小，而且还是招投标的评委，加上他的身份特殊，有很大的话语权，撇开他恐怕不行。思来想去，冯于强最后决定，还是专程去跟他打个招呼，这样比较稳妥。可是，再带刘清华去，感觉不太合适，那么带谁去呢？看到陈晓凤笑盈盈地从门口走过，估计她刚从宋文玲那儿出来，忽然计上心头：通过陆正杰预约张大少，带上宋文玲一块儿去。

第十二章

　　昨夜刮过一场大风，今日天空如洗，湛蓝迷人。一大早，窗外传来了车辆清理马路的轰鸣声，伴有喜鹊叽叽喳喳的叫声。每当城市从沉睡后醒来，总是那么地清新，那么地亮丽，那么地充满生机与活力。

　　宋文玲起得很早，她在穿衣打扮上花了很长时间。冯于强昨天的通知，让她兴奋到半夜。一想到要去拜访张大少，她有点儿手足无措，穿上连衣裙，感觉灵动飘逸，却显得过于休闲；换上牛仔裤，彰显蓬勃青春，却显得张扬轻浮。试穿了几次之后，宋文玲从商务角度，最终选择了一身"正装"：钻蓝色西装，搭配乳白色内衣。在化妆时，她依然颇感纠结，既不能太淡，也不能太浓，看来看去，镜子仿佛都被看笑了。

　　冯于强对宋文玲说，今天早上他也纠结了一阵子。他比张大少年长二十多岁，如今为了投标大事，也只能主动上门。冯于强想修饰得年轻一些，以便和张大少缩小代沟，可是镜子告诉他，实在有点老了，大叔的模样，已经无法改变。

在众多的礼品中，冯于强和宋文玲选了一套"中华人民共和国成立70周年纪念金币"，这是一套有纪念意义的珍藏品，价格不到1万元。细看商品，做工精美，金光闪闪，外包装也好看，拿得出手。张大少应该喜欢。宋文玲提在手上，感到沉甸甸的。

这一次去地产公司，冯于强不像上次那样从容。一路上，他的腿脚有点不自然，难以克服心理上的不平衡。他总是觉得，他和李光田是一个辈分的，今天却要去拜访他的"儿子"，不知道自己这是怎么混的？其次他怕遇到陈风和郑小明，还有其他老同事，因为找张大少，他没有什么像样的理由作解释。

之前听说过，张大少年龄不大，架子不小。冯于强和宋文玲在门外的走廊里等了半个多小时，没见他过来打招呼。而且他出来送客的时候，明明看见了冯于强，也没说句话。不过也难怪，访客多了应接不暇，他可能也没注意。

终于在送走一批来客之后，张大少跟冯于强说话了：

"您好，是冯总吧？"

"是啊，我是冯于强。呵呵呵。"

两个人都伸出右掌，轻轻握手。

"进来坐吧。哟，后面还有一位大美女呢。"张大少抬起左手，做了一个"请"的动作。

"张总，我来介绍一下。"冯于强说，"这位是我们建筑公司的行政人事部经理，名字叫宋文玲。她会选礼品，你瞧，这是送给你的纪念币。小意思呐。"冯于强一边说，一边示意宋文玲把礼品递给张大少。

"冯总您是前辈，还这么客气干吗？刚才让你们久等了。董事长不在，事情都跑到我这边来了，忙得不得了。"张大少说着，掏出一个精致的烟盒，从里面取出一支雪茄香烟，独自点火抽了起来。宋文玲一见，便吃了一惊，心下想道：好生奇怪，怎么不给冯总一支？

冯于强觉得有点尴尬。他和宋文玲相互看了一眼，又都把目光投向张大少。只见他身材瘦高而挺拔，生就一张似曾相识的相貌。黑亮的碎刘海发型，白皙而五官分明的脸庞，显现出青春特有的质感。双眸之中，闪着聪慧与机敏的光，仿佛能洞悉世间万象的幽微奥秘。他那高挺的鼻梁下，微微泛紫的厚唇，为他的年轻帅气增添了几分老成，让人不敢小觑。

"我是2009年9月离开这边的，到了建筑公司。"冯于强主动打破沉默，对张大少说，"我们应该见过面，时间长了，都没印象了。那时候，我是这边的副总裁，经常跟李光田董事长在一块。据说他最近不在啊？"

张大少摇摇头："不在。他出国去了。"

"你年轻有为啊。"冯于强掏出香烟，抽出一支递给张大少，转身对宋文玲说，"宋经理，你要多向张总学习。你看他才三十出头，就在管理公司的大事了。"

"不不。冯总抬举了！"张大少接过香烟，冲着宋文玲赞美道，"我要向宋经理学习，她看上去就很优秀。"

"谢谢张总！不好意思。冯总都说了，我要向您学习。"宋文玲的脸上映出了红霞，笑吟吟的，说话有点儿支吾。

"我们宋经理确实很优秀。"冯于强接着说，"她爸是这边住建局的局长，她妈是税务局的科长，一家人都很优秀，所以眼光比较高。呵呵呵。"

"喔唷！那认识你很荣幸。"张大少高兴地说，"来，我们加个微信。"

张大少先把手机面向宋文玲，扫码后，又把手机朝向冯于强。三方备注完毕。张大少给冯于强发了两个"握手"，给宋文玲发了两朵"小红花"，然后问道："冯总，听陆总说，您今天过来是为了投标的事？"

"呃，是这样的，"冯于强说，"你们二环北路的工程招标，我们经过商量，决定参与投标。之前我跟陆总、陈总他们也沟通过了，他们都表示支持，请张总重点关注一下。我们与老公司合作，是互惠共赢啊！"

"那个项目大呢，二十多幢高层，一个标段就有七八幢，你们干得了吗？"张大少的表情有些疑惑。

冯于强说："这个你放心。当前我们有六七个项目在施工，半年后基本上都结束了，能出来大量的机械设备和人员。一个标段没问题，你就是都给我们做，也没问题。"

"那好！有施工能力就好。你们之前向董事长汇报过吗？"张大少似乎松了一口气。

"还没来得及，最近他不在。我们先向你报备，回头再跟他汇报。"冯于强说。

"已经开始招标了，你们有没有拿到招标文件？"张大少问。

"拿到了。"宋文玲答道，"我们正在做投标准备工作，请张总多多关照呀。"

"知道了。反正你们按正常程序进行，最后还是要看结果。具体你们跟招投标管理中心多联系。就这样，好吧？"

张大少拿起手机站起来，看着冯于强和宋文玲，意思是：今天就谈到这儿，你们走吧。

回到车上，宋文玲如释重负地说："哎呀！我感觉来了没起到什么作用。"

冯于强说："不，你来了有用。你们年轻人比我更有亲和力，有你在场，气氛好多了。如果不是你来，说不定早就赶我走了。哈哈。"

"那么冯总，您看他的态度，是支持，还是不支持？"

"我看他拿不定主意。他跟李光田不一样，处理问题不是那么武断。你看他今天，说话的态度比较文气，没摆什么架子，是不是？"

"可是，我感觉他很高傲，不好相处。虽然长得帅，跟我一样大的年纪，怎么也没结婚呢？"

"这个不清楚。怎么好意思问他呢？他不愁，身边的美女肯定排着长队。"

"他究竟是不是李光田的私生子？他到底是怎样一个人呢？"

"我离开地产公司的时候，张大少才来公司不到两个月。说私生子，是我最近听到的情况，但都无法确定，谁也不好去问李光田。我看他的体型、额头和眼睛，有点像。至于他是怎样一个人，我也不是很清楚。"

1986年，在江自妍的幕后策划和竭力推广下，李光田的家电生意做得热火朝天，商场里除了电冰箱，还卖起了洗衣机、电饭锅等电器。事业蒸蒸日上，可李光田感到美中不足的是，自己没有孩子。他与江自妍多次商量，江自妍都以计划生育、不能生二孩为由而婉拒。为此，李光田到庙里去烧过香、磕过头，祈求解决的办法。

当年，英俊潇洒、风度翩翩的李光田，有大型商场，有钱有势，有发展前景，也有不少女人投怀送抱。其中一位二十一岁的商场销售经理张红，李光田特别喜欢。她是湖南侗寨人，生有一张清丽可人的脸庞，身材苗条，说话透着甜味和灵气，看到李光田，她总是露出似可用手捧住的笑容。一段时间的眉目传情，两人私下约会，一起吃饭、逛公园、郊游，后来便睡到了一起。

张红怀孕后，李光田对她说，你从此不要去商场上班了，我给你买一套房子，这房子就是你和孩子的家，我负责你和孩子的全部花销。不知道是为了房子，还是为了爱情，抑或是为了孩子，反正事到临头，张红似乎没有选择的余地。

1987年8月，孩子出生了。李光田一看是男孩，欣喜若狂。两人商量，起名张大少。为了悉心照顾好张红母子，李光田还托人找了一个农村阿姨，长期居家伺候。这些事对江自妍来说，是无法想象的，她只是感觉到，李光田外面有了女人。

张大少俨然是个奇才。在十一岁之前，他曾说过大人听了匪夷所思甚至毛骨悚然的话。七岁那年一天凌晨，他从睡梦中醒来，侧过脸对张红说，妈妈，我知道爷爷奶奶是怎么死的，他们的坟茔在一条河边上，长了很多草。还有九岁那年秋天，张大少感冒发高烧，躺在床上对张红说：妈妈，我快要死了。张红说，小孩子别胡说，你不会死的。张大少说，会的，我会死于非命。张红哭了，说：大少你不会死，也不能死，你死了我怎么活呀？

高考填报志愿的时候，张大少要选择生物工程专业，但李光田不同意。不同意的原因，是李光田不会电脑，但他知道未来的发展趋势，希望张大少将来能成为会电脑的掌门人。犟了好久，最后张大少选了"计算机科学与技术"。

2009 年 6 月，张红对李光田说，你儿子快要毕业了，你看怎么安排？张红当时的想法是，让孩子应征入伍，到部队去锻炼一下。可是李光田不赞成，他的意见是，让孩子直接进公司锻炼，以后接班管企业。

"张大少是 2009 年 8 月初入职的，当时安排在投资发展部。不到一个月，被我们董事长知道了。他好像是压垮江自妍的最后一根稻草，泯灭了江自妍最后的盼头。他们离婚了，公司也分开了，但当时，我们并不清楚是怎么回事。"冯于强说。

"他的母亲呢？在哪儿？"宋文玲问。

"不知道。也许还在这个城市，也许离开了这个城市。"

"我觉得他的命运，也够坎坷了。即便是富二代，也挺可怜的。"

"是的。我看他的性格，跟李光田不一样。"冯于强赞叹道，"据说这个人很聪明，他在投资发展部，炒股挣了几十个亿。"

然而到了2018年11月，张大少洗手不干了。原因是，他对炒股产生了憎恶。

首先他认为炒股伤害身体。股市的大涨大跌，时常导致他紧张焦虑，心跳加快。因为长时间久坐，他小小年纪已经出现过下肢肿胀的症状。医生说这样下去，有可能导致血压升高，甚至突发心脑血管疾病，直接危及生命。

其次，他认为炒股会造成心理障碍。由于长期处于过度紧张的精神状态，会引起失眠、抑郁、情绪失常等问题，到一定程度，甚至会出现自杀倾向。他说有的股民得了强迫症、焦虑症或精神分裂症，就是与思维和情感障碍有关。

最主要的原因，是他认为对于股民来说，炒股会造成严重的财务问题。他们可能会借钱、融资，甚至借高利贷来炒股，最后血本无归，生活陷入困境。张大少看到网上资料显示：有90%以上的散户处于亏损状态，有40多万人因炒股而自杀。张大少觉得，股市害人无数，而自己操纵股票，更是时代的罪人。

2018年8月底，张大少对同事说，全国股票投资者的数量已高达1.42亿人，今年股市是十年前金融危机之后最惨的一年，不少投资者损失惨重；而损失的钱，有许多被国外的资本赚走了。

张大少向李光田提出换岗时，理由很简单，他说天天盯着股市屏幕，视力退化很快，现在眼睛干痛，感觉快要瞎了。特别是晚上，要么失眠，要么做噩梦，电脑屏幕在梦中张开血盆大口，时刻要吞噬我。李光田听后，不加思考就同意了，让他到经营管理中心任职。他说好，没问题，同时恳求李光田撤销投资发展部。

到了经营管理中心，张大少说，我感觉走出魔窟，进入了一片新天地。他去各个部门核对数据，去项目现场查阅资料，去政府部门办理手续，工作轻松自由，脸上整天带着笑容。短短几个月，他认识了许多公司同事、管理干部和政府官员。大家反映说，张大少善于沟通，他的只言片语中，常常是充满正能量的。

但时间不长，张大少通过各种数据，又产生了新的焦虑。他说搞不懂，现在为什么要盖这么多房子？就是为了钱吗？在他看来，远处一栋栋的根本就不是房子，它们是开发商的金矿，是老百姓的牢笼，是银行用来圈养房奴的摇钱树，是用来捆绑婚姻和教育的工具。他说房子这鬼东西，是年轻人背房贷的罪魁祸首，是夺走现代人青春和梦想的债主。

2019年春节期间，他和李光田在饭桌上有一段对话，让在场的两个人惊耳骇目。

张大少向李光田敬酒，问道："我今天不叫您董事长，叫您一声父亲可以吗？"

李光田说："当然可以。"

张大少说："父亲，我想恳求您，把房地产收了，可以吗？"

李光田说："什么意思，这话从何说起？"

张大少说："父亲，我们为什么要盖那么多的房子？您知道房子压垮了多少人的理想吗？看似是家的地方，成了无数人一辈子的包袱。那些和我一样的八〇后，有什么生活质量？许多都成了房奴啊！"

李光田说："你这都说到哪里去了。这孩子，大过年的。房地产行业是支柱产业，不仅改善了全社会的居住条件，而且还给经济带来了长远的发展，怎么能收了不干呢？"

张大少说："我不认为那些房子，能给经济带来长远的发展，我只知道，它给许多人带来的是痛苦和压力。多年之后，您我都不存在了，这些冰冷的房子，可能成为建筑垃圾，成为后代的麻烦。父亲，您如果不接受我的建议，也很正常，不久您就知道结果了。"

李光田说："那你说说怎么收？收了怎么处理？"

张大少说："不做房地产了，把土地收回来，做些别的。实在不行，给那些需要土地的企业或农民。"

李光田说："大少，你这是废话！你是不是在投资部炒股，真的把头脑搞坏了？啊？不说了不说了，新年说这些不吉利。"

也许是受到张大少一番话的激发，春节一过，李光田立马启动了新湖、华玉和二环北路等项目的开发计划，要求全公司行动起来，全面加快开发建设，计划三年内，将名下的土地全部变现。

"……如果房价涨，客户替开发商数钱；如果房价跌，客户为银行打工。地产公司挣钱，主要靠土地增值和建房销售赚差价，与我们建筑公司的盈利模式，完全不一样。"冯于强对宋文玲说。

回到公司，冯于强心里有些矛盾，是否把这次访问张大少的情况告诉江远涛？从管理角度，应该汇报，不能忽略了头顶上帽子的高度；但又怕他心里有想法：他母亲与李光田不欢而散，张大少是导火索，如今又卑躬屈膝地去找张大少，向他低头求助，这不太符合常情；加之上次江远涛的态度，冯于强越想越困惑。

第十三章

　　冯于强和宋文玲在外面公关，公司其他人也没闲着，几个部门都忙得不亦乐乎。

　　负责商务标的市场部，包括陈晓凤一共6位，三男三女，人称男女搭配，干活不累。几个人全身心地投入预算编制工作，连吃饭、上厕所都是急匆匆的。陈晓凤多次带领同事，把招标文件和图纸看了一遍又一遍，对关键内容进行了讨论，特别是工程量的核算和计价。

　　陈晓凤知道，招标文件中往往会有陷阱，俗称"坑"，如果投标时不注意，一旦掉进坑里，以后很难爬上岸。在付款方式中，主体封顶时付至多少比例，与主体封顶时付多少比例，多一个"至"和少一个"至"，意思有天壤之别。主体封顶支付多少钱，与主体验收合格支付多少钱，意思截然不同。"按时结算"与"按实结算"，意思也是千差万别的。陈晓凤说过，这方面的经验教训数不胜数，不胜枚举。

　　还有对文字的理解不同，结果也大相径庭。早前一个项目的招标文件中规定："钢材由甲方供应，货到全付款。"投标时理解为钢材到全了，施工单位付款，不到全不要付款。结果第一批钢材到了，甲方就要求施工单位把钱付掉。刚开工，资金很紧张，一下子要付几百万，压力着实很大。可是甲方说不行，条款中规定的，货到就要全部付款。

陈晓凤对同事们说："现在，我们一定要看清楚招标文件中的每一句话，全面理解，深刻领会，不要被地产公司的那一帮高智商给坑了。"

话出有因。网上有业内专家分析，说地产公司人员的智商比建筑公司人员的智商，平均要高出10%左右；建筑公司的人反驳，这个分析是没有科学依据的。但是有一点，地产公司人员的资历，的确比建筑公司的要高一些，他们当中211和985的本科生及其硕士生比例，相对要高不少；有些还是在施工领域历练过的多面手，对建筑公司的薄弱环节一清二楚，如果心存不良，能把建筑公司当猴耍，拿捏得死死的。

可是冯于强不同，他是反过来的。他先是在地产公司当高管，然后到建筑公司当常务副总，对地产公司的那一套鬼把戏了如指掌，如同有火眼金睛，一眼就能看穿地产公司的阴谋诡计。如果不是道德约束，如果不是老江总和小江总的"紧箍咒"，他绝对能以高超的技法，妥妥地降服那一帮"大神"。

冯于强安排朱长贵负责技术标，是比较放心的。四十八岁的一级建造师朱长贵，不仅有丰富的实践经验，而且有较高的理论水平，能讲也能写。他从小到大就喜欢看书，看的书种类很杂：童话类、励志成长类、青春言情类、高考攻略类、大学专业类、情感故事类、工程技术类、项目管理类、企业经营类、健康养生类等等。

技术标的内容，主要包括施工部署、施工组织、工程计划、现场布置图。一份技术标就像一本书，少则几万字，多则几十万字。这些年来，朱长贵参与投标2000多次，完成技术标书4000多册，总计超过5亿字。通过多年的积累，朱长贵还打算写一部近百万字的《投标宝典》，不但要出版发行，而且想拿个大奖。他跟妻子开玩笑说，等我获得大奖了，我就跟你离婚。妻子却说：你这么讲，我就放心了，再没有比这更天长地久、海枯石烂的承诺了。

当然，那些标书并非都是他一字一句写的，许多是依赖标准模板或是复制其他标书的通用内容，然后根据项目特点"加工"的。像技术措施和管理组织等通用化内容，都是在相似标书的基础上修改的，有时把上一次标书的电子稿复制过来，直接改动，补充一下，就大功告成。

尽管很方便，但如果不细心检查，便容易出现"穿帮"现象。以前在一个项目的标书中，办公楼的卫生间装修，本来是地砖和石材，却出现了橱柜和碗柜。还有一次也是时间仓促，在技术标内页，竟然有两处"怡华净水公园"没有改成"怡华居住花园"，而且在质量管理一章中，未删除上次的投标承诺："我公司将积极组织施工，确保将本项目建成一流的污水处理厂。"后来发现，吓得出了一身冷汗。

编制标书，朱长贵掌握了关键所在。他认为市场上的投标文件，普遍是包装精美，内容虚假。一般施工方案都是暗标，而有些装帧和图案，没有按照招标文件的统一要求，或者有些细节故意体现了企业的特点，从而导致废标。施工方案只注重形式和条理，没有结合工程的实际情况，失去了针对性。施工管理水平的高低，往往不是体现在主体结构上，而是体现在装修工程、水电安装和智能化的配套上，众多专业的统筹协调，交叉衔接的科学安排，才是标书的闪光点。

甲方的招标文件能设置"陷阱"，乙方的投标文件也能埋下"伏笔"和"暗礁"。在市场竞争激烈的情况下，有些投标人采取的是"低价中标、高价索赔"策略。因此，近年来，工期或调价等索赔事件屡见不鲜。例如一个山区的水库大坝工程，投标单位在厚如天书的文字中加了一句话："当交通道路达不到二级公路标准时，所产生的费用由甲方负责。"评标时，没人注意到这一点。工程开工后，施工单位开始在山坳上堆放旧轮胎。每过一段时间，放上一批，大多是重型卡车的旧轮胎。甲方人员看到觉得奇怪，但没多想。不料三年后工程竣工时，旧轮胎已经堆积如山。在工程结算时，施工单位依据投标文件中的那句话，成功索赔了126万元。事实上，旧轮胎都是施工单位从修车店里找来的废品。

要想做好技术标，首先要看清设计图纸。朱长贵在会上讲过两个笑话：一个包工头在国外承包了一项工程，图纸看反了，结果将设计在车间边上的30米高的烟囱，建成了一口30米深的水井。一位工程师在办公室的电脑前猝死，警察过来看他的电脑，上面的"文件夹"令人眼花缭乱：甲方施工图，正式施工图，修改后施工图，新版施工图，新正式施工图，定稿施工图，最终版施工图，最新版施工图……根本分不清什么施工图是有效的。

其次是关键的数字不能搞错，错一个数字，可能被一票否决。尤其是工程进度计划，某年某月某日竣工，往往是甲方最关心的。有一次开标现场，在评审技术标时，甲方发现竣工时间的年份多了一位数，当场戏谑道：到那时，我们早就不在人世了。废标。

"这一次，我们一定要把技术标做得更细、更全、更好。"朱长贵举起右臂，宣誓般地对同事说，"让地产公司的领导们看看，现在我们的建筑公司，不是十年前的水平啦！"

在朱长贵的率领下，工程部人员加班加点，夜以继日。翻动图纸的声音，敲击电脑键盘的声音，相互讨论的声音，不绝于耳。为了完成高质量的技术标，大家专心一致，到了废寝忘食的程度。周二晚上十点，朱长贵精疲力尽地回到家里，对妻子说："今天晚上回来早，你该表扬一下吧？"妻子冷笑道："表扬你？那你告诉我，昨天晚上你去哪儿了？"朱长贵这才想起来，昨晚在公司忙了一个通宵。

宋文玲和外联部制作资信标，不像商务标和技术标那么复杂。资信标主要是两方面内容，一是投标人的资质条件，包括注册资本、公司业绩、人员证书等；二是投标人的信誉情况，诸如是否有过违法违规行为，是否被列入过黑名单，是否具有良好的企业品牌，是否获得过较高的信用分，如此等等。

正常来讲，她是行政人事部经理，整理这些资料确有工作上的便利，许多证件的原件都在档案柜里，不仅可以随时复印，而且可以随时申请盖章。但要高品质地做好这件事，宋文玲必须要比其他人付出更多的努力，因为对她来说，这是第一次。

经过反复摸索，宋文玲已经找到了完成资信标的步骤和方法。她首先制定内容目录，甄选项目人员，提取公司业绩，汇集企业优势，根据投标项目的具体状况，确认资信标的目标，然后以资信标目录为核心，先创建电子版文件。

冯于强时不时地走过来关心一下，提醒说："在内容和顺序上，一点儿不能乱。从专业资质、历史业绩、银行资信、工程实例到品牌优势，要全面反映企业发展的亮点，突出我们公司的真实水准。"

宋文玲说："我知道了，相当于婚介中的'亮家底'，把身份证、生活照、学历证书、工作证明、获奖证书、房产证等，一起汇编成册，供对方一目了然。"

"对的。"冯于强警告说，"你要注意，资信标是废标的高压线，有些错误不能碰，一碰就死。"

　　冯于强列举了五种导致废标的情形：一是法定代表人已经变更，而资质证书未及时变更；二是"基本情况"中的管理人员，与授权委托书中的名字不一致，比方说，江自妍和江远涛不能错位；三是忽视招标文件对增项资质和双资质的要求；四是施工安全生产许可证、项目经理和安全员的证照，没有按时年审而过期；五是项目管理机构表和人员配备，没有完全响应招标文件，如"质检员"写成了"质量员"。

　　冯于强打着手势强调说："技术标、商务标和资信标，它们从不同的角度，对投标文件进行补充和说明，联合构成了完整的投标书。每一部分都很重要，缺一不可，共同决定了投标能否成功。而资信标，是我们呈现的有资格、有能力履行施工合同的首要文件。"

　　因为工作需要，宋文玲有了更多的机会接触江远涛。有时找他签字，有时向他咨询，有时请他盖章。她觉得最近学了不少招标和投标方面的知识，很想约江远涛晚上单独在一起，好好交流一下，让他知道她的进步；同时，也是心情的释放和感情的培养。

　　这一天，宋文玲感觉江远涛的心情不错：当着她的面，他居然把外套脱了，仅穿一件深蓝色的圆领T恤衫。宋文玲趁他审批报告的空隙，立即跑回自己办公室，抓了一把事先准备好的喜糖，旋即返回，热诚地说："江总，请你吃糖。这是喜糖，前天我同学结婚时送的。"

　　"噢，结婚喜糖！你同学多大了？"江远涛望了一眼放在桌子上的糖果，没有拿，转眼看向宋文玲含笑的脸和微隆的胸。

"比我小两岁。"宋文玲说，"看他们结婚了，我真羡慕。哎，江总，晚上请你吃饭好吗？我有话跟你讲。"

江远涛笑道："还要你请我？那怎么可能呢，等忙过这一阵子，我来请你，我也有话跟你讲。今天晚上我有应酬，你有什么话，可以现在说，别不好意思嘛！"

宋文玲搓弄着自己一双似乎还沾着糖粉的手，低头抿笑而不语。她觉得，在办公室这样的场合，谈工作可以，如果谈工作以外的尤其涉及情感方面的，不太合适。可如果只谈工作，不是她的最终目的。

江远涛心里明白，宋文玲早就想与他确立恋爱关系，甚至谈婚论嫁。他唯恐避之不及，但也从未断然拒绝过。原因是，他一旦拒绝了，怕她难以接受，可能会离开公司。而公司很多事情，还需要她父母的关照，如果没有她，那关系就断了，影响不言而喻。再说了，拒绝她很容易招致母亲生气，这种时候让住院的母亲生气，那是何等地不孝。可是话又说回来，如此下去也不是长久之计，他不能背叛李秀丽而与她谈情说爱，也不能老是辜负她的一厢情愿，为此江远涛苦恼了很长时间。刚才宋文玲的话，把他困扰多日的情思猛地诱发出来，跟她摊牌是迟早的事情，他早就想过不能再拖了，于是才脱口而出"我也有话跟你讲"。

宋文玲似乎领会了江远涛"有话要讲"的内在含义，她忸怩不安地嗫嚅道："没什么。不是工作上的事情，等你有空再说吧。"此话留有余地。

　　江远涛注意到，宋文玲的脸上，转眼间流露出一丝委屈的神色。只见她轻柔地转过身，迈着曼妙而又拘谨的步伐，悻悻地走出了办公室的门。

第十四章

由于江远涛的多次督促，冯于强决定到华安项目去一趟。看工地进度，向甲方追款，开一个碰头会，几件事情一块儿办。原计划带朱长贵上午去的，可是现场的项目经理打电话来，说那边甲方老总上午没空。中午在食堂吃饭时，宋文玲跟冯于强闹着也要去。于是，下午几个人一车同行，风尘仆仆地赶往工地现场。

在路上，宋文玲问："是不是工地现场的关系比较复杂？有甲乙双方、监理单位、设计院和安监站？"

"是的。我讲一个比喻，虽然不太准确，但是你听了可略知一二。"冯于强笑道，"话说一对小两口，都是干建筑行当的，他们的小孩也耳濡目染。一天，小孩问妈妈：甲方、乙方、监理、设计院和安监站，都是干什么的？

"妈妈回答，甲方就是投资方，就像你爸，有权有势，整天板着脸，光知道训人；乙方就像你妈，整天傻干活，忙里忙外，有时还要挨训；设计院就像你爷爷，提着个鸟笼子到处晃悠，指指点点；安监站就像你奶奶，处处看你妈不顺眼，整天唠叨，生怕出什么事；监理就像你，说是过程监督，可又吃爸妈的饭、穿爸妈的衣、花爸妈的钱，只能装装样子，有时耍起小脾气，老妈还得哄着你。"

谈笑中，便到了项目现场。几个人下车，站在工地上，太阳照着，热风吹着。那忽远忽近的电锯声、电焊声、敲击声和工人的说话声，展现出一片繁忙景象，如同跌宕起伏的交响乐，响彻在蔚蓝色的天空与巍然屹立的建筑物之间。

接过项目经理准备好的安全帽，冯于强牢牢地戴在头上，系好安全带，对朱长贵和宋文玲说："走，我们到现场转一圈。不往里面进了，我怕又忽略了头顶上帽子的高度。哈哈。"

皮肤粗粝、长相精瘦的项目经理，一边走一边介绍说，门诊部和住院部大楼，都在进行装修施工，手术部、放射科、药房和检验科，正在开展设备安装。只要资金跟得上，年底交付不会有问题。当前各个班组配合得不错，都比较听话。

走到一堆墙体砌块处，一位衣着朴素的瓦工班长上前打招呼、发香烟，朝着冯于强憨笑，说："领导好！"

"他姓彭，彭班长。"项目经理介绍说，"不要小看他，手下有一百多号工人。多年前，他还上过报纸呢。"

"上过报纸，真的吗？"宋文玲半信半疑。

"是真的。"项目经理很确定。接着，他讲了事情的经过。

十年前，记者对三位二十出头的建筑工人做过一次采访。问第一个工人，你这是在干什么？工人没抬头，说，你连这个都不知道呀？我在砌墙。接下来问第二个工人，他说我在盖一幢高楼。最后问第三个工人，他得意地说，我在造一个漂亮的小区，建设美丽家园。一晃十年过去了，当年采访的第一个工人，仍然在砌墙，第二个工人成了施工班组的领头人，第三个工人做了建安公司的老板。彭班长就是当年记者采访的第二个工人。

朱长贵说："看来，真的是态度决定未来，脑袋决定口袋。"

项目经理继续介绍说，现在我们工地上有400多号工人，来自各个地区。他们不仅能吃苦耐劳，而且服从管理，都希望做完这里的活，继续有活干，多挣点钱回家。他们都很需要钱啊，有的家庭，需要以钱消灾。

项目经理指着吊栏处的一个女工说：你们看，那个女工十九岁，正是青春好年华，但是，她就没有其他同龄人幸运了，不论酷暑严寒，都在工地上搬砖、和泥、清理垃圾，什么活儿都干。这样忙个不停，一天能挣200元。你们看她，这会儿正在运送砂浆，戴着厚手套，顶着太阳晒，一年的收入六七万。这些血汗钱，勉强能维持她老妈的医药开销。

"为了给母亲治病，放弃学业到工地挣钱，精神可嘉！我要向她学习！"宋文玲说着，走到工地的墙角处，双手抱起两块多孔砖，激动地说："来，你们给我拍一张照片。当年我成绩不好时，老师和同学们都嘲笑我，说你这样的考不上大学，以后只能去工地搬砖。现在我要证明给他们看，我大学毕业了，一样在工地搬砖。上大学和搬砖没有什么关系。"

"呵呵宋经理，你太讽刺了。"冯于强笑着说，"你的老师和同学们要是看到了，肯定要问这是咋回事。"

宋文玲笑笑说："我就是要让他们看到。一会儿我把照片发到朋友圈，配上我刚才说的话，同时发到抖音上，说不定还能走红哩。"

走进工地现场会议室，冯于强请项目经理、技术员、材料员、安全员和质检员统统坐下。他打开矿泉水，仰起头喝了几口，然后发表了简短的"重要讲话"。

他说，你们辛苦了，最近我在忙投标，来工地的时间少了一些，请大家理解。刚才我们转了一趟工地，总体印象不算差，还要继续加强施工生产管理，进一步强化安全保障措施，合理安排工序，注意现场的标准化管控。当前，我们公司正处在工程投标的关键时期，随时可能有甲方领导前来暗访，因此下一步，工地内外要保持整洁，对来访人员要热情，要文明礼貌……最后希望大家继续重视这个"形象工程"，齐心协力把项目管好，做到圆满交付。

冯于强所说的"形象工程"是有来头的，如果追根溯源，那么就要回到十年前的2009年9月。当时江自妍与李光田离婚，分得现金10亿元，付了以前欠下的工程款和材料款，还剩6亿多。于是她打算建一所中医院。这是她父母的遗愿，也是她和弟弟一直以来的理想追求。

一位姓焦的副市长，听说江自妍想投资中医院，非常重视，号召相关部门积极为江自妍做好服务，包括提供土地资源，与多家医院磋商合作。经过多方努力，江自妍终于和当地的省中医院签订了战略合作协议：江自妍负责全额投资建设，省中医院负责提供医疗技术和管理方面的指导与支持。

在医院建设的五年时间里，焦市长前后二十多次到工地视察，顶过烈日，打过雨伞，踩过积雪，和蔼的形象历历在目。由于医院项目比较复杂，系统化和智能化的难题比较多，焦市长就像对待自己家里事一样，经常为协调一些事务在工地忙到深夜。有天晚上，他主持召开现场协调会，到半夜尚未吃饭，他说今天不解决问题我们就不吃饭。后来问题解决时，他猝然晕倒了，送到医院抢救，他的血压升到了200以上。

焦市长勤政为民、迎难而上的精神，深深地鼓舞着江自妍。他不吃一顿饭，不收任何礼品，却为医院的建设付出了巨大努力。五年后医院落成时，焦市长调到外地去了，都说他没犯任何错误，是因为太清正了不合群才被平调的。而他每次回城，都要到医院来看看，询问中医院的经营状况。

2016年秋风送爽的时候，焦市长的家乡要建一所县级医院，他鼓励江自妍积极参与投标，并对当地的负责人说，如果在同等条件下，建议你们考虑给江自妍的公司承建，她建过医院，有丰富的施工经验，应该能比别的单位做得更好。

中标后，江自妍在会上说，我们必须把这个工程做好，千万不能给领导丢脸，要为政府树立形象。那一次会议之后，这个项目就时常被冯于强称作"形象工程"。

在场的人，都一条一条地记下了冯于强的"重要讲话"。宋文玲是用手机录音转文字的，不用笔，却比用笔更准确。只可惜记得不全，因为中途被一则消息打断了。消息是张大少发来的：宋经理你好！我公司项目上出了一点事，想请你帮忙。你现在有空吗？能否来我办公室？详情面聊。

会议结束后，宋文玲将手机消息给冯于强看，问他怎么办。冯于强说，没事，你答应去，不过要迟一点；你说出差了，大概六点半赶到。冯于强转身对朱长贵说，我们快点吧，去一趟甲方办公室，催完工程款的事立即返回，给宋经理抢点时间。

直奔甲方办公室的路上，朱长贵望着路边的建筑物说，我们做工程的其他都好，就是收款太麻烦，因为要钱难，工地上还流传着一首打油诗。

"什么打油诗？说来听听可以吗？"宋文玲颇为好奇。

朱长贵想了想，干咳了两声，然后抑扬顿挫地背了出来：

> 高楼林立映日辉，
> 谁知民工汗与泪。
> 四季劳作怕拖欠，
> 若无薪资怎家回？

冯于强说："这个项目的工程付款，总体上还算好的，没有太长时间的拖欠。我们今天来，是按小江总的要求，再友好敦促一下。"

在甲方办公室，当冯于强说完工程进度和资金需求时，甲方领导说："这一次的工程款确实耽误了，主要因为付了十几笔医疗设备的货款，资金一时周转不开，请你们再克服一下，我们正在想办法，不出意外，下个月就能解决。"冯于强听了表示感谢，真挚邀请甲方领导在方便的时候，到公司指导工作，聚一聚，打打掼蛋。

返程之际，太阳已悄然西沉。商务车的窗外，渐渐弥漫起一层淡淡的雾霭。远处的田野与村庄，在氤氲的掩映下若隐若现，恍如一幅童话般的美丽长卷，浮现出令人神往的朦胧景象。

宋文玲上车后睡了一会儿，被朱长贵刷抖音的笑声惊醒了。她见冯于强也在看手机，便问："冯总，都快下班了，为什么还要我去张总那里？"

冯于强说："理由不是明摆着吗？我们想做他们的工程呀。如果不是投标工作需要，你想去就去，不想去就不去。"

"那我一定要去吗？"听口气，宋文玲有点畏难情绪。

冯于强说："你要去，张总想请你帮忙呢，你去看看什么情况。人家好歹也是地产公司的领导，给他一个面子。况且从投标角度，这是求之不得呀！你去，也算是给我们公司帮忙。"

宋文玲说："我能帮什么忙？他要找的，可能是我爸。"

冯于强说："不管能不能帮忙，你先去听听。如果事情很大，你也不要马上拒绝他，找一个回旋的余地，最好能拖到我们投标结束，懂吗？"

宋文玲说："讲真话，如果不是因为公司投标，我才不想搭理这事儿哩。"

冯于强说："是的是的。刚才我说了，你这是替公司帮忙。"

恰逢下班高峰时段，进城后的车辆逐渐增多。放眼望去，那一串一串鲜红的汽车尾灯，宛如流动的长虹，在黄昏中闪烁，给人以无尽的遐想。到达地产公司的大门口，已经过了六点半，凭着张大少的微信消息，保安让行。宋文玲款步走进地产公司大厅，诚惶诚恐地上了电梯。

张大少办公室的门开着，远远就看见他坐在电脑前，显示屏的光影，照在他全神贯注的脸上。

宋文玲敲了两下门扇，轻声说："您好，张总。"

"哦，宋经理回来啦？！"张大少立即站了起来，"来来来，请坐请坐，我在等你呢。"

宋文玲轻盈地步入办公室，两人的目光瞬间碰了一下，彼此挪动脚步，相继坐了下来。宋文玲说："我和冯总今天下工地了，才回来。路上有点堵车，不好意思，让你久等了。"

"没关系！"张大少说，"我一般下班都很晚，倒是影响你下班了。"

"没关系。都是工作，也正常。"宋文玲说。

张大少这会儿比上次更加客气。他的嘴角挂着不太自然的笑容，一双眼睛在宋文玲的身上扫来扫去，好像觉得她很有魅力。一阵寒暄过后，张大少进入了主题。

"你爸在住建局，是不是叫宋代彪？"

"是的。他是副局长。"

"对，我知道他是副局长。我们地产公司的项目上出了点事情，正好在他手上。"

"什么事情？"

"今天上午，住建局下面的安监部门，到我们经九路项目检查，查出了一些问题，当场要求停工整改。你看一下，这是检查结果的复印件。"

宋文玲接过《执法检查整改通知单》，倏然一看，上面洋洋洒洒地写着：

1. 脚手架未按规定设置密目式安全网，施工层设置的防护栏杆、脚手架杆件搭设间距不符合要求；

2. 施工用电未满足三级配电、两级保护，总电源处动力和照明供电未分开，无总漏电保护装置；

3. 施工电梯吊笼安全装置不够灵敏，地面吊笼出入口防护棚不牢；

4. 物料提升机无超高限位装置，高架提升机无超载限制器、无缓冲装置，钢丝绳超过报废标准；

5. 模板支撑无施工方案，未按规定进行审批，未针对混凝土输送方法采取可靠的安全措施。

针对上述问题，现责令现场全面停工。请施工单位整改到位，待我局复查合格后，方可复工。

"天呀，查出这么多问题啊?"宋文玲看了大为震惊，呷呷嘴："哎哟，看来问题蛮严重的。"

张大少说："整改时间至少需要两周，因为购买材料和设备，有一个订货周期。今天中午我们公司召开了紧急会议，研究解决方案。"

"那就停工整改呗，反正都是施工单位的事情。"

"整改是应该的，但不能停工呀。我们急着封顶以后领销售许可证呢，开盘时间都公布出去了，要是全部停工，损失太大了。"

"那么张总，您是什么想法呢?"

"我们想，一边整改，一边施工，不能停。你爸分管这个部门，只要他口头同意就行。等整改好了，我们照样申请复查，不会有问题。"

"我爸恐怕做不了主。"宋文玲面有难色。

"他分管安全这一块，能做主。实在不行，也不要他同意，我们边施工边整改，他就当不知道，让下面人不要再去查。两周后，我们主动申请。只要两周时间。"

张大少站起来，走到储藏柜跟前，打开柜门，从里面拿出一个礼品盒和一个信封，递向宋文玲，谦顺地说："宋经理，钻石项链我买给你的;信封给你爸，里面有几张购物卡。小意思，请你务必收下。"

"哎呀，这个我不能收。"宋文玲慌忙推辞道，"我真的不能收！我可以回去帮你问问怎么回事。我这就回去。"

宋文玲说着起身要走。她说冯总和朱总他们还在下面等候，并伸出手和张大少的手轻轻地握了握，转脸朝外走。

"宋经理不要走，我请你们吃饭好吗？"

"不了，我还有事。"

"那过两天。不管成不成，我要请你吃个饭，我觉得和你在一块吃饭，是一种荣幸。"张大少紧跟其后，把宋文玲送到电梯口，又说："你们不是在投我们的标吗？明天我来跟他们商量一下，尽量让你们中标。"

第十五章

冯于强听了宋文玲的讲述，一时沉默不言，他似乎意识到了问题的严重性和复杂性。施工安全隐患与停工整改，应该是施工单位的责任，但是，对于地产公司来讲，确定了开盘时间，而且公布于全城，在这个节骨眼上"掉链子"，不仅会影响开盘，影响资金回款，而且还会导致市场信誉问题，直接和间接的损失不可估量，的确很头疼。冯于强认为，张大少说的"边施工边整改"，也是不得已而为之。

晚上，宋文玲的父亲宋代彪听说此事，劈头盖脸地问："你了解这事儿干什么？跟你们有什么关系？你就不应该去！"

宋文玲说："去的时候，我也不知道什么事，到了才知道。况且现在，我们公司正在投他们的标，怎能不理不睬呢？领导让我去看看情况，我能不去吗？"

"你是不是跟张大少有什么关系？"宋代彪质问女儿。

"没有关系。"宋文玲回答。

"那你有没有收受张大少的东西？"宋代彪表情严肃。

"没有。他给了，我没收。"宋文玲语调坚定。

"你真没收？还是假没收？"父亲再一次责问。

"我就没收。"宋文玲大声说，"您不相信，就算了。"

宋文玲感到很憋屈，眼眶里溢出了泪水。她倔强地站起身，从桌子上抽出两张餐巾纸，一边擦着眼泪，一边奔向自己的房间。

宋文玲的母亲说："老宋你也是的，你们早不查、迟不查，偏偏赶在女儿单位投标的点上去查，还下了停工令，好像跟女儿过不去似的。"

"你这讲的什么话？啊？你护孩子也不能这么护呀。我这是工作，是管理，我怎么是跟女儿过不去？"宋代彪晚上喝了几盅酒，气得满脸通红，眉毛似乎都竖起来了。

第二天早上八点半，宋文玲还没起床。母亲轻轻推开房门，亲切地说："玲儿，起来吧，早饭都快凉了。"

宋文玲说："别烦我。我不吃。"

母亲说："要吃点，吃点好去上班了，八点半啦。"

宋文玲说："不去上班了。"

"不去上班怎么行。"母亲说，"别生气了，你好好去上班，你爸我来说他。"

宋文玲刚刚发过请假信息，冯于强就打电话过来了，说这时候不能请假，身体不舒服，能不能坚持一下？现在正是投标前的关键时刻，下周就要正式投标见分晓。

听到冯于强说下周正式投标，宋文玲想到，自己还负责着资信标的编制工作，大家都在为投标挑灯夜战，确实不能耽误。于是她放下手机，赶快从床上爬起来，对着镜子看了看：除了一双杏眼有点红肿，其他别无二致；白白嫩嫩的圆形脸，不美也不丑。

宋文玲迟到二十分钟，公司有人看到了。朱长贵的解释是，她为了公司投标，昨晚加班到很晚才下班。这种看似偏袒而又普通的解释，却像八卦新闻，一忽儿就在公司上下引起了窃窃私语，甚至还传到了公司外面，招致了种种猜测。

"怎么了宋经理？我看你的状态不好嘛。"冯于强见到宋文玲便问。

宋文玲不吱声。冯于强又问了一句："怎么样？你爸他怎么说的？"

"甭提了。"宋文玲愤愤地说，"他问我管这些事情干吗，问我跟张大少什么关系，还问我有没有收他的东西。气死我了！"

宋文玲两眼漠然，平常爱笑的嘴巴，抿出了两道皱褶。她没看冯于强一眼，只顾放下挎包，打开电脑，用抹布擦拭着桌子上的浮尘。

"我找你有两个事情。"冯于强说，"不管你父亲什么态度，如果张大少问你，你千万别以微信或信息的方式回他，防止留下痕迹，也防止他利用你的信息大做文章。另一个事情，就是上次我们在看现场时，遇到的那辆车，你不是记下车牌号了吗？给我查查，它是什么单位的。"

"当时是记了，不知道放哪儿了。我得找找。"宋文玲说。

八卦新闻传到江远涛的耳朵里，说为了投标，宋文玲和张大少搭上了，还帮地产公司协调什么事情。江远涛想问问冯于强，又怕他以为自己胸襟太小；况且，他们不愿意说的事情，问也不一定问到实情。不过，想了解情况也很容易，江远涛打算约李秀丽见面，从她那里，掌握的情况应该更加翔实。

根据车牌号，宋文玲查到了车主也是一家建筑公司。然后根据建筑公司的注册信息，又查到了老板叫郭新明。冯于强问了几个朋友，只有老万认识郭新明，还说以前在工程项目上合作过。

老万说，郭新明这个人太精了，他像老鹰一样有洞察力，会通过各种渠道搜集市场信息，打探竞争对手的家底。为了中标，他总是利用各种关系网，不惜重金打通关键人物。还说他这个人鬼点子特别多，能利用歌厅里的小姐，获取其他老板的情报；也能通过路边的打印室，获取施工单位的投标信息；他还能在不中标的情况下，联系媒体，揭露黑幕，将丑事曝光。

"那就相当于恋爱以后，不结婚还不行，他会揭露对方的隐私。"宋文玲说，"这样的人不道德，只能敬而远之。冯总，您说呢？"

冯于强关掉手机免提，叹息道："在残酷的商业竞争背后，虽然有很多美好的东西存在，但有的人失去了道德底线，失去了做人的根本，他们为了利益，甚至可以出卖自己的人格。这一回啊，我们可算是遇到对手了，非得当心喽！"

干工程投标，需要一颗强大的心脏，否则，受不了各种刺激和打击。在下午五点多，冯于强接了两个电话，一个是坏消息，一个是好消息。坏消息是，原来编号第六的商住项目没中标，也就是说，投标又失败了。其实这个项目，本来希望还是很大的，如果江远涛知道了，想必他又要双眼紧闭，用双手捂住自己的鼻子。

另一个勉强算是好消息。地产公司的陈风来电话询问：你们投标工作准备得怎么样了？还顺利吗？有没有不清楚的地方？冯于强说，正在准备，还算顺利，小问题我们陈总直接咨询你部下了，尽量不惊动您这老总。陈风叮嘱说，你们不要把造价搞错了，更不要报高了，可以比正常情况再低两个点，这两个点是其他单位考虑的感谢费；我们是老朋友，就不需要考虑啦！冯于强连忙说，要考虑、要考虑，老朋友归老朋友，中标了，照样按规矩办。

接完这个电话，冯于强得到了两个提示，一是陈风来电实际上是索贿，中标了他要两个点。一是基本判断张大少找过陈风了，让他特别关照；而陈风见机行事，顺水推舟，想顺便捞点好处。如果中一个标，按7个亿给两个点数，算算正好1400万，规矩是现金给付，不留任何痕迹。

对地产公司那一套玩意儿，冯于强心知肚明。在遍地是黄金的时代，各个权力部门见钱眼开，见利忘义，大捞好处且屡屡得手。他们家里有几套房子的比比皆是，有几千万现金的也属于正常。2008年7月，李光田根据班组举报，让检察院突击检查一个工程部经理的家，打开十八箱酒的包装，里面全是现金；把他的房产、金条、高档首饰等全部资产加起来，折合人民币7600万元。有人对李光田开玩笑说，你不要查了，查到最后，罪魁祸首是你自己，大家都是跟你学的；再说了，他们并没有拿你的钱，他们收合作单位的钱，跟你有什么关系呢？

要说规矩，冯于强全懂。发包工程有一大块油水，不论是感谢费、中间费、辛苦费，还是抽头、提成、意思一下，中标单位或前或后，都要出一点"血"。桩基、土建和安装工程的费用，一般两个点；景观、道桥、水利和生态治理工程，费用更多一些。中期管理和后期结算审计，一般不按百分比给付，视情况酌情处理，但如果有增项，比如1个亿的工程，通过增加项目、设计变更或者签证，变成了1.2个亿，那么多出来的2000万，施工单位可能要拿出五分之一甚至五分之二来回报领导。

冯于强常说，如果向他们学习，我早就不再上班打工了，跟几个同事一样，去买土地搞开发，现在也是房地产大老板。他还说，我是穷命，发不了财。小时候，当教师的父母亲反复教育我"金钱如粪土，仁义值千金"，要把金钱看作粪土一样廉价甚至肮脏，仁义才是最值钱的。长大以后，我看了一些书，树立了不大不小的人生理想，同时也悄悄地设定了财富目标：做一个百万富翁。如今目标已经实现，但是没想到，百万富翁早已不足为奇。

答应了陈风的"意思"，如果中标就要兑现，而兑现就需要公司出钱。冯于强打算跟江远涛汇报一下，因为不能忽略了头顶上帽子的高度。快要下班的时候，冯于强去敲门，没有反应，一问才知道，他刚才出去了。

此时，江远涛正坐在公园内的餐饮包间里，手捧茶杯，默默地凝视着窗外的景色。李秀丽未到，他在独自享受着片刻的宁静。这公园规模不小，形似一枚古代的铜钱，周围环绕着翠绿的草地和波光粼粼的湖泊，中间是一块方正的陆地。从包间的窗户远望，湖面上水波荡漾，宛如被顽皮的小孩，用风的扫帚轻轻扫动一般。而一棵棵高大的、形态各异的绿化树，静静地耸立在路旁，仿佛在偷偷地聆听着对对情侣的私语。

随着三下轻轻的敲门声，散发着青春魅力和柑橘香味的李秀丽推门而入。

"你怎么找到这儿来了？什么时候到的？"她喜滋滋地问。

"来，坐吧。"江远涛说，"以前朋友请我吃饭，我才知道这里还有小包间。我来不过半个小时。"

"我下班就过来了，一点没耽误。车子不让进，我停在外面，走进来的。"李秀丽用湿巾蘸了蘸脸上的汗，把包放在另一张椅子上。

"先喝杯奶茶。"江远涛说，"你想吃点什么？"

"随便吧。这里有什么特色？"

"小吃。品种还挺多的。"

经过一番耳鬓厮磨的商议，两人挑选了五道小菜，又配上两杯饮料。随后他们将窗帘缓缓合上，打开头顶上的灯，包间里骤然间变得恬静而温馨。虽然看不见窗外的风景，但是对方似乎就是眼里最美的风景。

"最近，我们公司在忙投标。"江远涛说，"准备投你们二环北路项目，你听说了吗？"

"听说了。你们冯总不是来我们公司跑过几趟了吗？"

"上次我就说过，你们的标我不想投，可是冯总他们，死心塌地非要投。我担心投不上，还丢人。"

"也不一定。我怎么听人讲谈得差不多了？他们说，好像两家又要合作了。"

"我没去，都是冯总他们去的。具体怎么谈的，我还真不太清楚。"

"还有一个女的，是谁啊？门口保安都知道，她和张大少的关系不一般吧？"

"哪个女的？姓什么？"

"不知道姓什么，只知道是你们公司的。据说能量怪大的，能协调我们经九路项目，停工了，还能继续施工。"

"你说的女人是不是姓宋？"

"不清楚。"李秀丽说，"经九路那个项目，总是有人使绊子。这一次停工，是被一个同行举报的，怕我们抢他们的客户。"

"停工、举报、抢客户。我蒙圈了。这之间有什么关系呢?"江远涛百思不得其解。

李秀丽说:"那个经九路项目,附近有一家开发商楼盘,开盘销售的时间和我们差不多。怕我们抢他们的客源,就故意找人投诉,说我们项目安全隐患太多。住建局来人一查,确实有问题,就下令停工了。我们停工不能封顶,预售许可证办不到,开盘开不成,第一批蓄水的客户,就跑到他们楼盘买房子去了。就这么简单。"

"所以找关系协调,停工不停产,不想影响开盘。对吧?"江远涛算是听明白了。

"是的。你回去问一下冯总,他肯定知道这个女人是谁。"

"知道了。但我不相信,你们公司的事情,还用得着我们公司的人去解决?难道董事长搞不定吗?怎么可能呢!"

"我们董事长呀?"李秀丽小声说,"你不知道吗?他哥哥被纪委带走了,他在北京找关系捞人呢。也有人说,董事长也被抓起来了,不知道哪个说法是对的。反正他好多天没来过公司。咦!他是你曾经的养父,你能不知道吗?"

"嗨!不是早就说过嘛,决裂了。他一直就不喜欢我,还有点恨我。其实,我并没有烦过他。"

"说起来也怪。他对张大少多好啊,重点培养,现在基本上在公司说了算。"

"你觉得张大少在管理上怎么样?"

"还好吧。他跟董事长不是一套思路。他比较理性,讲究管理方法，有胆识，敢跟董事长较劲。公司某些领导，有话不敢在会上讲，就事先告诉他，让他在会上放炮。"

"他和我比较呢，你觉得在管理上有什么区别？"

"没有可比性，各有所长吧。他是学理科的，你是学文科的。他在管理上比较注重方法和细节，你的管理就在乎大方向不能错。"

"哪个更好呢？"

"都有好处。文科决定社会的方向，理科决定社会的方法。没有正确的方向，再好的方法也是瞎忙乎；如果只有正确的方向，没有好的方法和措施，一切都是空的。嗳，不谈这些了。你老妈身体怎么样了？"

"还在医院里。中医调理有效果了，在向好的方面发展。"

"你经常去看她吗？"

"也不。一个月去两三回。她不让我经常去。"

"你家中医院的人多吗？"

"蛮多的，来自全国各地。有时忙不过来，还要请外面的医生。"

"那经济效益一定不差，每年的净收益有多少？"

"不清楚。我妈没让我管这一块，我也不想管。"

"以后我来管。最近我看了很多医院管理方面的书。"

"你想跨界啦？怎么管是后话，等我妈出院了，我们先把婚结了再说。"

"嗯嗯。也是。"李秀丽柔声应道。

　　她深情地伸出纤细光润的手指，温情脉脉地与江远涛的
手摩挲在一起。她的身体前倾，桌边的挤压，使她的胸部显
得更加突出。

第十六章

　　江远涛已经断定，李秀丽讲的那个女人就是宋文玲，她的父亲是住建局干部，只有她才有可能帮地产公司协调一些事情。但江远涛没去问宋文玲，也没有问冯于强，他觉得这是不足挂齿的小事，不论中标与否，都决定不了公司发展的大方向。

　　对于江远涛来说，数次没有中标，他作为公司总经理，研究的不是没有中标的原因，而是这个行业发展的不利因素。他首先认为，这个行业的竞争不够规范，存在着少数人和部分企业扰乱市场秩序的行为。有的企业为了获取项目，过分压低报价，甚至低于成本，引起市场混乱；有的公司利用招投标机制的漏洞，暗箱操作，造成不良风气蔓延；还有的单位在承接业务时夸大宣传，到了实施的时候，便出现了材料以次充好、质量偷工减料、工期恶意拖延等种种乱象，危害了行业的整体诚信水平，影响了行业的健康发展。

　　这是江远涛通过研究得出的结论：在建筑行业，中小型企业数量较多，市场集中度较低，资源配置的效率不高，各企业技术水平良莠不齐。绝大多数企业，当前依然依托传统的建造手段，低效益，高耗能，影响了行业创新能力的提升和新技术、新材料、新工艺的推广运用，加之融资渠道限制，生产力进化慢，难以涌现具备国际竞争力的全球性建筑企业。

江远涛认为，前些年房价、地价上涨过快，投机性购房活跃，泡沫严重，将来有大破灭、大萧条的风险。从房地产市场的变化对建筑行业产生的影响来看，是理性的；换句话说，建筑公司可能会因为房地产市场的回归而落寞。那怎么办？江远涛的思路是，要么行业创新，要么行业转型。

关于创新与转型，江远涛不仅研究了智慧城市、智能建造、低碳建筑、生态修复、高品质水利水电工程等，而且还研究了互联网+智能化建筑、机器人开启建筑自动化等。通过大半年的探索，江远涛最近发现，那些东西还需知识的积累、技术的支撑和模式的变革，需要一个过程。当前有一种发展方式，很简单，也很适用。大道至简，路就在脚下。

正当江远涛冥思苦想的时候，冯于强却在兴致盎然地召开投标工作专题会。他说当前形势非常严峻，我们必须认识到，在激烈的市场竞争中，很多项目都面临着无情的角逐，在相互厮杀中，我们看到了丑恶的存在和人性的阴暗。但是我们不同，我们始终秉承优质的服务、诚信的经营和合理的价格，去赢得社会的尊重与信任，坚守正义，绝不为了中标，去出卖自己的良知和尊严。

一番热情洋溢的话，说得在场的人们热血沸腾、深受鼓舞。朱长贵瞥了刘清华一眼，会心一笑，意思是冯总今天胸有成竹、敢说大话，好像这一次投标志在必得、非我莫属；不仅要获得投标工作的一次成功，更是要赢得市场斗争的一次胜利。

陈晓凤汇报："按照公司要求，我们的报价会相对合理，不会高，也不会最低。这一点，首先建立在精确的计算上，不是没有误差，而是误差极小。已经审核四遍了，打算再看一遍。"

朱长贵说："技术标的编制工作基本完成。我们不仅响应了招标文件的各项要求，而且还突出了自身优势。从整体上来看，这一次的技术标结构清晰，针对性强，没有多余的内容。我们尽量用简洁的语言，让评标者快速理解，并产生好感。"

"我这边的资信标，也整理得差不多了，"宋文玲汇报说，"包括各种资质、工程业绩、获得的奖项、保证农民工薪资等方面的内容。除此之外，通过资信评级获取的《信用等级证书》《重合同守信用》等证书，也都准备齐了。"

刘清华沙哑着嗓子说："请大家记住评分办法，技术标25分，资信标10分，商务标65分。我们每个组，都要确保每一项多得分，从而保证总分不能落后。这几天，我的话讲多了，喉咙像是开裂了。"

建筑公司每逢投标，总有那么几天集体"闭关练武"，吃住都在办公室。这段时间里，心中有标，公司就是家。当然还有一种情况，投标人不分时间、不分地点，不分白天黑夜，在坐车的路上、在高铁上、在飞机上甚至在睡梦里，随时随地都在考虑投标的细节。

冯于强总结说："今天是关于二环北路项目投标的最后一次会议，星期三正式送标书，希望大家再辛苦一下，做好最后的冲刺。所有的格式，都必须符合招标文件的要求，包括字体、字号、行距等等。同时还要注意页面的整洁和美观，避免出现病句、错别字等低级错误。在封标之前，你们相互检查，确保万无一失。一切就绪以后，由朱长贵和宋文玲负责封标，刘清华和陈晓凤负责送标。"

封标，即封装标书。标书也叫投标文件。对投标人来说，标书是爱恨交织的产物。从招标文件到投标文件，多少个日日夜夜，一群人为它倾注了大量心血，却意味着希望和失望的两种可能。封标前除了检查与核对，便是盖章和装订。盖章需要必备的技能叫"盖章无影手"，一秒钟能盖四页，速度快如机器。标书三套正副本，多达几千页，拼的是手速，盖的是骨感。

会议结束回到办公室，冯于强发现手机上有三个未接电话，一看都是老万打来的。老万昨天邀请冯于强今天晚上吃饭，冯于强没有答应。没答应有两个原因，一是这几天太忙，也太累，不想出去喝酒；一是请客的人还不是老万本人，而是本次的竞争对手郭新明。冯于强正想回电话，他的电话又抢先打过来了。

"老万，不好意思！刚才我在开会，正准备回电话给你呢。"

"会开完啦？早点过去掼几把。带个美女来，我们每人带一个，会喝酒的。"

"不是带不带美女的问题，昨天我就说了，这几天忙死了，我就不参加了，你们聚吧。"

"别废话了！老冯，郭新明也是我十多年的好朋友，晚上兄弟们喝几杯，也能商量一下投标的事，是不是？信息共享，合作共赢嘛，只有好处，没有坏处。来吧，我都答应他了。"

"今天不来了，下次吧。"

"来啊！你不想中标啦？都是好朋友，相互捧场嘛。"

冯于强架不住盛情邀请，又怕得罪对方对投标不利，一念之下同意了。

放下电话，他通知宋文玲，要司机晚上加班。同时问宋文玲，晚上有个应酬，你想不想参加？冯于强说，有你在场，能及时提醒我，万一喝多了不要乱讲。此外，非常时期多一个人在场，可以证明可能需要证明的事情。

宋文玲答应去。

下班后，宋文玲上车就问："晚上应酬是哪些人？"

冯于强笑着说："哈哈，还是你结的缘，就是你记车牌号的那个公司老板。他是我朋友的朋友，非要晚上聚一下。我想接触一下也好，一方面摸一摸他们的底，另一方面混个见面熟，防止他后面捣乱。"

"上次您打电话用的免提，我都听到了。他好像不是什么好人呀？"

"说归说，眼见为实；是不是好人，见面就基本上看出来了。"冯于强说，"晚上你注意下，不要让我喝醉了。我们不能透露这一次投标的任何内容。"

"冯总谦虚。您的酒量大，要是把您喝醉了，人家也该倒下了。"

"不行不行，现在酒量下降了。"冯于强说，"宋经理，我都忘了问你，这一段时间，你和张大少有没有保持联系啊？"

"在联系。他几乎每天早上，都给我发一个早安问好的图片。有几次，他还约我晚上吃饭。"

"吃饭不要紧，你买单，回来报销。听说他们并没有停工，一直在施工。"

"是的。昨晚我爸打电话的时候，我听到了，有人举报，今天上午十点，要去查他们。"

"那这个消息，你要告诉张总。对吧？"

"我说了。"

"还是那句话，你和张大少不要发信息，免得留下什么依据，有事就打电话。等这件事过去了，你们怎么聊，都无所谓。"

到了饭店步入包间，看到三男一女在打牌，还有一男一女在旁观。包间里烟雾缭绕，"炸"声不断。见到冯于强和宋文玲来了，老万说："冯总来一把。"一位婀娜多姿的女子向冯于强让位，嘴里还在说："你要是不压我的三带二，我后面的三个圈就跑掉了，怎么会下游呢？就多一手牌！"

冯于强指着宋文玲介绍说："这位，是我们公司的行政人事部经理，姓宋，跟我女儿一般大。八小时以外，我是把她当自家闺女。"

宋文玲环顾了一眼：老万的模样很像苦大仇深、涅槃重生的矿山老板；那位叫郭新明的人，脖子上围着一串金色的链子，戴着眼镜，活像一个刚刚弃武从文却又霸气未消的山寨帮主；两位美女可能是"撒过娇、出过轨、勾引领导下过水"的歌厅小姐；而另外两个男子，一个胖一个瘦，符合工程管理人员特征，一看就是从工地上出来的，说不定下午还在现场转悠，脸上晒得漆黑。

虽是郭新明请客，可是推拉到最后，还是老万坐在主人位。他右手边坐着冯于强，左手边坐着郭新明，其他人随便坐。一位姓刘的小姐坐在宋文玲旁边。

共同喝过三杯白酒，郭新明开始得意扬扬地"吹"起了自己的创业史。他说不了解我的人，都说我不厚道，是个半吊子，是个坏蛋，其实，我是坏人中的好人。我只有初中文化，1979年经人介绍，在工地上谋了第一份差事：搬钢铁、运木材、背水泥。为了多学技术，我白天干活，晚上找师傅学习施工技术。就凭吃苦好学的精神，我慢慢干到了小工长，后来干生产经理，再后来，在亲友的帮助下，我创办了工程队。

1992年，工程队规模搞大了，就改为建筑安装工程公司，注册资金5000万元。为了帮老乡们挣点钱，我招收了当地农民工900多人，从中培养技工200多人。县长都夸我，是一个农民工的带头人。在搞企业的过程中，因为文化不高、经验不足，我吃了很多苦，走了很多弯路。后来我参加各种培训，充实了自己的"脑瓜子"，同时，我还把员工也送去学习。前些年，公司的年产值都是过亿的。我人在外面漂泊，没有忘记家乡，什么修路啊，建桥啊，盖学校啊，我都给票子。

"这几年不行了。"郭新明说，"建筑市场被有些人搞乱了，工程一招标，妖魔鬼怪就出来了，恶性竞争，权钱交易，我是看不惯的。"

"我们也看不惯，但是没办法。"冯于强说，"我们少数人的力量，是无法改变的。"

"不一定。"郭新明说，"我要是不中标，有时会找他们的麻烦，揭穿他们的内幕。只可惜像我这样的人，太少了。大家都不敢站出来说话。"

老万在中间说："你不要吹牛啦。来，喝酒。你这么搞，以后谁敢让你投标？"

"公开招投标，他没有理由不让我投标，我是合法行为啊。"郭新明换了语气说，"不过他娘的，确实有的甲方，不让我投标。"

172

老万说："来，我们三个人喝一杯。说好了，这一次你们都是投一个公司的标，不管谁中标，要相互支持。"

郭新明说："好！如果我中标了，我分几幢给冯总做做；如果冯总中标了，也分几幢给我做做。假如冯总中了两个标段，你让一个给我，我给你三个点的费用，怎么样？"

冯于强说："那么，假如我们两家都不中标呢？"

郭新明说："假如我们两家都不中标，我们就揭发他们，叫它地产公司招标'流产'，逼他们重新再招。"

冯于强说："郭老板你喝多了吧？你有那个勇气，我可没有。到目前为止，我对中标还没有一点把握。"

郭新明说："不，你有把握。别当我什么都不知道，你幕后的工作已经做到位了。"

冯于强说："没有没有。我们公司只是顺其自然。"

看到场面有点冲突，三位美女分别站起来敬酒。有了客套和笑声，原本有点紧张的气氛，立刻变得活跃起来。此时宋文玲注意到，地上放了五个空酒瓶。

老万又倒了一杯酒，说："你们俩，都是我多年的兄弟。这一次投标，要形成统一战线，不管结果如何，私下里多沟通，要合作，不要对抗，不能两败俱伤。"

"冯总，你打算下浮多少个点？"郭新明一边说，一边掏出硬壳香烟，给抽烟的人分别扔了一支，显得很随意。

下浮是投标报价时，投标人按照工程预算价或者招标控制价，下浮一定的比例，这个比例也叫下浮率，意思是让利、优惠。此举是投标的关键，很大程度上决定评标结果。对于商务标权重较高的项目来说，可能是中标的绝对因素。而下浮比例的决策，是投标人的商业秘密，在开标前，一般只有两三个人知道。

宋文玲使劲盯着冯于强，用手掌捂住自己的嘴巴，微微摇头，示意冯总谨慎回答。

"下浮多少还没确定，"冯于强夹了一块鱼，说，"也不会下浮太多。我看明年的材料要涨价，下浮多了，做了要亏本。你们呢，你们打算下浮多少？"

"我们打算七到八，你看怎么样？"郭新明用泛红的眼睛，专注地望着冯于强。香烟的火星快要烧到手指了，他居然没在意。

宋文玲睁大眼睛瞅着冯于强，面色紧张，一时没敢眨眼。而冯于强在低头吃鱼，并没有注意到宋文玲的表情。宋文玲急中生智，给他发了一条消息："冯总几点了？快撤吧！"

冯于强感到手机振动，拿起来看了看，说了句"八点"，又放下手机，继续吃鱼。吃完鱼，冯于强端起酒杯，又敬了每人一杯。喝到最后一个时，他身子一歪，差点把椅子坐翻了，连忙说："哎哟，我喝多了，这酒真厉害。弟兄们，早点休息吧。下次我请你们。"

散席出门时，郭新明要请大家去唱歌，他说我们不装神不装鬼，只跟小姐亲亲嘴。他还说，现在我老婆被情人废了，我老家被房地产废了；我翻过窗、跳过墙，一夜睡过三张床……冯于强说，我也喝醉了，不去唱歌了，明天还有大事要办。在相互握手中，几个人变得异常亲热，勾肩搭背，歪歪扭扭，走的都是不规则曲线。嘴里还在不断地重复着"同行是一家，我们相互支持"之类的客套话。

第十七章

关于投标报价的下浮比例，冯于强亲自到江远涛办公室跟他商量。就算一个标段7亿元，一个点700万，三个标段便是2100万，两个点便是4200万，这个数字不仅影响投标结果，而且影响中标后的成本和收益。当然冯于强首先考虑的，还是能否中标的问题。从市场角度分析，目前房建工程的下浮比例区间很大，有的公司为了生存，已经下浮到了十到十五个点。

"你认为我们下浮多少合适？"冯于强问。

"商务标占分多少？"江远涛的神态很认真。

"65分。"

"冯总，您考虑下浮多少？"

"这一次，我们和地产公司的关系理顺了，希望还是很大的。如果中标了，我们还要拿出两个点答谢相关领导，因此我建议，三个标段的总价，各下浮九个点。"

"行啊，我没有意见！"江远涛爽朗地同意了。

下浮比例一般在商务标的投标函中体现，而投标函往往只是一张纸。正是这一张承载着投标人承诺的纸，一度成了投标单位的绝密文件。当冯于强无比慎重地把投标函交给宋文玲的时候，这意味着投标的命运，在一定程度上，已经不可逆转。

一本本封装整齐的标书，就像一宗宗装帧精美的典藏书籍。正副本大小一致，井然有序。由于体量庞大，车子的后备厢，被摞得满满的。如果中标，这些标书将是合作双方施工管理和工程结算的依据，如果不中标，统统沦为废纸。

招标文件规定，周三下午三点，将标书送达指定地点，这是绝对不能延误的，否则将被视为废标。实际上不到两点，冯于强安排的专车，已经抵达回标地点。为此，几个人中午的饭都没吃好，匆匆扒上几大口，至于吃的什么菜，似乎都没进入记忆。

开标和评标是重要环节，但是冯于强没有参加，他考虑到里面的熟人太多，主动避嫌。把标书送到门口时，他对委托代理人刘清华说了一句"祝顺利成功"，便信心满怀地站在台阶外，目送良久。

开标地点设在地产公司的五楼大会议室。宽大的空间、明亮的灯光、层层叠叠的标书、投标人代表、七位专家以及工作人员，共同组成了一幅别开生面的竞标场景。多数人的表情都很凝重。空气中，仿佛飘浮着大大小小、颜色各异的问号。

现场已经准备好了签到表、开标程序表、投标文件收到表、密封性审查表等资料，备有签字笔、剪刀、订书机等用品。投影机和音响设备以及评标用的电脑和打印机，均已打开。17家投标单位的公司代表，在划定区域的席位上就座，好像坐在法庭上，等待着法官的审判。

一位衣冠楚楚、佩戴工作牌的主持人，宣布开标会议正式开始。他首先介绍了参加开标的主要人员、工程项目情况、投标文件的密封情况，宣读了招标程序的主要内容。

工作人员根据一览表的顺序开始唱标，响亮报出投标人的名称、所投标段、投标总价、下浮比例和优惠价。唱标完毕，要求投标人确认唱标内容，如有异议，当场澄清，如无异议，视为同意。娇小玲珑的女文员负责开标记录，然后由监督人员审核签名。

下一步是评标。工作人员对评标专家进行了身份确认，收取手机交监督人员统一保管。专家主要是对投标人的资信标和技术标进行评估打分，对不合格、有问题的标书，有权提出废标。

评标专家的权力是很大的，他们可以通过打分，决定投标人能否中标。评标专家有三种人：一种是客观公平、刚正不阿的良心专家；一种是唯利是图、背信弃义的小人专家；一种是见利忘义、大捞横财的商业专家。小人专家只要有人打招呼，发个红包，立马见风使舵。而商业专家并不满足于几万、几十万的好处费，他们是专家团伙，专门操纵招投标市场，成就一批工程，获利几百万、几千万也不足为怪。他们的动作相当迅速，能在名字被确定后的一小时之内，完成信息沟通。

在某些时候，这四句话能够概括公开招标的本质：用过程的理性来保证结果的正确；用程序的合法来维护内定的合理；用竞争的激烈来证明价格的公道；用博弈的复杂来确保权力的稳定。随着监管机制的不断完善，这种情况已有根本好转。

专家作弊往往体现在技术标上。即便是暗标，他们也能根据事先约定的暗号及时辨别，比如标书的第10页开头是"人员"。暗标的初衷，是不公开投标人的身份，由招标组织对各方标书进行编号评审，杜绝专家人为打分，遏制腐败行为；同时强化评标的保密性和公平性，提高评标质量。而这个初衷，时常被人抛之脑后。

刘清华坐在后排，他一会儿望着前面的大屏幕，一会儿盯着那几个难以捉摸的评标专家，心里就像十五个吊桶打水，七上八下。被动等待加上现场不让抽烟，急得在座的投标单位代表搓手顿脚、唉声叹气。刘清华看见一个投标单位的委托代理人，将香烟的烟卷儿掰开，把烟丝放在嘴巴里咀嚼。

三个小时过后，翘首以盼的初步评审结果终于出来了。令人咋舌的是，有八家投标单位被排斥在外，与中标无缘。而他们被废标的原因，真让人惊诧不已。

未按规定格式填写，内容不全，数据矛盾。

定额套用与方案不符，混凝土施工方式遗漏。

标书的目录页码和题目，与正文的页码和题目不一致。

缺少法定代表委托代理人的委托书原件。

没有合理解释或提供相关材料，说明低于成本的原因。

投标文件未能对招标文件作出实质性响应。

有三处投标人名称和组织结构与资格报审资料不合。

技术标中使用了其他项目的管理目标，与本次招标并无关系。

刘清华惊喜地看到，在有效的投标人名单中，自己所在的公司位居其中；尤其是第二和第三标段，极有可能成为第一中标候选人。他激动地跑到卫生间给冯于强打电话，喜眉笑眼地报告了开标、评标和初评结果的总体情况。

主持人说，三个标段同步评定，工作量实在太大了，由于时间关系，今天先到这里，大家都清楚基本情况，我们会进一步分析标书，结合专家的评分，尽快做出最终选择，届时会及时通知各位。听完这话，现场有人嘀咕说，民营企业招标，一般都要征求老板的意见，总要给最高领导拍板的机会。同时，也预留着第二次压价的可能性。

走出开标会议室，一行人鱼贯进入电梯，相继到了室外，像是刚刚经历了一场生与死的审判，一个个惊魂未定。有的人迫不及待地点着香烟，有的人若释重负地伸着懒腰，还有的人在悄悄地打听情况。这时候，有个素不相识的胖子走过来问刘清华："你们冯总怎么没来？"

刘清华说："他有事，没来。你认识他？"

"不认识，但我知道冯总是你领导。你们冯总和我们郭老板是朋友。你们下浮九个点，才是正好。"

刘清华问："那你们下浮多少？"

胖子遗憾地说："我们下浮八个点。基本上出局了。"

刘清华笑笑，没再说话。

在12楼小会议室，参会者减少到九人，其中评标委员会5人。这样的人数是便于举手表决的。但事实上，真正能做到举手表决的情形少之又少，多数情况是，谁的权力大，谁的势力强，谁的意见就可能成为最终的定标结果。

气氛有些紧张、压抑，甚至有点商战的血腥味。地产公司领导、评标专家和代理公司负责人的意见，是不一致的；尤其是二标段和三标段，分歧很大。其实谁都清楚，此时的意见往往是自私的，往往代表着不同的关系或不同的联盟。有的人殚精竭虑，愿意为此一搏，哪怕明天被革职查办，不为别的，只为其中的经济回报，足够堆金积玉。

招投标管理中心陈风的意见是，第二和第三标段，应该是江自妍的建筑公司中标，因为该公司的综合评分名列前茅，报价虽然不是最低的，但属合理低价，很难找出他们计价方面的问题。

代理公司负责人建议，按照招标文件和行业规则办事，应该在程序规定的基础上选择中标单位，技术上和细节上的问题，可以进一步纠正。目前所有的地产公司，基本上都是选择最低价中标。

总工张顺曦反对最低价中标的建议。他说这一次是综合评标法，为什么要考虑不合理的价格因素？况且在技术方案上，最能反映建筑公司的管理水平，如果到现在还不相信技术创新和管理创新的重要性，那终究是要吃亏的。

三位专家表示，赞成代理公司负责人的意见。他们认为，采取综合评分法，实质上是为了排除一部分投标人；而真正的目的，还是要回到价格因素上来，把经济效益放在首位。当前各标段都处于三选一的关键时刻，应该优先考虑低价中标的原则。

总裁郑小明说，相比以前，这次招标是比较规范的，可是参与投标的公司并不多，说明我们的市场地位在下降。在定标问题上，我们既要考虑价格、方案和实力因素，也要考虑政府领导的关系，包括老干部的子弟投标。我认为，应该尊重代理公司和专家的意见，那样不但能降低投资成本，而且还能促进我们今后在新的项目上，更好地开展工作。

张大少说，你们讲得都有道理。从招标工作的本身来看，执行招标文件和相关规定，是对的，这是规矩。但是，当我们发现过程中出现问题的时候，应该客观面对，敢于跟自己较真，不能唯利是图。关于低价中标原则，我认为这是披着合法外衣的陷阱，到后来，双方都会陷入利益冲突的死角，造成很大的内耗，还可能由企业矛盾转化为社会矛盾，贻害无穷。

"刚才说投标的公司不多，是我们的市场地位在下降，可是有人告诉我，他们报名之后被刷掉了，进不来。大家不要推来推去了，如果要问我，我同意招投标管理中心和总工的意见。你们看呢?"

张大少说完，众人的目光如箭一般投向郑小明。只见他神情严肃，面色黯然，右手使劲地扭捏着自己的喉结，不紧不慢，一下又一下。坐在对面的陈风看到，他的喉结处变得赤红，似乎要渗出血来。

"请代理公司把各位的意见，都写进会议纪要。"郑小明突然从喉咙里挤出几句话："我保留意见。还是等董事长回来，让他最终决定吧"

郑小明说保留意见，言外之意是不同意，也不签字。张大少很清楚，没有郑小明这个总裁签署意见，此项工作是无法推进的。僵持了一会儿，张大少对着陈风说："那就等一等吧，但不能等得太久，前面的会上已经说过了，时间要快。"

"时间要快"原本是郑小明的要求，他现在却出尔反尔要等董事长回来，这可能是不达目的不罢休的缓兵之计。张大少没他职位高，看看现场多半是他的势力，只能忍着。但张大少的话已经震惊了全场，他提出了自己的主张，同时也给了郑小明的面子，所以没有人再提反对意见。

实际上，张大少心里明白，董事长李光田被纪委通知去配合调查，可能一时回不来。临行前的那天晚上，李光田把张大少叫到家里，工作安排后，递给他一个档案袋，说："我这一去，可能几天就回来，也可能几个月，或者更长时间才能回来，我把公司的往来账款和重要文件，都装在这个档案袋里，还有一份授权书，需要时拿出来用。对外就说我出国了，不确定什么时候回来。我已经通知郑总了。以后我不在的时候，你们要相互支持。"

然而，就在二环北路项目招标工作陷入僵局的第四天，突然爆出了两个骇人听闻的坏消息：经九路项目发生了安全事故，一对农民工夫妻高空坠落，送往医院抢救无效死亡；总裁郑小明辞职不干了。

十天前，住建局下发停工通知，地产公司召开小范围紧急会议时，郑小明对张大少说：还差屋顶结构施工，进度就到销售节点了，这一停，直接影响开盘。现在要么看着附近楼盘抢占先机，收走我们白花花的银子，要么协调边施工边整改，保开盘销售。张大少说，您是公司总裁，保开盘是大事，您协调还用问我？郑小明说，你们年轻人，要学着协调一些事情，不能什么事都指望我来。张大少受了一点刺激，同时也想表现表现，就想到了宋文玲的父亲在住建局。

虽然张大少不懂工程管理，但他知道找到宋文玲，就找对了关键人，加上建筑公司投标在即，这件事就算妥妥地搞定了。郑小明得知情况后，立即通知工程负责人，说张大少协调好了，不要停工，边施工边整改。所以现场在接到停工通知之后，实际上只停了半天，这半天还是因为获取了"上午十点要来检查"的消息，应付住建局的，其余的时间，全部在"边施工边整改"。

张大少顿觉上当了，此时才知道郑小明不愿协调的原因，或许是借机挖了一个坑，让他踩下去。他火速召集几位副总裁商量对策，很快达成一致意见：考虑到郑小明年事已高，体弱多病，批准郑小明辞职，对外亦造成因为安全事故被公司处理的假象。他的工作移交给陆正杰。然后由张顺曦组织工程相关负责人，及时处理安全事故，尽量把事故责任推到项目现场，不要扩大到公司层面。

原来，事故不仅造成了农民工夫妻身亡，而且还造成了四位支模的工人受伤。住建局和安监、公安等部门，迅速成立了安全事故调查组，对现场的项目经理、工程总监和安全管理人员实施了控制，并深入展开事故调查程序。

有多人传闻，郑小明辞职与工程招标和安全事故有关。说他早就想退休了，却还思量着最后再捞一把，不料这最后一票势均力敌，凶多吉少，受了别人的好处无法交代。安全事故是他的错误指挥造成的，即便现场人员不检举他，侥幸逃过追责，他也有不可推卸的领导责任。人力资源管理中心的负责人说，我不清楚郑小明辞职是不是与招标有关，但我知道，好像与安全事故没有关系，因为他辞职报告的落款时间，是在安全事故发生的前一天。陆正杰说，你这样认为，只能说明你太傻了。

第十八章

　　惊闻地产公司的经九路项目发生了安全事故，冯于强放下电话，直奔宋文玲办公室，慌忙说："宋经理，你把手机拿出来。"

　　"冯总您什么事？这么神经兮兮的。"宋文玲不理解。

　　"快！打开你和张大少的通信记录，拿过来我看看。"

　　"您这是干吗呀，为什么要看我和他的聊天记录呢？"

　　"他们工地出人命了，我要看看跟你有没有关系。"

　　冯于强伸手夺过宋文玲的手机，上下滚动着屏幕，这才发现张大少与宋文玲每天都有联系，有的是早安问好，有的是请她吃饭，有的是语音通话。跟安全事故有关的信息是："听说明天上午十点，住建局去你们工地检查。"张大少回复："知道了。谢谢亲爱的！"

　　冯于强紧张地说："我有没有跟你讲过？你打电话不要发信息，不要留下依据。现在出事了，他们经九路工地上死了一对夫妻，还伤了四个工人，如果查到你怎么办？还有你父亲……"

"啊哟!"宋文玲大惊失色,恐惧地问:"死了夫妻俩?伤了四个工人?我的妈呀,那怎么办?"

"是的。死了两个,还是夫妻俩,蛮可怜的。他们上有老,下有小,还很年轻。据说脚手架坍塌的那一刻,男的身体向下倾斜,女的一把抓住他的手,死死地不肯放,结果两个人同时从16层坠落到地面。发现的时候,两人的手还紧紧地抓在一起。"

"早知道,我才不会……"宋文玲情绪突变,顿时哽咽了。

冯于强看到宋文玲的眼眶里有泪,嘴唇微微颤抖,对她说:"哭也没用了。你赶快把那些信息删掉,免得查到你,说你通风报信。"

"我才不删哩。"宋文玲抽泣着说,"查就查吧。"

冯于强的心情尚未平静,却传来了一个好消息。陈风打电话告诉冯于强:经过激烈的讨论,二环北路项目的第二和第三标段,基本上确定由你们中标。目前几位副总裁都签字了,因为特殊情况,大领导还没签字,需要等等。不会有问题。等流程走完,就给你们发"中标通知书"。

"那太好了,感谢兄弟支持啊,太感谢啦!"冯于强喜出望外,一时激动得语无伦次。

"我是肯定支持你们的,"陈风在电话里说,"你们这一次的标书做得确实好,算得也准,下浮适中。"

"是您指导有方啊。哈哈哈!"

"先跟你通个气，暂时不要对外声张，等我们书面通知。你们可以把相关资料准备一下，后面要谈合同条款，明白吧?"陈风的声音变小了。

"明白。感谢兄弟帮忙。后面的事，你放心。"冯于强知道陈风的话中有话，所谓的"把相关资料准备一下"，意思就是"把相关费用准备一下"。

关于投标的结果，有人欢喜有人愁。

不到半小时，郭新明来电说："恭喜你啊，冯总，你牛逼啊，一口吃了两个标段，肚子嫌小了吧?"

冯于强故意说："什么情况?我还不知道呢。"

郭新明说："别装啦，都知道你中标了，你还不知道吗?这一次，我上了你的当，那天晚上说好的，下浮八个点，结果你让九个点，硬是把我挤出去了。"

冯于强说："这是哪里的话。那天晚上我说下浮八个点了吗?我说时间到了八点，该散席了。"

"我操!差点被你玩死了。嘿!算我听错了。你真的没收到中标通知书吗?"

"没有，真的没有。干我们这一行，你也知道，合同签了才算数。"

"应该没问题。可是说好喽，你中两个标，让个小的给我做做。"

"老郭，别逗了，你也是个大老板，怎么会做二手工程呢?"

"你扯淡!我哪里是什么大老板，你吃肉我喝汤，不会不赏脸吧？事先不是说好了吗？"

"老郭，我讲实话，现在谈这些太早了，等收到中标通知书，我向公司领导汇报一下再说，好吧？"

"那行。你跟老板讲清楚，照顾一下，反正我给三个点的费用。我确实想做这个项目，不让我做一点，后面的事也难办。"

好不容易挂掉郭新明的电话，冯于强感到手机发烫，他一大堆软磨硬蹭的话，说得冯于强心里发毛。这时候还不能得罪他，毕竟还没拿到中标通知书，怕他使坏。冯于强转念一想，这事儿总归是件好事，不能忽略了头顶上帽子的高度，赶快向江远涛报告，让他也体会一下"让人欢喜让人忧"的滋味。

"江总出去了。"宋文玲对冯于强说，"他最近很少在办公室，好像在外面调研，一周要走访十多家企事业单位。具体调研什么，他没说，我也不清楚。"

星期四下午五点十分，总算等到江远涛了。冯于强独自一人走进他的办公室，笑着说："江总你最近好忙呀，也不关心我们投标的事啦。"

江远涛说："是忙。我最近出去走了走，看了看，听了听，很有收获。搞企业要干一、看二、想三，是不是？人无远虑，必有近忧，我也在学习。"

冯于强笑道："关于在地产公司投标的结果，我想请你猜一下。"

"什么结果，没中标吧？"

"还好。陈风打电话来，说我们中了两个标段，总造价15个亿还多一点，就差书面通知了。"

"中了？中了两个？"江远涛将信将疑，似乎不相信自己的听觉。

"是的，你没听错。呵呵呵！"冯于强开心地笑着，裤兜里的香烟被震出口袋，掉在了地上。

江远涛没有笑。他站起身，把杯子里的茶叶倒进垃圾桶，又从罐子里撮出一点茶叶放进杯中，斟上冒着微微热气的白开水："这水还是昨天的。"江远涛喃喃自语。随后他从纸箱里拽出一瓶矿泉水，递给冯于强，说："我一直以为不会中标的，没想到还中了两个。15个亿，不小。"

"这一次中标，是大家共同努力的结果，尤其像宋文玲这样的员工，起到了积极作用。地产公司那边，陈风和张大少，都非常支持我们……"冯于强把陈风和郭新明的来电情况也作了简述。

"噢，是吗？"江远涛话锋一转，"没拿到中标通知书，还不能高兴得太早，很多事情往往就是到了最后一步，才发生转折。再说了，中标的项目，也不一定能做啊。"

"怎么不能做啊？"冯于强表示诧异。

"董事长还不知道呢，她同意了才能做。从我最近的市场调研来看，房地产和建筑经济的趋势，将来会更加严峻。"

"董事长在住院，同意不同意，还是你说了算。"

"不！这么大的事情，我要向她汇报。她是董事长，又是我母亲，我必须听她的。"

"是的，也是应该的。要汇报就抓紧，听听她有哪些要求。"

"先别急。手上没有中标通知书，去汇报不是空谈吗？我还是不相信会中标。再等等吧，有了书面文件，我们去汇报也不迟。"

"好，那就再等等。董事长还在你们自家的医院吧？她最近怎么样？"

"在呢。最近有明显起色了。"

"那好！那好！自家的医院，怎么说也方便一些。"

说到"自家的医院"，冯于强感到有点心酸。他永远忘不了那一个个凌霜傲雪的夜晚、一段段艰难险阻的历程。

医院工程是建筑公司与地产公司剥离之后，第一个重点工程，也是江自妍和李光田离婚之后，第一个"理想大厦"。尽管包括焦市长在内的许多领导和朋友，都给予了很多的关心和支持，但项目进展并不顺利。从工程桩基开始，就遇到了打桩记录与勘探报告不符、打不下去的两难境地。江自妍每天早晨行走在泥泞的工地上，面对困难毫不动摇。她先后十多次组织设计院和工程专家进场，研究解决方案。总共找了两家队伍，做了三次勘察，换了四种桩型，变了五套图纸，最后才把桩打下去。

土方开挖后，在地下室施工阶段，不幸遇到了流沙和管涌现象，严重时，导致了邻近的三幢楼房墙体开裂，附近道路塌陷，自来水、通信、燃气和交通中断七个小时，造成直接经济损失 3000 多万元。天上在下雨，地下在漏水，工地在抢险，群众在谴责，面对眼前的情景，江自妍焦头烂额，欲哭无泪。她把牙齿咬得咯咯响，朝着浑身泥浆、三天没睡觉的冯于强说："你们给我顶住了，只要天不塌下来，再难也要给我挺过去。"

正常情况下，有地下室的基础工程，含打桩，工期不超过一年，而该医院的地下工程却搞了两年半，不仅增加了时间，而且增加了投资。在这两年多的时间里，江自妍瘦了十几斤肉，穿坏了十几双鞋，吃了几十瓶镇定、安神、止痛、助眠之类的药。

完成地下结构施工，工程出了地面，江自妍心想可以松口气了，谁知道新的考验才刚刚开始。"事非经过不知难"，原来医院项目是一个系统复杂的工程，涉及医学、技术、管理、建筑、财务等多个领域的专业知识，与政府许多部门都能打上交道，比如规划局、发改委、住建局、卫生局等等。江自妍几乎从头学起。她组建了一支管理团队，在建筑空间和功能布局设计上，尽量满足当前需要和未来发展的要求，并体现中医传统文化的内涵。

建设中医院，江自妍很重视它的一个特点：住院患者中，慢性病和老年人较多。因此不仅病房多，而且药房的占地面积大，种类繁多，包括草药房、颗粒药房、代煎药房等，各种动线的分析和处理，让江自妍绞尽脑汁。她和团队人员多次模拟各种患者，希望从中找到最佳的解决途径。

随着计算机和互联网技术的突飞猛进，智慧医疗、智慧管理和智慧服务，成了医院发展的必然趋势。为了满足将来患者的就诊需求，医院建设在满足智慧医疗的同时，也要达成智慧管理和服务的目标。因此，数不胜数的资讯、报告、材料和申请单，压得江自妍几乎喘不过气来。

有一天，江自妍的弟弟江自仁说："我这个身体杠杠的大男人，都被折腾得受不了，再这样下去，医院建好了，第一批患者不是别人，而是我们自己。"

江自妍批评江自仁："我看你只能当兵，不能打仗，打仗是要死人的。再不提高觉悟，我就不让你当这个医院的院长。"吓得江自仁连说三遍："我错了！我错了！我错了！"

医院建了五年多，江自妍的白头发与日俱增，但她精神矍铄，笑口常开。由于医院建设积累了大量的经验，她的建筑公司，在省内外参与医院类项目投标，中标率高达40%。有的医院投资方主动上门，邀请她的公司承包项目。四五年时间里，她共承揽了大小医院类工程13个，合同总额将近50亿元，其中包括一处中外合资的医疗科研项目。新业务不断带来资金，为她自建的中医院提供了现金流，填补了投资缺口。因此，江自妍曾经慨叹：天助我也。

离开江远涛的办公室，冯于强到三楼开会去了。他在会上透露，最近可能有好事发生，我们二环北路的投标，进展良好，请各位静候佳音。听到这话，与会人员的脸上立刻荡开了笑纹。

只有宋文玲不太高兴。散会后，她说了一句发人深思的话："如果中标了，我心里更加难受。"

"为什么？"冯于强叫宋文玲到办公室，想和她聊聊。

宋文玲说："我不想看到中标通知书，那上面好像沾着血，字里行间，好像有死者的诅咒。"

"啊！不会吧？"冯于强听了非常吃惊，说："看来，你还没有从阴影里走出来。"

宋文玲说："这几天，我的大脑里，有一种声音在骂我；我的眼睛里，经常闪现已故夫妇的影子；晚上睡觉总是做噩梦。我感觉自己快要抑郁了。"

"事情已经处理完毕，"冯于强说，"又没追究到你的责任，你何必那么自责呢？"

宋文玲说："假如没有我，应该不会有那起安全事故。您想想，停工了，怎么会发生事故呢？应该是我的错误信号导致的。其实，这里有一个很大的误区，我始终没说父亲同意了，而他们的理解，就是默认了，可以边施工边整改。现在不论怎么说，都说不清楚，唉！我相当于幕后的罪人。"

让宋文玲感到痛心的，不仅是已故的夫妻二人，还有两个孩子，一个十一岁，一个才九岁。她听父亲下班回来说，两个孩子哭成了泪人，孩子的爷爷奶奶哭得死去活来。一个好端端的家庭，就这样被毁了。换位思考，以后的日子怎么过啊？

冯于强惋惜道："是啊！不过我听说事故处理得很好，给了两个孩子一大笔钱，还有两个老人，都有养老补偿。人死不能复生啊！前些天我还在担心，事故调查会涉及其他人，后来，是现场的施工方承担了全部责任。"

宋文玲说："那天晚上，我听父亲在接电话，说有人投诉停工的项目还在施工。父亲在电话中安排，明天上午十点去查，后来我就把这个消息转告了张大少。我压根儿没想到，这种做法的后果是给了他们一个错误的支持，被他们理解为我在通风报信，检查一走，照干不误。现在回想起来，我好蠢呀。"

"不要懊悔了，宋经理。"冯于强安慰道，"事情已经过去了，该抓的人也抓了，该赔偿的也赔了，该吸取的教训也有了，还能怎样呢？放过自己吧！"

"现在我不知道该怎样弥补自己的过失，也不知道怎样才能走出阴影。昨天我突然想到，什么时候抽个时间去枣林岗，看看那两个孩子。"

"可以啊！什么时间去？我让陈晓凤她们陪你一道去。乡村半日游，顺便散散心。"冯于强表示赞成。

"不要。不要她们陪我去。我要让张大少和我一块去。他也相当于幕后的罪人。"

"唉！这么讲也怪我。我不该为了投标，让你介入太深。"

也许这句话说到宋文玲的心坎上了，只见她轻轻地抹去眼角的泪滴，不再和冯于强说话，站起身，快快地离去。

第十九章

　　这一周天气不好，乌云密布，秋雨连绵。太阳像是病了卧床不起，月亮更是无影无踪。周五早晨，东方的天际绽放出一道血红色的霞光，冯于强以为云开雾散，即将重见天日。可是早饭过后，天空却又下起了小雨，让他的期待再次落空。

　　然而这个星期五，对于两家公司来说，可能是有史以来最黑暗的一天。

　　上午，冯于强召集工程部管理人员，把几个项目的工程计划理了一遍，核批了现场急需的材料款。接着和刘清华一起，分析了下周准备投标的四个项目，决定把专题会时间提到周一上午九点，让各部门继续配合，争取新的突破。下午两点半，冯于强兴致勃勃地来到江远涛办公室，问他晚上有没有空，说姓郭的老板要请客。

　　"请我们吃饭干吗?"江远涛满脸狐疑。

　　冯于强说:"郭老板打电话来，问我们有没有收到中标通知书，如果确定了，想让我们分点工程给他做做。他还说了，不管成不成，请江总吃饭交个朋友，以后合作的机会还多呢。"

"不要吧，我们何必要吃人家的饭呢？"江远涛说，"要吃饭我们自己聚聚就是了，我们确实好久没聚了。"

"是啊，倒也是。"冯于强点点头，"要么就今天晚上，我们请公司的几个部门负责人聚一下，也算是鼓劲加油、再接再厉嘛。江总你看怎么样？"

"好的！你订饭店。算公司请大家。"江远涛表示同意。

"哎呀不行，"冯于强忽然想起来，说："宋文玲请假了，她和张大少到枣林岗看孩子去了。"

"她和张大少看孩子去了？什么意思？到底什么情况？"江远涛一脸的疑惑。

"是这样的，上次出的那个事，宋文玲一直心中有个疙瘩，解不开。跟我说过。她想去看看那两个孩子，了却一桩心愿。"

"她怎么和张大少一块的？她有本事啊！"

"宋经理认为，安全事故的发生，她和张大少是幕后推手。她非让张大少一起去，发发善心，表示忏悔。"

"张大少会陪她去吗？"

"是否一起去了我不确定，应该会的。那天我看她的手机，她和张大少聊得蛮好的，说不定正在热恋呢。"

"你打个电话问问吧，多远啊？总归要回来吃饭的。要是真和张大少一起去的，干脆请他一块儿来吃饭。这不是难得的机会吗？也算答谢一下张大少，两全其美啊！"

冯于强掏出手机，翻到宋文玲的手机号码，立即点击"呼叫"。手机里顿时传来宋文玲清脆甜润的声音。她说："我和张总还在去的路上。180公里，回来估计六七点了。我尽量提前吧……什么？要请张总来吃饭？好，我来问问他。"

"真是一个绝好的机会，"江远涛说，"我早就想请张大少了，但一直没有机会。还有宋文玲，我还欠她一顿饭呢，说过好长时间了。"

一分钟过后，冯于强说："回信息了。宋文玲发来的，张大少问晚上有什么人。"

"告诉她，没有别人，就是我们公司部门负责人，还有几个副总和我。"江远涛说。

不一会儿，宋文玲回信息："说好了，张总答应来。"

冯于强和江远涛商量什么饭店合适。有张大少参加，当然需要环境好一点，档次不能低。订好以后，冯于强把订餐信息和饭店位置，分别发给了宋文玲和相关人员。

冯于强说："今天晚上吃饭的时候，要特别感谢一下张大少。上次投标和评标，他对我们的支持非常大。如果有合适的时机，再把欠我们工程尾款的事，也稍微提一提，看他怎么说，或许他当场一高兴，让我们下周去办呢。"江远涛说："感谢他可以，如果提尾款的事情，不太好吧，难得请他吃个饭，向他伸手，多难为情啊。算了算了，别提钱的事了。"

　　两人正在商量晚上饭局的细节，冯于强收到朱长贵的信息，要他回办公室，处理一起工地纠纷。原来是一个班组长反映，昨天夜里，大风把塑料彩条布刮跑了，60多吨水泥被雨淋湿，大部分已经结成硬块，不能用了，这个损失怎么算？是属于自然灾害、不可抗力？还是属于管理不善、人为造成的？事情不大，争议不小，冯于强协调了两个多小时，到快要下班的时候，双方仍然没有达成共识。

　　"就那么区区的60多吨水泥，价值几万块钱，有什么好争的呢？"话没讲完，冯于强接到了一个让他万分惊愕、丧魂落魄的电话："我是高速公路二大队张警官，宋文玲是你们单位员工吧？她出车祸了，车上的两个人都已经死亡。请你们和她家人速来处理后事……"

　　犹如晴天霹雳，冯于强触电似的站了起来，脸色变得煞白，手在不住地颤抖。他双眼木然地望着前方，心如刀割，脑海中浮现出宋文玲的身影。随后，冯于强又接到了宋文玲父亲的电话，追问宋文玲是不是在公司。冯于强泪眼模糊，哽咽着说，他们出于好意，专程去看望那两个孩子，我可万万没有想到，会发生这样的不幸；要是事先知道，我肯定不让她去啊！冯于强说完的一刹那，电话里传来了宋文玲父亲痛彻心扉的抽噎声。

　　即刻间，宋文玲的死讯在公司传开。江远涛、刘清华、朱长贵、陈晓凤等人，都快步跑到冯于强办公室了解虚实，都不敢相信刚刚听到的消息。核实情况后，有的唉声叹气，有的伤心落泪。江远涛神情肃穆，低垂着头，脸上满是悲哀。想起宋文玲平时在工作中的勤奋努力和对公司的忠诚奉献，还有张大少在建筑公司逆境时给予的支持，他的眼泪实在无法控制，心里充满了深深的惋惜和愧疚。

沉默许久，江远涛对冯于强说，那就按照交警大队的要求，我们赶快去吧，去看看，有没有搞错啊？冯于强凄楚地说：我希望搞错了才好啊！我去吧，江总你不要去，可能有事需要你在这边协调。江远涛说，那你和朱长贵带上财务部、行政部一起六个人，开两辆车过去吧。

外面的雨不停地下，阵阵冷风裹挟着雨点，打在车窗的琉璃上叭叭作响，不祥的声音，恐怖地敲打着奔丧人的心。看到车里宋文玲曾经坐过的位子，朱长贵不禁流泪。冯于强致电陆正杰，问他先到哪里集合。陆正杰说，交警已经将事故车辆运到了二大队停车场，宋文玲和张大少的遗体，存放在当地医院的太平间，现在只能按照交警的通知，先去高速公路交警二大队。

驶进交警二大队的大门时，冯于强看到院内停了二十多辆小车，有的亮着尾灯，有的冒着尾气，看它们的车牌照，几乎来自同一个城市。冯于强推开车门，向亮着灯光的办公区走去。渐渐地，他听到了呼天抢地的哭泣声和伤感嘈杂的说话声。宋文玲的父母、张大少的母亲和地产公司的相关人员，均已闻讯赶到。接待大厅里外都站着人。冯于强穿过人群，径直挤到宋文玲的父母身边，神情黯然地握住他们的手，不禁悲从中来，潸然泪下。冯于强本想安抚他们几句，此时却无语以对。

室内笼罩着悲伤的气氛。二大队张警官正在耐心地向众人介绍事故情况，他的嗓子有点沙哑。让冯于强听后感到震惊的是，出事时的跑车，居然是宋文玲驾驶的。

张警官说，监控录像显示，车子来的路上是张某开的，回去过了收费站，换了宋某进入驾驶室。下午五时十分许，二大队接到事故报警，有一辆深灰色的跑车，在高速公路枣林岗以南850米路段处，发生交通事故，车辆严重损毁。他们立即安排了两辆救护车和一辆拖车前去救援，到现场一看，场景惨不忍睹，车辆已经变形，车上一男一女毫无动静。他们撬开车门，看到正副驾驶位上的两个人已经昏迷不醒。工作人员随即将两人抬上救护车，展开紧急抢救；但是，两人已完全丧失了生命体征，经全力抢救无效，当场宣布死亡。

交警根据现场的撞击点、刹车痕迹等一系列情况分析，事故车辆刚上高速公路几分钟，可能因减速避让而导致失控，跑车在巨大的惯性力作用下，发生了剧烈的侧滑、甩尾，造成车辆连续翻滚，并与路侧护栏发生碰撞。调查远程监控发现，当时的车速超过了每小时130公里。张警官说，这个速度就像脱弓的箭一样，在高速上若是撞车或翻车，人的存活率基本为零。他们的车子是进口跑车，提速很快，而且不易察觉到，这本身就是事故的隐患。

　　在张警官的带领下，众人目睹了事故车辆的惨状。只见深灰色的法拉利跑车，形似被狠狠摔过的玩具，变得面目全非。车身严重扭曲变形，原本流畅的线条变得狰狞恐怖。车门凹陷进去，玻璃支离破碎，安全气囊弹出，上面沾满了血迹。车的前身被无情地切下一截，机盖高高翘起，露出了零乱的机械部件。地上还在流淌着泄漏的液体，散发着刺鼻的气味。那辆曾经风驰电掣的跑车，此刻成了一堆废铁。

　　宋文玲的父母等人，强烈请求要见死者的遗体。二大队的工作人员劝慰道，你们的心情，我们完全能够理解，考虑到连续的精神打击，对老人的身体不好，还是先克制一下情绪，今天晚上就不要见了。我们有拍摄的事故照片，你们看一下，但要保持冷静。张警官指着显示屏上的照片说，由于安全气囊打开了，两个人的脸部，都没有太大的裂伤，流出来的血迹，已经清理干净。

　　当人们看到一张张车祸死亡的照片时，时间仿佛凝固了。众人的眼神中，先是掠过不可置信地惊愕，紧接着，哀伤的泪水夺眶而出。宋文玲的母亲号啕大哭，那声音中饱含着无尽的悲戚和绝望。宋文玲的父亲脸色惨白，嘴唇哆嗦着，发出沉痛的呜咽声。张大少的母亲盯着照片，用手捂住嘴，试图在阻止那一触即发的痛哭声，而身体却渐渐颤抖起来。忽然她双腿一软，瘫倒在地上，泪如雨下。

　　"我的孩子呀……你回来吧！你回……来……"

　　那撕心裂肺、痛不欲生的哭诉声，让在场的所有人椎心泣血。整个大厅里一片悲鸣，空气似乎都变得沉重起来。在这一刻，世界仿佛崩塌，希望被粉碎，只剩下苦楚和心痛。

在门外的走廊里，冯于强和陆正杰等人，紧挨着站在一起，正在商议着后事的安排。当时存在几个问题，不仅让人纠结，而且令人尴尬。一是按照交通事故处理的常规要求，明天进行死者遗体告别，之后就地火化，但李光田没有到场，他的电话一直打不通。二是如果考虑把张大少的遗体放一放，那么是放在这里，还是运回省城去？三是如果在这里火化，要不要举行追悼会？多大的规模？是两个人分开举行？还是放在一块儿举行？

江远涛和公司的几位骨干，一直在公司的会议室守候着，就像守灵一样沉默寡言。开始的时候还奢望能听到宋文玲没死的奇迹，后来就绝望了。大家你一句、他一句，回忆起宋文玲生前的事迹，都不愿意相信好生生的一个人，怎么突然间就消失了。还有一些问题，大家就是想不明白。

"车子怎么会是宋文玲开的？"陈晓凤沮丧着脸，紧皱眉头。

刘清华低语道："不是说了么，交警根据手机通话判断，张大少一直在打电话，说明他比较忙，就让宋文玲上去开了。加上赶回来聚会，可能速度拉得有些快了。"

"她为什么要减速避让呢？"

"现在阴阳两隔，已经无法知道答案了。"江远涛悲痛地说，"在高速上行驶，如果突然看见前面有积水，或窜出一个小动物，或看见一只矿泉水瓶子，一般都会本能地减速避让，这时候如果处置不当，就极有可能酿成悲剧。"

"会不会有人故意挤她的车子呢?"陈晓凤的疑问让在座的人怦然一震。

"这个只有宋文玲清楚，现在死无对证。"刘清华无奈地说。

"高速公路的监控应该能看到，"江远涛说，"明天我找交通厅的朋友，请他们再追查一下。"

翌日清晨，一夜未眠的冯于强惊讶地看到，两个伛偻的老人，牵着一男一女两个孩子，哭哭啼啼地赶来了。两个孩子就是宋文玲要看的孩子，两位老人一个是爷爷，一个是奶奶。根据他们的讲述，在场的人又一次为两位年轻的亡灵流泪了，这一次的泪水中，更是包含着感佩和痛惜。

昨天下午，大概不到四点钟，宋文玲和张大少到了学校门口。在孩子爷爷的陪同下，一边说话一边等候，一直等到两个孩子四点十五分放学。见面以后，宋文玲交给孩子两大包东西，里面有衣服和鞋子，还有文具盒、笔、巧克力、饼干等物品。张大少把一个装满现金的袋子给了孩子爷爷，他说我们这次专程来看看两个小朋友，一点心意，请老爷爷收下，以后给两个孩子买点什么。宋文玲拉着两个孩子的小手，不停地问长问短，还鼓励孩子好好学习，长大了一定要考上省城的名校。张大少当时还说了一句，不管能不能考上名校，长大了到我们公司上班。

"真是好叔叔、好阿姨，他们怎么会死呢!"女孩子说着说着又哭了，两行眼泪从脸上滑落而下。

"他们没吃饭就走了，"老人颤颤巍巍地说，"走的时候是好好的。走到岔路口，姑娘还扭回头，向我挥手。"

老人告诉冯于强：今天我们当地政府，也有人来，马上就要到了。说完这话不到十分钟，姓瞿的书记带着两个人便到了现场。瞿书记态度恭敬地说："我们来，是恳求你们单位领导和家属，把两个年轻人的遗体，留在我们当地殡葬，骨灰也不要运回去了，就放在我们本地的集体公墓。村里几个干部研究过了，我们将以公家的名义，给两位青年立个墓碑，刻上字。他们是善人善举啊！对现在的年轻人和下一代，是有教育意义的。"

第二十章

一周之后，李光田出现了。

一个多月没见到李光田，门口的保安在举手敬礼时，显得更加规范有力，"董事长，早上好"的声音，也更为响亮。但意外的是，这一次李光田对保安的态度，却有了前所未有的转变：不仅点头致意，而且还做了一个回敬的手势，不像以前，连看都不看保安一眼，更不用说礼貌性的反应了。

李光田来得比较早，除了清洁工，公司还没人上班。他放下公文包，拖着沉重的脚步，走到张大少的办公室门口，想进去看一看，寻找他生前的痕迹。可是门紧锁着，李光田将门把手转得咯咯作响，却最终没能打开。于是他无奈地回到自己的办公室，摊开桌面上的文件资料，希望能从中找到一些线索和慰藉。

一个月之前，李光田听嫂子说哥哥乔志根被纪委带走，他孑身赶往北京，找关系，托朋友，企图通过打招呼，保哥哥平安无事。可是事与愿违，现在的朋友跟以前不同，他们对"打招呼"变得非常抵触，不愿帮忙，也不敢帮忙，甚至连一顿饭也不吃，有时连一个电话听不完，便借口挂断。即使多年的好友，也是敷衍塞责，最后杳无音信。因而快有十天时间，李光田几乎一无所得，他感到时局已变，今非昔比。

正当李光田沮丧之时，他接到一个电话，是省纪委打来的，要他回来，到指定地点配合案件调查。于是，他在惶恐中匆忙返程，一路上提心吊胆，删除了手机里许多有问题的信息。回到家里，他连夜安排张大少相关事务，然后打了几个电话，说要出国一段时间。

进去之后李光田才知道，纪委要调查的案件不仅涉及哥哥乔志根，还有其他两名干部。不过还好，都是经济案件，没有牵涉到人身伤害和命案，而且只是配合调查、协助核实。经过一个月的"闭关"，昨天下午他被放了出来。事实上，如果李光田能积极配合，坦白交代，也许早就出来了。可他刚进去的时候，江湖义气，充当硬汉，声称"这个不知道""那个不清楚"，对抗调查，想蒙混过关，殊不知，纪委已经掌握了大量的确凿证据。

按照纪委的要求，李光田需要家人或单位人员来办案点接回。张大少的手机打不通，他便联系了总裁郑小明。已经离职在家练字的郑小明，爽快地答应亲自开车来接他；而且还临时安排了饭店，请陆正杰等几个副总裁到场，为他"接风洗尘"。车子驶往饭店的路上，当李光田听到张大少死于车祸的噩耗时，刹那间痛哭失声。

晚上喝了很多酒。李光田如实道出了最近一个多月的经历，坦言"在国外是骗人的，这些才是真实情况"。席间，他流了两次泪，多次重复："一切都变了。一切都变了……"

陆正杰见状，拿起酒瓶，盖住瓶口，语重情深地说："董事长别喝了，您的心情，我们都能理解。早点回去休息吧，还有什么话，明天到公司再说。"

不料李光田奋不顾身地夺过酒瓶，自斟一壶，独自端起来，仰起脖子一饮而尽，然后抓起桌子上的餐巾，抹了一把眼睛，又擦了一下嘴巴，对在场的人说："走就走吧，明天到公司再说。"

经过一夜肝肠寸断的思考之后，李光田今天的心情，稍微平静了一些。他翻看了桌子上的文件和资料，并没有找到感兴趣的线索，也未获得心灵上的慰藉。他站起来想倒杯水，却看见茶柜上放着两个快递包裹，一大一小，还没有拆封。他揣测，这是秘书代收以后放置的。

李光田从笔筒里抽出一把剪刀，顺着启封口开始逐个打开。小的精致包裹里放的是手表——在一个多月前，他让秘书把名表寄去专业维修中心保养，想必是保养后又寄回来了。而当他打开另一个大的包裹时，他倒吸一口凉气，打了一个寒噤：里面是一只用破衣服裹着的旧碗，底下还放着一封信。仔细一看，这只旧碗正是他五十年前讨饭时用过的，当年被摔碎成三瓣儿的旧碗，已被完好地修复；而破衣服，也是他当年穿过的那件。李光田小心翼翼地展开叠成四折的信纸，看到上面的钢笔字写道：

李叔叔：您好！

　　这个碗和这件衣服，我妈妈收了很多年。她说这两样东西，是您当年乞讨时用过的，不能丢掉。前几天，妈妈带我到街上，找师傅把碗粘好了。现在我妈妈说，她老了，随时会撒手人间，就让我把这两样东西寄给您，希望您好好收藏。

　　　　　　　　　　　　一个不幸的女儿

　　李光田翻来覆去查看邮件信息，发现包裹是从外省寄来的，发货时间已过十日。他确定这是孙春英的女儿寄来的，信也是她写的。

　　李光田坐到熟悉而又陌生的老板转椅上，看看那件衣服和那只旧碗，又看看手表上的时间，抚今追昔，恍如隔世。回想起刚刚过去的一个多月，他经过自我复盘和深刻反省，感到愧对很多人，虽然是公司董事长，似乎并不懂事，自以为是，忘恩负义，早就忽视了人情世故。现在看到眼前的现实，他又增添了很多感触。哥哥乔志根涉嫌违法犯罪，儿子张大少英年早逝，就连最亲信的郑小明也离职回家了，这一切都是怎么回事？不是报应又是什么？痛定思痛，顿悟前非。此时他觉得，曾经那么重要的拥有，都忽而远去，在冥冥之中，联想到生命的无常，他不禁幡然醒悟、黯然神伤。

这时候有人敲门。李光田喊了声"进来"。

"董事长您早！"一看是陆正杰，手里拿着本子。

陆正杰进门，见李光田神情忧郁，便说："李董不要难过了，要节哀顺变，不能想不开啊！"

李光田抬起头，瞥了瞥陆正杰，没好气地说："什么想不开？我不是在为张大少难过，我是在为自己难过。我真是糊涂啊！"

陆正杰说："董事长怎么这样讲呢，您哪里糊涂呀？您一直是个大智慧的老板。"

李光田狠狠地瞪了陆正杰一眼，批评说："陆总你这个人，好像跟郑小明他们都是一类的，拍马屁，见风使舵，从来没跟我讲过一句实话，明明我错了，也不敢提出来。相比之下，你们统统不如冯于强。现在我知道了，他才是一流的企业高管，只可惜，十年前我把他放走了。现在回头想想，我突然明白了很多道理。"

陆正杰说："董事长，您别介意。是郑小明不干了，公司开会让我接替他的职位，代管的，临时的。您如果想用冯于强，我让位，这没什么关系。"

李光田说："你先给我干着，不要我刚刚回来，你就撂挑子。我也就是拿你出出气。讲句实话，改变你们，不如改变我自己。"

陆正杰点头称是。他明显感应到，李光田忽然间变了，不像以前那么唯我独尊、独断专行，而似乎变得卑以自牧、虚怀若谷了。

"那这样吧,"陆正杰说,"我来把这一段时间公司的情况,向您汇报一下,有些事情还需要您拍板。"

"说吧,简单点。"

陆正杰打开笔记本,把事先准备好的汇报材料,一条一条地告诉李光田。从工程管理中心到财务管理中心,从开发部到营销部,七大中心八大部,最后说到各个开发项目。他汇报道:"二环北路项目的招标工作,前一阵子结束了,结果还需要您最后定夺。项目分了三个标段,最终的总价是21.2亿元,比原计划省了8000多万。经九路项目因为安全事故,没能赶得上销售节点,损失非常大。安全事故也是张大少发生车祸的起因……"

"汇报工作不要提什么车祸的事情。"李光田愤恨地打断说,"什么起因不起因?张大少就是那个命,他人小鬼大,做了亏心事遭到报应。两个人一命抵一命,天经地义。以后你不要跟我提车祸的事。"

被李光田抢过话茬儿,痛批了一顿,陆正杰灰头土脸地低下头,没再说话。不过,陆正杰惊诧于李光田没有追究他管理上的责任,也没有责骂施工单位,而是把责任说成了张大少自己的报应。至于"亏心事",陆正杰大致理解为以前的炒股,可能认为张大少那几年操纵股市,伤害了不少家庭。

"这样啊,陆总你听好了,"李光田郑重其事地说,"你给我认真梳理一下,作一个公司改革方案。对架构重新设置,人员调整优化，取消战略运营管理中心和投资发展部，强化销售和法务。你本人继续担任总裁，后面我再给你配一个助理。你要把各项工作都抓起来，明白吗？我身体不好，往后要休整一段时间。"

陆正杰觉得，撤销投资发展部，似乎印证了刚才的理解。这个部门早该撤销了。从张大少退出这个部门的那天起，几乎月月亏钱，成车的钞票打水漂了，还造成了不良影响。但是，撤销战略运营管理中心，陆正杰不太理解：这个中心是开发项目的源头部门，不去找地、看地、拍地，难道房地产以后不搞了吗？

陆正杰没问，李光田也没讲。其实在纪委办案点的时候，李光田就暗暗下了决心，只要重获自由，以后不再扩大地产规模，尽快变现手上的土地，转为固定资产经营。这种考虑，不是因为房地产市场的发展趋势，也不是因为房地产行业的经营风险，而是他觉得自己岁数大了，应该享受生活，不需要更多的财富。

陆正杰走后，李光田独自在办公室里踱步，万千思绪，百感交集。与过去判若天渊的是，此刻他淡化了对工作和事业的追求，陡增了对人生和生命的思考。想了一会儿，他回到座位上，拿起笔，在本子上写了八项"近期计划"。

1. 做一次全面体检。
2. 到张大少墓地。

3. 去回寺庙。
4. 找冯于强面谈。
5. 看望江自妍。
6. 回一趟老家。
7. 确定改革方案。
8. 去西藏旅游。

没有具体的开始时间，也没有具体的完成时间，貌似一切顺其自然。女秘书看见李光田在写材料，问董事长要不要打印，李光田说不要打印，你把那个大包裹的纸盒子拿去，按照上面的地址和电话，联系一下，了解并记录寄件人的详细情况。

听到李光田回来的消息，冯于强首先感到紧张。基于以前的印象推测，李光田有可能认为张大少之死与宋文玲及其公司有关，他不但不会同意把项目给这边建筑公司做，而且有可能安排一帮人上门闹事。前天晚上，冯于强做了一个噩梦，他梦见李光田带着一帮黑社会，手持棍棒冲进大门，砸坏了建筑公司的招牌，摔坏了办公室的桌椅，扯下了墙上的企业文化标语牌，公司一片狼藉。江远涛和刘清华下楼制止，被戴着墨色眼镜的凶汉打了几拳。凶神恶煞的李光田站在门口说：你们害死了张大少，我是不会放过你们的。
而今听陆正杰说，李光田回到公司，还表扬了自己，甚至有可能召回他担任地产公司的重要职务。他的心情一下子舒畅了许多，也消除了紧张情绪。

陆正杰还告诉冯于强："现在李董已经变了，变了很多，我是亲身感受到的，一点也不骗你。我打电话给你，还有一个建议，建议你和江远涛过来看看李董，说几句人情话。都不是外人，关系不一般，分久必合嘛。你们来串串门，对项目定标也有好处。"

冯于强觉得陆正杰的话颇有道理。现在李光田正处于人生低谷，遭受打击，心有伤痛，他是实打实的外地人，本地没什么亲人，这时候也希望有人伸出温暖之手，安慰也好，劝慰也罢，都是人之常情。况且，陆正杰的话，有可能还是李光田的授意。

来到江远涛办公室，冯于强说："……我们去拜访，一是宽慰宽慰他，毕竟张大少出事是我们宋经理开的车；二是项目定标的最终审批权在他手上，请他支持；三是听听他什么意思，是不是想与你母亲破镜重圆。"

江远涛说："如果他认为张大少出事是宋文玲开车造成的，那么见面以后，他非扇我们两个耳光不可。还有你想多了，他是不会考虑与我母亲和好的，他的性格我知道；我母亲也不会搭理他。至于中标不中标，也不是我们去了就能改变的，有可能适得其反。"

冯于强说："一切皆有可能，人总是在变嘛。听陆总说，他现在不是以前的脾气了。我觉得去一趟不多余，两家子总不能真的老死不相往来吧？况且公司的账至今没清，也需要他的批示。"

江远涛说："不要急，让我想一想。说真心话，我有点怕他，从小就怕他。"

很多人都说害怕李光田。他的五个秘书，三位女性两位男性，见到李光田无不吊胆提心。有时看到李光田生气、发怒，在一旁瑟瑟发抖。然而这一次，秘书告诉他，大包裹的邮发人地址，仅仅是外省的一个社区传达室，电话无法接通，没得到任何有意义的线索。李光田听了并没有生气，更没有发怒，他头也没抬地在看一本笔记，淡淡地说一声："哦！晓得了。"

这一本笔记厚厚的，酱色的软皮线装本，是李光田从张大少的办公室抽屉里找出来的遗物之一。里面是张大少亲笔写的杂记随笔，像工作日记，又像读书笔记，内容很杂，形式不拘一格。看上去，有的是几年前写的，有的是近两年写的，有的是关于房地产的市场预测，有的是关于企业管理的方法，还有关于商道、天道和人道的至理名言，等等，可以说杂七杂八，令人目眩神摇。其中有几段是这样写的：

如果房地产过度开发，那是反人类的。它透支子孙后代的财富，造成无数家庭长期负债。多年以后，房地产的大佬们，会变成后人唾弃的历史恶人。

大部分人不适合发财，因为钱的反噬力非常大，若无很高的德行，很难扛得住。当钱多到一定程度，一般人就会无视规则、礼仪、尊重和底线。驾驭财富是一种能力，它考验人品和修养。世间万物都讲究相配，相配才能长久。

无德而取厚利，必有奇祸，为善而受磨难，多有厚福。

企，始于商代甲骨文，本义为踮起脚挺直身体，有盼望的意思。无人而止。业，始于西周金文，本义是将丵变成巾的过程。以言行思想为业，有善恶两面。业报指善行或恶行的报应。业障亦称孽障。业无善行，三年有灾，五年有难，十年有伐。

李光田觉得，笔记中的诸多内容是有参考意义的，也有值得借鉴的。同时在这本笔记里，李光田还发现了一些不为人知的秘密。他决定召开一次中高层管理人员大会。

第二十一章

李光田正颜厉色地坐在长形会议桌的顶端，如佛像一般不苟言笑。桌子两侧，分坐着衣冠楚楚、油光满面的"老中青"管理干部。每个人面前，都整齐地摆放着本子和笔，好像时刻准备把李光田的讲话，载入企业发展史。

"现在开会。"李光田的语气还算平和。他说："我一个多月没在公司，竟然发生了这么多的事情，投资巨亏，工地停工，安全事故，伤亡事件，开盘失败，情况坏到了极点。我想问一下，你们有没有反思，问题出在哪里？责任又在哪里？有谁站起来回答？"

下面鸦雀无声，个个屏声静气，紧张的空气仿佛凝结一般。李光田没有呵叱，更没有拍桌子，他似乎在努力压抑着自己的情绪，无奈地说："好，没有人站出来承担责任是吧？那只能是我承担全部责任。既然这样，你们想一想，我要你们这些人干什么呢？为了公司的发展，为了你们安居乐业，我差点儿坐牢了，你们都知道了吧？"

会场静穆，参会人员噤若寒蝉。

停顿片刻，李光田喝了一口水，又说："但是我相信，物极必反，否极泰来，再坏的情况也不过如此，总有重新开始的时候。没有信心的，不想干的，现在就可以离开。"

会场无人离开，甚至没有任何离开的迹象。所有人都在侧耳细听，全神贯注。有人的手机在嗡嗡振动，但不敢看，更不敢接电话。

"你们都有信心，都想干，是不是？"李光田放缓了语调。他说过去的事情既往不咎，各项工作要重新梳理、重新加强。他任命陆正杰继续担任公司总裁，主持全面工作，并要求在座的各位，积极配合陆正杰制订企业改革方案。方案形成后集体讨论，确定后全面实施。当前的管理重点是"瘦身健体，排毒自救"。什么意思？就是控制开发规模，加快工程建设，竣工一个收掉一个；同时要提高管理品质，优化经营质量，遏制腐败和不良风气。"以后的管理会议由陆总主持，我不一定参加，希望大家全力支持陆总工作。你们各中心、各部门负责人，有没有问题？"

投资发展部唐银奎说："与2018年相比，今年在股票投资中盈利的自然人，由四分之一升至半数以上，主要指数和科技板块显著上涨，而我们选择的寿险板块，至少有26家公司亏损。这是虚构信息造成的投资失误，我首先承担责任。"

营销管理部负责人汇报房屋销售情况，她说经九路项目没能按时开盘，不是她的责任，广告都打出去了，竟然落了个骗人的骂名。其他项目的销售基本正常，但客源有下降的趋势。

战略运营管理中心李秀丽说："前不久银保监会发布23号文，是规范房地产的信托业务，强调不得向四证不全的开发商，或资本金未到位的房地产项目直接提供融资。数家地产商，已被列入暂停公开市场发债业务名单，监管部门将收紧部分房企公开市场融资；融资的钱不能用于拿地。"

总工张顺曦表示，李秀丽汇报的情况非常及时，需要引起大家的重视。2019年以来，各个城市根据规模、功能、人口结构、经济增速等情况，相继实行了因城施策的调控措施。我从技术角度判断，未来的房价不升反降，为此要设法降低建造成本。

陈风不屑一顾地说："禁令只防君子不防小人。房地产本来就是看得见的手指导看不见的手，看不见的手拨弄看得见的手。二环北路项目招标结束了，怎么降低建造成本呢？难道要重新设计、再重新招标吗？已经来不及了，耽误时间，损失更大。"

陆正杰的意见是，可以在一定范围内调整和优化工程设计，但不要影响开工建设。取消的工程量，将来在工程结算时核减。具体请设计、工程、预算、营销四个部门共同协商，排一个专项的工作计划。高层做势，中层做市，低层做事，字不同，都要"做"啊！

李光田赞成陆正杰的观点。他号召大家要向李秀丽学习，及时掌握政策信息，随时做出业务调整，不断降低投资成本，追求利益最大化。同时，希望陆总以后要多征求各部门的意见，抓紧做好改革方案。至于二环北路项目，他会尽快确定施工单位。说完，他漫不经心地拧开杯盖，嘘嘘地喝了几口。

高管们讲话太隐晦，看似平实的语言，往往含意很深刻，有时一句话，半年后李光田才悟出真谛。刚才他听到几个人的话语中，依然暗含着矛盾、斗争、推诿、排挤和钩心斗角。只有一个逻辑是相近的：都在暗示二环北路项目要尽早开工，因为"不升反降""损失更大"，所以"不要影响开工建设"。幸好陆正杰反应快，他把四个部门捆到一块，有责任谁也跑不了。

听李光田说，要确定二环北路项目的施工单位，陆正杰心里惊喜，但不知道他是确定江自妍的公司，还是确定其他的什么公司。会议结束后，陆正杰献媚地凑到李光田身边，故意看了看他的茶杯，发现里面泡的不是茶叶，而是几种草药之类的东西，于是又认真瞅了瞅，关切地搭讪道：

"董事长，您这杯子里放的是什么高级补品？您原来不是喜爱喝茶吗？"

"不是补品，是药材。"

"什么药材呀？"

"降血脂的。前两天去体检，医生说我血脂太高，心脏不好，再不降血脂，怕有麻烦。"

"没那么严重吧，医生就会吓唬人。你这中草药是从江自妍的医院里弄的吧？她家的中草药品种多，还不会假。"

陆正杰故意把话题往江自妍身上引，希望李光田说说江自妍或施工单位的事。但李光田偏偏没说。李光田没说，陆正杰还不好意思多问，他怕李光田怀疑他跟施工单位有内幕交易。

"不是。预防为主，以防万一。"李光田站起来，左手拿起本子，右手握住茶杯，一边朝外走，一边对陆正杰说："最近我要回趟老家，你有事，打电话。"

多年来，李光田坚持每年一次体检，尤其最近几年，他体检的项目越来越多，越来越全，包括各项肿瘤指标。而最多最全的，还是这一次。体检中心的郝主任翻了一遍报告，跟他讲了大半个小时。

郝主任说，跟癌症有关的指标，你都在参考范围内，这个不要担心。主要问题是高血压、高血脂、心律失常、冠状动脉粥样硬化性心脏病，你要重视。一旦发生心肌缺血或心肌梗死，会引起猝死。你这个毛病，与不良的饮食结构、长期缺乏运动、精神压力过大、长期大量饮酒有关。需要服药。禁烟限酒，增加运动，减肥。半年后复查。

提到减肥，李光田说，之前在办案点，已经瘦了十几斤，不仅戒了烟，而且戒了酒。出来以后，朋友陡然疏远，许多领导拒人千里，酒局自然少了很多。说到增加运动，恰好与他的近期计划相吻合，他正想每天散散步，再去城外走一走。否则，假如有一天真的猝死，万念俱灰，追悔莫及。

其实，除了回趟老家，李光田还有前往张大少墓地的打算，但他没有告诉陆正杰。他不想引人关注，更不想兴师动众，他只想带上张大少的母亲，两个人一块儿去。以前在公司，他和张大少的私人关系是不公开的，尽管有个别人怀疑张大少是他的私生子，但李光田从来没有承认过。然而张大少的死，无形中把各种传闻推上了风口浪尖。

有人说，张大少就是李光田的私生子，从张大少的行头就能看得出来：名表、名车、名包、名牌衣服。假的真不了，真的假不了。

有人说，张大少不是李光田的亲生儿子，如果是的，那么张大少死于车祸，李光田在国外一定会回来，不可能不露面。

还有人说，张大少和宋文玲可能是一对恋人，也可能是玩玩而已的情人。他们开车出去寻欢作乐，乐极生悲，不值得同情。

更有甚者，把张大少的死，与项目招投标联系在一起，认为那是一次蓄意谋杀。幕后黑手，可能就是二环北路项目没有中标的施工方。

李光田让柳秘书在富平路接上张大少的母亲，然后驱车前往张大少的墓地。

柳秘书是秘书，也是李光田的专职司机。他中等身材，小平头，三十九岁，长得精干，原来是部队退伍的特种兵，平时常穿夹克服，显得很文雅，一点也看不出来其身怀绝技。在没有外出的情况下，他把劳斯莱斯车擦得亮闪闪的，连苍蝇都不敢靠近。

张大少的母亲张红，已经退休了。她历尽沧桑的脸上，充满了惆怅，嘴角微微绷紧、下垂，露出难以言状的忧伤。那时候李光田说过，我们相爱一场，你做出两个大的成绩：为我生了一个儿子，还为我完成了学业。准确地讲，是张红帮助李光田完成了学业，因为李光田事业太忙，都是张红跑来跑去为他报名、领教材、网上学习积分，甚至帮他在网上考试。现在，毕业证还在，儿子却撒手人寰，人生短暂，竟不如物，这给李光田带来的心灵创伤，是无法估量的。

"早知道会有今天，就不该生他。"站在张大少的墓地前，张红说，"他是一个错误的时间和错误的地点，造成的错误的结果。"

张大少的墓地和宋文玲的墓地相邻，位于一片苍松翠柏下的陵园东北角，南面开阔，北面有管理用房为靠，能采到阳光，又能避免北风的侵扰。墓地管理员介绍说：在几千个位子当中，这个位置绝佳。两个墓碑都是村支部特意定制的，上面的"青春为善举，美魂留异乡"几个字，是瞿书记亲自题写的。最近来了几批学生，由学校组织的，为了倡导孩子们树立助人为乐的思想，多做好人好事，同时，也为了增强他们的交通安全意识。

来的路上，李光田对两个孩子的后事处理，感到诸多不妥，颇有微词。然而此时，他神情黯淡，哑然不语，似乎接受了现实，也对当时的处理表示了理解。张红说，当时宋文玲的父母也不同意放在这儿，后来经不住多方面的劝导，想想也有道理，最后还是同意了。两个年轻人都是未婚青年，放在一起，也没什么不好。他们正是验证了一句老话：不求同年同月同日生，但求同年同月同日死。

李光田感伤地说："如果能用钱交换他们的死，我宁愿花10个亿。10个亿，换两人的命。"

张红听后又流泪了。她的嘴唇抿得紧紧的，喉咙却在微微发抖，强忍着，生怕哭出声来。

"我就知道，你在乎的是没得接班人了。"张红用纸巾在脸上擦拭着。

"不！"李光田说，"不是因为接班人，你想错了。接班人我自有安排。"

张红欲言又止。她看见李光田虽然没有流泪，但眼睛已经潮湿，他的眉头紧锁着，神情异常沉重，接连不断地在吞咽唾液。

清洗完两个墓碑，又将周边的地面扫得干干净净，李光田和张红相继献花、烧黄纸、敬礼。临走时，李光田深深地叹了一口长气，说："苦根苦藤结苦瓜，乡下人的命啊，最终还是回到了乡下。不过还算幸运，找了一位城里的姑娘做伴。安息吧！"

回到省城，李光田的心情久久难以平静。他暂且不想去公司，也不想去应酬。何况他知道，几个朋友请他吃饭，让什么领导出面，无非就是想做二环北路的工程。现在李光田看透了，有些人非常势利，对他们有利的事情，表现得很积极，而一旦有事情找到他们，一个个躲躲闪闪，虚伪得不像样子。当前他哪儿都不想去，只想再去那处古老的、安宁的、与世无争的寺庙，独自清静、思考一番。

这座寺庙不算远。多年前，他独自一人来此求生，烧香拜佛，屈身下跪，为的是哀求菩萨保佑，让江自妍怀上自己的孩子。虽然未能如愿，但是上帝为他关上那扇门的同时，却为他开了两扇窗：在短短的一年时间里，他外面的两个女人，都生下了自己的孩子。

然而今天，李光田依然是来求生的，区别是，他不是为了祈求生孩子，而是为了自己从困惑与痛楚中解脱出来，摒弃过去的"我"，"生出"新的自己。

早晨的寺院更加清净，丛林鸟鸣，阳光初照，古朴的建筑在地上投下廊檐飞翘、楹柱沧桑的影子。李光田进入寺庙的大门，感到烟气缭绕，香味弥漫，如入仙境。大雄宝殿中，高大的佛像矗立在中央，慈眉善目，庄重肃穆。下端红烛高烧，烛光摇曳，右侧僧人的诵经声此起彼伏。南来北往的善男信女，一个个手持佛香，在虔诚地磕头、祈祷。

院内仿佛是喧嚣世界中的一方净土，让人忘却烦恼，获得心灵上的安定。李光田感觉到一种无比从容的亲切感，似乎寻求到了内心的安慰与寄托，有一种莫名的信仰，在这里得到净化与升华。他手捧三炷香，跪地磕拜三次，嘴中默念"祈求平安健康，诸事顺遂"。

礼拜之后，李光田走到殿堂左侧，那边端坐着一位身穿黄衣的光头和尚，胸前摆放着长条桌，桌子上搁着一支毛笔和一本功德簿。李光田从裤子的口袋中掏出一沓钞票，郑重地递给和尚。和尚数了数，拿起笔，一笔一画地在功德簿上写上李光田的名字和善款数额，然后一言不发，从下面拿起几本经书递给他。李光田看了看，分别是《般若波罗蜜多心经》《金刚经》《大藏经》《佛说阿弥陀佛经》《大佛顶首楞严神咒》和《华严经》。

"师父，什么叫般若？"李光田谦恭地问。

"施主，你真的信佛吗？"和尚没有直接回答，却反问道。

"我信，但又不是全信。"李光田态度诚恳。

和尚用仁慈的眼光看着李光田，气定神闲地说："你可以不信佛，但不可不信因果。佛教的精义是明因识果，教化人心。世间的成败得失，多为因果法则。"

"师父，那到底什么叫般若？"李光田又问。

"般若在这里读'波惹'，意思是智慧。但又不是普通的智慧，是能够修正、悟道、超凡入圣的智慧，是一种根本的智慧，超越一般聪明与普通的智慧。"

"那么，我请教大师，这本《般若波罗蜜多心经》主要讲的什么意思？"

　　和尚说，世人往往都是被愚弄者，一生深受欲念驱使，使自己成为欲望的工具而不自觉。"心经"是从般若的智慧，认识到一切事物的空相，了解自己欲念所冀求的，在只有循环而没有永恒的事物中，终归一无所得。在一切皆空的心念中，还有什么恩、怨、成、败呢？故对因缘而生、缘尽而灭的世事，都能淡然处之，烦恼自然解脱。刚才说了，般若称之为智慧，波罗蜜多，是抵达彼岸。什么是彼岸？就是解脱开悟的另一端，活在那里的人，是得到生命最高真理的觉悟者。

　　和尚还想说点什么，被一位前来供奉的女子打断了。李光田看到，那女子给的钱并不多，只有100元，而和尚一样把她的芳名，工工整整地写在功德簿上。

　　走出大雄宝殿，李光田坐在高高的石砌台阶上，想休息一会儿。闻着飘过来的香味，他在努力回想那和尚的谆谆教诲：悟道、欲念、解脱、开悟、超凡入圣，这些词语在他脑海里反复闪现。李光田联想到在工商界，确有一些老板信佛，其中不乏著名的企业家。如果跟他们的公平正义、乐善好施相比，那些内幕交易、暗箱操作、圈钱成风和贪得无厌，则显得何等地卑劣。想到这里，李光田深刻地意识到，自己觉醒太晚，业障难以消除。

　　能在这里反思和醒悟，是一种庆幸。李光田觉得，自己还有机会，而哥哥乔志根他已经晚了。多年前，大姐夫黄树就说过，乔志根迟早要出事，这话果不其然。不要说别的事，就说他升官以后，对待亲弟弟李光田，那态度可是一年不如一年。在人多的场合，他经常对李光田指手画脚，甚至压他的话头，让李光田很难堪；给别人的印象，就他一个人高明、高深、高贵。再看那耀武扬威的架势，他早已经忘记了他是怎么被调到省城来的，又是怎样一步步升迁的。想想这些事，李光田感到寒心。

太阳升高了，阳光普照在寺院的黄墙黛瓦和飞檐翘角上，从殿门前面的香池里升起的袅袅烟气，更显得缥缈迷离。傲立在大门两侧的一对石狮子，默默地望着天南海北的朝拜者，仿佛在检阅他们的动作是否正确、来意是否虔诚。李光田静静地注视着眼前的情景，突然听到叮咚一声，打开手机看看，是冯于强发来的信息：

"李董您好！我想来拜访您，请问您在公司吗？"

也算是心想事成，李光田思量着，前几天正要找他呢。一方面想从侧面了解一下江自妍的情况，另一方面，也想了解他本人的工作情况，如果他愿意，召回公司重用。此时他主动找上门来，这比请他要好得多。可是，李光田尚不知冯于强的来意，是代表公司，还是代表个人？是单纯的造访，还是有其他事情？

第二十二章

　　冯于强上周就跟江远涛提议拜访李光田了，但是没去成，原因是江远涛还要想一想。但这一次，却是江远涛提出来的。起因是前天晚上，他和李秀丽约会时，听她说公司要改革，要撤销战略运营管理中心，至于下一步怎么安排，是个问号。当时江远涛就说了，没有安排你就到我们公司来，你不是想管医院吗？李秀丽说不要，在结婚之前，她不想让大家知道她和江远涛及其公司有关系，包括不想让自己的母亲知道。她宁愿在外面找一家房地产公司上班，当个副总还是可以的。谈到最后，李秀丽说，你们不是要去见李董吗？去了悄悄打听一下情况，以便我早做准备。昨天早上，江远涛和冯于强在工作交流时，顺便又提到了拜访李光田的事儿。

　　来到李光田办公室的时候，冯于强见他正在看一本经书。猛地一见李光田，感觉他明显瘦了，也老了许多。他站起来的时候，高大的身材不再昂首挺胸，斑白的头发有些零乱；而宽阔的脸部虽然憔悴，却多了几分淡定与舒缓，在从容不迫中，透着雍容大度。

"董事长您好！多年不见了，一见如故啊。"冯于强把礼品放在沙发侧面，问候道："李董，您比以前瘦了，身体还好吧？"

"好什么好，老啦！"李光田走过来与冯于强握手，向沙发靠近，热情地说："坐吧！坐吧！"

冯于强说："本来江远涛也要来的，今天税务部门临时检查，他没来得成，他要我向您问好啊！这次来呢，主要是拜访您！有些事情，是我们做得不好，还请老领导多多原谅、多多包涵！"

"什么原谅、包涵，过去的事，好与不好，都过去了。我现在想得很开。你们公司怎么样？"

"很一般。今年没接到新项目，公司快要散了，我也快下岗了。前不久，我们还投了二环北路项目的标，实在没办法，请董事长多多关心啊！再怎么说，我们也是老关系、老交情啊！"

"关心也是有限的。我们地产公司在考虑改革，以后不再拿地了，逐渐收缩，转向固定资产经营。"

"我们也听到消息了。说您这一次的改革力度非常大，一下要撤销好几个部门，这回管理人员是要大动了吧？"

"具体还在策划中，形成方案以后，还要开会讨论。人员肯定要大调整，辞退一部分，提拔一部分。怎么样，你想过来吗？你是老员工了，想过来的话，我起码给你一个常务副总裁的位子。"

"老领导开玩笑吧？别逗老部下开心了，哈哈。即使我想过来，恐怕江自妍董事长也不会放人呀。"

"说到江自妍，她现在怎么样？"

"还好。她在自家的医院里，中医治疗加上理疗，说是渐渐好起来了。"

"中药调理是有效果的，我喝了几天的中草茶，去医院验血，指标就下来很多。所以现在看来，她搞中医院是明智的。你问问她，或者你让江远涛问问，看她哪天方便，我去看望她。"

"好的。我让远涛问吧，我们有事情一般都是先找他的。要是有了回复，我及时向您汇报。"

"十年没有见到她了，现在想想，都是我的错。冯总，你找我还有什么事吗？"

"没什么事，我就是专程来拜访您，看看您，希望您身体健康。有什么要求，您尽管吩咐我。"

"你在公司多年，我从来没把你看作外人。你有什么事也尽管讲，别不好意思。"

"真是没事了。李董您一直把我当自己人看待，我跟您也都讲的实话，直来直去的。您相信我，我也很敬重您。"

"不好开口是吧？是不是那两千多万的工程尾款，还没给到你们？"

"是没给，相比往年，只是一点点尾款了，还是到年底再说吧。我真的不是来要钱的，江远涛和他母亲也没提这事儿。"

"不管提不提，这么多年了，也该付了。你回去和我们相关部门核对一下数字，然后打个请款单上来，我批给你们。"

"那实在不好意思！我回去要把这个好消息告诉江总。感谢李董的关心和支持！"

获得意外惊喜，冯于强满面笑容地与李光田握手道别。路上他在琢磨，李光田为什么要看望江自妍？往好处想，他真的想与江自妍复婚吗？抑或是想把两个公司合并成集团？是想让江远涛做接班人？这些都有可能，但又不符合李光田的秉性。

事实上，和冯于强一样高兴的人，有30多个。他们的工程尾款，也都拖了七年以上。因为结算资料不全，施工单位打官司缺乏依据，只能干等着。说起来甲乙双方是平等的，而现实中，甲方往往占绝对优势，尤其在付款方面，常常让乙方十分无奈。但是这几天，他们都意外地收到了望眼欲穿的工程尾款。有个工程老板说，李光田付的不仅是尾款，还是救命钱！让一些等待治病的人，有了生还的希望，让一些准备跳楼的人，有了回归的力量。

由于连续付款，收支无法平衡，财务总监告诉李光田，要是这样下去，资金链会很快断掉。李光田不用问，他就知道房屋销售不行，好比造血功能骤然衰竭。

营销管理负责人被李光田约谈时，她说：其实今年的房地产行情，总体上还算稳定。从大数据来看，调控效果显现，多数城市的楼盘价格有所回落，但销量还可以。问题是，我们前几个月除了尾盘，没有新房子卖，经九路项目没能赶上"金九银十"开盘，是最大的失误，被别的楼盘抢了先机，等于截了我们的大动脉。

为了抓住开发节点，促进房屋销售，李光田要求工程管理中心，一定要加快待售项目的施工进度，必须每天加班，快速抢工期，尽早拿到预售许可证。对于二环北路项目，他批示道："同意上述意见。请相关部门尽快办理中标通知书，完善施工合同，早日开工建设。"毋庸置疑，在李光田看来，这是送给江自妍的一份大礼，也是对过去的一种忏悔和补偿。

第三天上午靠近十点钟，刘清华眉开眼笑地拿着文件袋，兴高采烈地跑到冯于强办公室，掏出文件递给冯于强，开心地说："冯总您看，中标通知书。"

冯于强兴奋地接过"中标通知书"，上面白纸黑字，底下还盖着鲜红的地产公司大印：

根据二环北路项目招标文件和你公司提交的投标文件，经评标委员会评审，现确定你公司为本次招标的二、三标段中标人。第二标段中标金额：人民币770565863.00元，第三标段中标金额：人民币812187430.00元。工期均为840日历天。

请在接到本中标通知书后七天内，到我单位洽谈并签订施工承包合同。

　　特此通知。

　　冯于强一拍大腿呵呵地笑了，用手机对着中标通知书，拍了一张照片，然后拿着通知书，迫不及待地朝江远涛办公室走去。

　　"好事来啦！江总！"冯于强进门直呼。

　　"什么好事？冯总这么高兴？"

　　江远涛看过中标通知书，惊讶地说："真的中标了呢，没想到还中了两个。"

　　"这下算是铁定了，不然我也担心会有变化。怎么样，现在可以联系董事长了吧？我们一块去，我也想去看看董事长。"

　　"好吧。我来联系她。"江远涛答应道。

　　冯于强笑笑说："我们的事情，李董给我们办好了，那么他的事情，你得问问你母亲，不要让他失望了。他们俩见一面，也许还能出现更好的事情。"

　　江远涛说："当面问比较好，还要趁她情绪好的时候，不然会挨骂。"

　　按照约好的时间，冯于强走在江远涛后面，手提包装精美的燕麦和香蕉、苹果、橘子组成的果篮。当他来到曾经充满奋斗足迹的医院大门口时，心情格外爽朗。

　　几年过去了，此刻望去，医院内的建筑依然洁净如新。

主楼上面的铜胎鎏金宝顶，还有那孔雀蓝琉璃瓦的屋面，在夕阳的余晖下璀璨夺目。以中医风格打造的功能用房，错落有致地静卧在优美别致的绿林之中，彼此呼应，和谐共生。周边镂花的铁艺栏杆与绿篱围成的院墙，在蓝天的映衬下，庄重而肃穆。

两人从门厅步入，沿着走廊一路前行。冯于强看到间隔的墙面上，各式文字与图案交织呈现，巧妙地融入了中医药文化的元素。图文中，既有中医知识的深刻解读，又有保健养生的思想内涵，不仅展示了中医理论的博大精深，而且彰显了传统中医的文化自信。

江自妍住在六楼三区6301室，是独立的单人病房，面积相对较大，阳台比较宽敞。房内摆有一张休息床、一张理疗床、一套医用办公桌椅，桌子上摞着一些书和文件资料。进入病房，一股中药味扑面而来。

江远涛进门道："老妈您看，谁来了？！"

"董事长，您好啊！"冯于强上前说，"好久没见到您了，早就想来看看您。"

冯于强第一眼看见的，是江自妍头上咖啡色的卷边针织帽——以前没见她戴过帽子——这顶帽子非常洋气、好看，与她消瘦而慈祥的瓜子脸无比协调；虽然帽子下面露出了些许银发，但并不影响审美效果。

"冯总来了，请坐吧。这里是我临时的家。"江自妍的声音柔和而又亲切，她推过来一张椅子。

"董事长，我看您的气色，蛮好的呀！"冯于强的话里有恭维成分，而他实际看到的，却跟以前的印象大不相同。

岁月和病情，在江自妍的脸上刻下了苍老的痕迹，她饱经风霜的面容，如陈年古树皮一般沧桑。眼睛不再明亮如星辰，却沉淀着年迈的智慧与透彻。她似乎变矮了，而她那羸弱的身躯，看上去还有些硬朗，仿佛经过风刀霜剑之后的松树，正在等候着春天的到来。

"今天还能见到我，算是幸运喽。"江自妍说，"我是晚期复发，差点儿死了。去年查出来的时候，淋巴已经转移，非常危险。"

江远涛对冯于强解释说："其实，中医里没有乳腺癌这个病名，中医叫乳岩。"

江自妍说："当时咳嗽咳痰，痰中带血，全身没劲儿，右侧腋下牵扯一样疼痛。经常失眠。后来检查的影像显示，肿块已经红肿溃烂。"

江远涛又解释道："我妈的病跟生气和工作压力有关。相比其他医院的治疗方案，我妈还是相信自家的中医。晚期的转移治疗，关键是紧扣病机，扶正固本，正气恢复了，才能挽回生机。"

江自妍平静地说："我相信中医。中医说的扶正祛邪、软坚散结，其实就是'养正积自除'，同时呢，我还坚持补脾肾。"

江远涛补充道："说白了，治疗的途径主要是排脓散结，行气化瘀。前面服了不少中药，什么皂角刺、大力子、柴胡、当归、斩龙剑、再生草、茯苓、白术等等。"

"吃了一年多的中药，"江自妍说，"有时还用红外线、紫外线、磁疗等方式，结合针灸疗法，这才渐渐好了些。"

"话题扯远了。"江远涛转脸对母亲江自妍说，"我带冯总来，是有重要事情向您汇报呢。"

"什么事啊？"

"冯总，您来说吧。"江远涛看向冯于强。

冯于强从口袋里掏出中标通知书，展开递给江自妍，说："最近我们在地产公司那边，一举拿下两个标段，费了不少周折。总造价超过15个亿。"

江自妍看过中标通知书，收回目光，把中标通知书退给了冯于强，果断地说："不要打算做了，宁愿停下来，也不要去做。"

"董事长，您？"冯于强不解地问，"您是担心他们以后付款有问题吗？"

"不是。"江自妍没有说下去。

"那是因为以前的事吗？"冯于强非常惊疑。

"也不是。"江自妍微微摇头。

"那是为什么？"冯于强非常不理解。

"远涛，你说说看。"江自妍用审视的眼光，望着江远涛。

江远涛说："房地产的泡沫几乎到了极限，已经逐步回归理性。大河无水小河干，我们建筑公司继续跟风，可能会自讨苦吃，风险挺大的。"

"那你们为什么还要去投标呢？"江自妍问。

江远涛说："一开始就很犹豫，我跟冯总也聊过，心想不会中标的。不中标就算了，权当是续接关系，积累经验。"

江自妍说："远涛，针对这两个标，你只说对了一半。首先你们要知道，当初我们两个公司为什么分家了，主要是企业管理和发展的理念不同，差距越来越大。他们地产公司的人格、信誉、风气，变成什么样子了，你们难道不清楚吗？他们是什么价值观？什么影响力？你们难道不会思考吗？所以说，不论费了多大的周折，我们中标了也要放弃。我们不与他们为伍。"

"可是眼下，我们没有工程做了，怎么办呢？再不接项目，都竣工了，人员和设备材料都放到哪里去？"冯于强忧心忡忡地问。

江自妍想了想，说："当前，你们要把在建项目圆满收工，做好后期的维修服务。好的管理人员和工人留下来，下一步，我们要向市政、景观、装饰这些业态转型。上次远涛在这里，我已经说过了，还打算到郊区租几百亩土地，用于存放材料设备，盖些简易的工棚，多余的地方可以出租，也可以搞太阳能发电。远涛，你调研以后，觉得怎么样？"

"基本上可行，还是有前途的。随着市场的变化，许多材料设备可能滞销或滞留，有一块大的场地提供租赁，是迎合市场需求的。光伏太阳能发电作为一种绿色、可再生能源，有一定的发展潜力和应用前景。"

"定下来就做。你俩回去好好商量一下，说干就干。"江自妍用一双皱巴巴的手，做了一个"形成合力"的动作。

冯于强原本是怀着报喜的心情来的，没想到，被江自妍一股脑儿地否决了。他还想告诉江自妍，李光田要来看望她，话到嘴边，想想算了，时机不对，不如不说。而江远涛听了"我们不与他们为伍"这句话，心里似乎被压上了一块大石头，联想到要与地产公司的李秀丽结婚，顿感悬心吊胆。

在返回的路上，冯于强和江远涛长时间沉默着，仿佛遭受过无形的打击，一时找不到东南西北。望着夜幕下静静照耀而又渐渐远去的街灯，还有路边小吃店袅袅散出的烟火气，冯于强的心中五味杂陈。

"唉！中标了却要放弃，感觉太可惜了。"冯于强自言自语。

"放弃也是一种境界，"江远涛说，"不要舍不得。冯总，有时候，舍就是得，所以叫舍得。"

冯于强说："倒是那个郭老板，一心想做这个工程，不如让给他，我们还能得点费用。"

江远涛问："怎么让给他？怎么得点费用？我没听懂。"

"明天我和他谈一下，到时候再告诉你。"冯于强到了小区门口，先下车了。

第二十三章

第二天上班，冯于强急切盼望郭新明来电，继续攀谈项目合作。可是等了大半天，却无声无息。虽然说施工项目的各种合作，在时下屡见不鲜，但如果主动打电话跟他谈，降低姿态又怕处于被动，更怕引起他的怀疑。于是，冯于强希望老万在中间斡旋，先不说具体事情，只说收到了中标通知书，由老万牵头，兄弟们一块儿喝顿酒，祝贺一下，也算是回请郭新明。

老万听后愉快地答应了，并连声表示祝贺。

不到半个小时，老万回电话说，郭新明出差了，这几天回不来。他请老万在中间协调，让冯总拨点工程给他做做，两栋三栋也行，最好拿一个标段出来。除了三个点，个人如有什么要求，尽管说，不要客气。

冯于强一听时机已到，对老万说，大家都是朋友，不谈个人要求。如果郭新明真想做，我就拿一个标段出来，按他自己说的，给三个点费用。这是冯于强的沟通技巧，这时候先要留有余地。

几分钟过后，老万又回电话了，说郭新明很高兴、很感谢，他愿意先把三个点的费用，一次性汇过来。转包协议等他回来再签，都是兄弟，本着相互信任。

冯于强觉得鱼已经上钩了，但还没有上岸，如果过早用力，可能会脱钩跑掉。他对老万说，不过现在转包工程是违法的，通过甲方发包会稳妥一些。不如换一种方式，我们和甲方沟通，弃一个标，然后我们只收一个点的费用，那两个点作为公关费，让他搞定甲方。怎么样？这样合情合理吧？

十几分钟以后，老万回电话说，没问题，老郭同意你们弃标，他来接标。他说就凭评标结果的名次和政府领导的关系，他绝对有把握。郭新明还反复强调，不要说冯总弃一个标，就是两个标都弃了，他都有本事接过来。

冯于强对老万说，老郭想做工程都想疯了，不过也不是没有可能，我相信他能搞定甲方。但如果要放弃两个标段，我要请示领导，领导不同意，我是不敢答应的。

为了造成"请示领导"的时差，冯于强特意隔了40分钟才打电话。他对老万说：我请示过领导了，一开始领导是不同意的，我做了一些解释，赶上最近公司要进行经营战略调整，最后领导还是同意了。但是我们有两个要求：一是要把1580万先打过来，我们负责弃标；另一个是我们答应甲方领导的人情，郭新明必须到位。

老万很快回电。他激动地告诉冯于强，郭新明满口答应了，请冯总提供收款账户，并在信息上备注一句话："如果三天之内不弃标，1580万原路返回。双方在任何时候不得反悔。"同时希望冯于强在甲方领导面前，帮他美言几句，人情由他维持，没有任何问题。

下午三点半，郭新明真的把钱汇过来了，整整1580万元，一分钱不少。当财务部经理向江远涛汇报"有笔款项来路不明"的时候，冯于强正好坐在江远涛的办公室，向他讲述事情的经过。他还与江远涛商量着，如何以一个相对合适的理由，跟公司各部门以及地产公司领导，去解释弃标的原因。但不论怎么说，内外有别，绝不诋毁地产公司，不说任何坏话。

对于冯于强的一系列想法，江远涛表示赞许，唯有感到不妥的是，无意中收了一笔不太光彩的款项。冯于强的理由是，我们呕心沥血赢得的中标成果，不能白白地拱手放弃，否则，对不起月发高薪的公司，对不起奋力拼搏的员工，也对不起倾情投入的自己。冯于强还说了，如果郭新明是吹牛，不能二次中标，我们除了损失的投标保证金，剩余的钱再退给他，免得心里不安。

江远涛说："这笔钱，如果让董事长知道了，她不仅反对，而且会把我们骂得体无完肤。"

弃标的消息一传开，公司一片哗然。

为了以正视听，冯于强临时召开相关人员碰头会。他在会上说，我们董事长认为，中标的项目规模太大，不符合下一步"短平快"的发展定位。在新的经济形势下，公司打算开辟新的经营模式，与建筑施工合力驱动，一体两翼，重新打造新型现代化企业。希望各部门深刻理解，继续保持斗志，努力开创新局面。

尽管冯于强说得冠冕堂皇，与会人员还是大感不解：这么大的项目，来之不易啊，怎么说放弃就放弃了呢？这里面真正的原因，冯于强在会上没讲，也没提与郭新明的交易，况且，还不确定郭新明能否承接弃标的项目。

开完会，冯于强坐在那儿愣了一会儿，他意犹未尽，还是不太甘心放弃到嘴的鸭子，但是没办法，他只有执行的份儿。抽完一支香烟，他给刘清华打电话，问他"弃标函"搞好了没有，如果搞好了赶紧盖章，尽快送给地产公司。

因为李光田回乡不在公司，冯于强给他发了一条很长的信息。然后拨通了陈风的电话，说非常感谢，也非常抱歉，由于江自妍董事长的经营战略调整，这次中标的两个标段全部放弃，最迟明天上午，刘总把"弃标函"送过来。至于下面给谁中标，我们无权干涉。不过我建议，郭新明这个人比较爽快，他的公司也很有实力，尽量考虑给他做。他已经答应了我原来承诺过的事情，如果有问题，我负责协调。

接二连三地，冯于强又给陆正杰和张顺曦等人打电话，解释弃标的原因。意思都差不多，但说得比较简单，更多的话是表示感谢。

在跟他们的通话中，冯于强几乎碰到了同一个问题："那你们为什么还要投标呢？究竟是江自妍当家做主？还是她儿子当家做主？"这个问题无法回避，冯于强只能如是说，江自妍的意见是主要的，但在中标之前，我们一般都不向江自妍汇报投标情况。

不过现在，冯于强回想起来，起初江远涛对二环北路项目的投标，是持怀疑态度的，可能碍于冯于强岁数大又是公司元老的面子，怕打击大家的积极性，没有断然阻止，也以为不会中标。而江自妍不同，她的态度非常坚决。从这一点来看，在公司决策上，江自妍有绝对权力。但还有一种可能，假设江自妍不同意弃标，江远涛会不会顺水推舟？冯于强考虑，江远涛有可能引以各种分析论证，以及公司的远景规划，造成同样的结果。

通过剖析，冯于强更加深刻地领会了老板的意图，从而有利于下一步工作的开展。这一次，在大是大非问题上，冯于强登时感悟到，过去牢记的"不能忽略了头顶上帽子的高度"，仅仅停留在不能忽略了上面领导的"身份、职位和权力"上，而如今，上升到不能忽略了上面领导的"思想、觉悟和境界"上，相比之下，这是一个很大的长进。

工作站位提高了，更容易理解一些决策。现在冯于强对江自妍的那一番话，又多了几分认识，对今后的工作方向更加明确。建筑施工不是不搞了，而是尽量不要参与房建的投标了，因为房屋建筑太多，物极必反，后果难以预测，必须向新的业务赛道转换。在房地产市场面临大洗牌的情况下，他们母子俩认清形势，拓展新的领域，探索新的发展方式，这是完全英明的。

冯于强开始编制新的工作计划：变更营业范围，增加施工资质，优化组织架构，规划租地区域，开展场地设计，等等。从任务名称、工作内容、时间安排到人员组织，一项一项排下来，有百余条之多。冯于强感受到，这转型也好，创新也罢，都不是简单的事情，确实不好干。

星期四中午，冯于强正在食堂吃饭，郭新明打来电话说："冯总，这回你该祝贺我了，你们放弃的两个标段，都被我一家伙接过来了。刚才都谈好了，目标圆满实现。谢谢你啊！"

冯于强说："哦，这么快啊！你还真有两下子。怎么弄的？"

郭新明低声说："市里领导出面，李光田当时就答应了。里应外合，百发百中啊。"

好像郭新明没有完全听懂冯于强的意思，冯于强进一步问："怎么弄的？帮我们的人情做了吧？"

郭新明却说："你就别问了，不关你的事情，后面我要他好看。"

冯于强听出来了，郭新明的意思可能要干掉陈风。他还不是过河拆桥，而是要对陈风进行报复，报复他最初没有让他中标。此前他说过，老婆被情人废了，老家被房地产废了，现在呢，他的良心又被招投标废了。但是冯于强反过来一想，总是有弊有利吧。

消息传得很快，连李秀丽都知道了弃标的事情。这是怎么回事？她感到莫名其妙，发信息问江远涛：

"他们说你们中标以后放弃了？"

"是的，放弃了。"江远涛回复。

"干吗放弃了？"

"我母亲不让做。我也不想做。"

"为什么呀？"

"不想跟你们打交道，不与你们为伍。"

"你瞎讲吧！为什么不想跟我们打交道？真的假的？"

"真的。"

"那我呢？"

"也不想。哈！"

李秀丽没续信息，直接打电话过来了。她说不做也好，不要做自己不想做的事情。地产公司这边确实挺乱的，好多施工单位做了，要钱都很难，打官司的不断。公司在管理上，的确存在不少问题，她有劲儿也使不上。但是工作归工作，不要扯到我们俩身上来，本来就是两码事，有什么关系？

可能受到潜意识的操控，江远涛笑着说："有点关系。工程中标以后，在签订合同之前放弃，就像恋爱成功，在领结婚证之前分手。"

"什么分手？讲话这么难听，你中什么邪了？"李秀丽有点生气，她觉得江远涛今天讲话非常夹生，不知道什么原因。

江远涛很快意识到，刚才的话确实有点过头了。急忙说："开玩笑的，别当真啊。我是对事不对人，没说你呀。"

李秀丽说："地产公司也是有很多好人的，少数人有问题，不能代表全体员工都有问题；况且，影响公司管理环境的，还有其他因素。"

因为话不投机，江远涛和李秀丽通了二十分钟电话，话越说越长，最后，话题又扯到了招投标的项目上。

李秀丽说："我们董事长对你真是蛮好的，硬是顶着上面大领导的压力，把工程给你们做，而你们不知好歹，却要放弃，要放弃也不来跟他当面作个解释。"

江远涛说："本打算来的，冯总联系了，说他要回老家去，就没来。"

李秀丽说："是的，我也听说他要回老家去。他好多年没回老家了。"

江远涛问："他好多年没回老家了？好多年是多少年？"

李秀丽笑了："我也不知道多少年，你下次来问问他。"

第二十四章

深秋的风，宛如无数个温婉娴静的使者，悄然间携来了丝丝凉爽。天空高远而又明丽，洁白如雪的云朵，在寥廓的苍穹中悠然地飘动着，它们仿若心有灵犀一般，跟着李光田的车，朝着相同的方向，似乎伴随着他的归乡之路。

实际上，李光田的老家已没有多少亲人，除了同父异母的五个兄弟姐妹，最亲的人莫过于大姐乔志花。大姐夫黄树在李光田的公司工作过，时间不到两年，他是不适应当物业公司的执行副总，自己跑回来的。临走时留下了两封信，一封是给李光田的，一封是给乔志根的。现在，李光田回想起那封信，依然记忆犹新。

光田弟：

我回老家了，你工作忙，我就不上门跟你打招呼了，请原谅！

来你公司一年多时间，我感觉能力实在不行，许多工作我都做不到，没法子，对不起你给我的这个位子，我不是一块做大事的料。不过，一年多的工作，我也早就不想干了，好多事情，我实在看不下去。你公司的人，不讲迷信，也不讲良心，有的人比地主恶霸还要坏，这样下去怎么得了？我很担心，如果不改，后果非常严重。作为大姐夫，我想劝你一句，善有善报，恶有恶报，不是不报，时日没到。

最后，盼望你过年的时候回老家，我们亲人团聚。

光阴如电，一晃十几年过去了。这一次，李光田说要回来，大姐夫黄树非常高兴。昨天他在电话里说，要把这个好消息告诉当地政府领导，他们早就说过，要搞欢迎仪式。李光田说，不要告诉别人，让他们知道了，会闹出很大的动静，不太好；我回来看看就走了，不要惊动其他人。

李光田没有说明原因，是因为他觉得，这次回来其实是不体面的：一是哥哥"因涉嫌严重违纪违法，目前正接受纪委监委纪律审查和监察调查"的消息，已传得纷纷扬扬；二是自己刚刚接受过有关部门调查的情况，也许老家人也知道了，见了面不好解释；三是多年前，地方政府要他赞助家乡修路、建文化活动中心等项目，他没赞助一分钱，要是见面了没意思——当时不是没有钱，也不是吝啬，而是在内心深处，他恨老家人。想当年，生产队长横眉怒目的态度，一些人鄙夷的目光，还有父母亲的死，都使他彻底绝望了，他多次下决心，一辈子不回来。

不到两个小时的车程，李光田想了很多，往事如烟，随风飘摇。但不管怎么说，如今还是回来了，向自己妥协，与自己和解，而且是心甘情愿的。

沿途所见的马路、行道树、楼房、车辆，还有水利桥梁，都让李光田无限感慨，就像电视里放的一样，农村的变化实在太大了，大得让人感到神奇。按照大姐夫发的定位，车子直接开到了大姐家门口。如果不是现代化的导航技术，简直很难找到。

门口站着几个人。李光田下车时，第一个认出他的，便是紧倚车门的大姐乔志花。

"弟弟！你总算回来了……"

"……大姐！"

随着两声发自内心的亲切称呼，姐弟俩的手紧紧地握到了一起，声泪俱下，泣不成声。感动了在场的人，掩面垂泪。

大姐夫黄树向李光田介绍在场的人：这是我家邻居，原来的赵大年，还有印象吗？这是他儿媳妇；这是我儿媳妇；这是我家孙子；这是三嫂子；这是三哥家的儿媳妇，那是他家孙女。现在农村的年轻人，都出去打工了，留在家里的，多半是老人、妇女和孩子。

李光田一一点头致意，既想热情又不知如何热情。对于眼前的情景，他似乎感到陌生，仿佛被宇宙的巨人一手抓起，跨越时空丢到了这里，见到从未见过的一切。

"你看，"黄树指着乡村道路和路边的房屋说，"我们这里村村通路，还有循环车、招手停。家家户户都有自来水、电冰箱和大彩电。不过现在农村人少了，一部分买房子搬到城里去了，一部分出门挣钱去了；别看这些楼房盖得漂亮，只有逢年过节的时候，他们才回来。"

吃过大姐烧的乡村土菜，李光田跟大姐夫说，下午想去父母的坟地看看，烧点纸，磕个头。大姐夫却说，坟墓早就不在了，多少年没人上坟，修路的时候，当无主坟推掉了。不过东河口那个地方，我知道，你妈死后也埋在那儿。这一眨眼，五十多年了。

李光田说："那就到老庄基看看吧。虽然过去的房子早就不在了，我还想去看看那个位置，看看那里的一草一木。"

大姐夫欣然同意，大姐也愿意陪同。大姐说不远，走过去顶多半个小时，还能顺便看看大姐夫承包的农田。

外面的田野一片辽阔，无垠的稻茬地，在秋日下泛着耀眼的光色。远处一幢幢现代建筑的村庄，矗立在绿树掩映的地平线上，隐约能看到，晃动的人影在旷野中弯腰忙碌，仿佛在修理着地球的缺陷。

走在田间的小路上，大姐说："你看前面的那一大片田地，都是我们几家承包的，几个人合伙承包，你大姐夫是个头儿。"

"啊！承包这么多土地啊？有几万亩吧？"

大姐夫笑着说："哪有几万亩？一万多亩就够多的了。好在现在都是机械化种田，省工省力，我们几个合伙人，主要负责农田管理。"

"这些田地，人家不种吗？"李光田问。

黄树说："基本上没人种了。现在的男工都在外面挣钱，比种地收入高。我看大片田地闲着可惜，就把它承包过来了，每亩给点钱。如果收成好，我们还能赚点工夫钱，双方都划算，政府也支持。但是今年不行，水稻长得稀疏，兔子在田里跑，能看出公母。哎呀！亏本了。"

大姐说："你大姐夫，他就是个种田的命，三天不走田埂，他憋得慌。看到田里荒了没人种，他在家里天天叹气。好就好在现在不要肩挑手割了，犁田有拖拉机，栽秧有插播机，割稻有收割机。"

"打农药还有无人机，"黄树接着说，"后面的收割、脱粒全是机械。我平时就是看看田里的水，掌握时节，利用好天气就行了。庄稼长在泥土里，决定它命运的是老天。"

大姐在前面站住了。她指着不远处一大块长有几棵柳树的庄稼地，说："弟弟你看，那就是我们家的老庄基，当年的乔家围子，我们出生的地方，俗话讲的衣胞之地。那时候，这里都是高高低低的房子，四周是河沟，东边的小码头有个能升能降的木吊桥，现在什么也看不见了。巧得很，这边的土地，现在又被我们承包了。"

望着一望无际的田野，还有眼前空荡荡的老屋原址，李光田的脑海中，浮现出当年的深宅大院和阶柳庭花。他深切地感受到，几十年的沧桑巨变，恍如大梦一般。从楼阁到平地，从繁华到虚无，他无法想象历史的变迁如此浩大。想起小时候，母亲指着眼前的这一片土地说，你们长大以后，要多挣些钱，再把这些土地买回来，可奇怪的是，现在眼前的一大片土地，却在大姐他们手上管理。

半晌没有说话，李光田沉浸在深深的思考中。黄树看见李光田皱着眉头，可能是不理解，便详细作了解释。

他说我们农村，经过了五次土地改革。第一次是1949年之后，确立了土地的社会主义公有制。第二次是1953年到1956年，是保留农民土地私有制基础上的土地改革。第三次是1958年到1978年，是土地集体所有制下的高级农业合作社，与人民公社"三级所有、队为基础"的土地改革。第四次是1979年，是家庭联产承包责任制、实行土地公有、农户经营的土地改革。第五次是2008年，按照依法自愿有偿的原则，允许农民以转包、出租、互换、股份合作等形式，流转土地承包经营权，允许有条件的地方，发展专业大户、家庭农场等经营主体。这就是个人能够承包土地种田的原因。

"原来是这样。你们承包土地是合法的。"李光田点点头。

黄树笑着说："当然是合法的。实质上，我们不光是在承包土地，而且是在保护耕地。"

"你小时候认识的那些人，好多人都不在了。"大姐说，

"那个生产队长，死了好多年了，他的大儿子也死了；还有二婶娘、吴老头、刘大妈、二狗子、陈家有、李德水、三老歪王春雨，都死了。他们有的是修路、扒河累死的，有的是得病死的，也有的死在工地上。"

李光田说："大姐，你讲的那个生产队长，我现在还能想起来，他死得活该。还有你说的那些人，当年也都冷眼看待我们。"

大姐说："也不能这么讲。那些人对我们并不坏。生产队长人也不坏，他不喜欢你倒是真的，他说你从小打发要饭人的时候，手攥着抓米，有点缺德。你现在看到的那几棵柳树，还是当时平地的时候，他要求留下的。他死之前，对新任队长说，乔家围的那几棵柳树，不管到什么时候，要留着。"

李光田远远地看到，几棵柳树好像生过根朽病，主干和树心早已枯死，而长出来的新枝却有一人多高。便问："他为什么要留下这几棵树？"

大姐回答："不知道。有人问过，他到死时也没讲。"

"莫非是留下记号，怕你们回来了找不到地方？"黄树说。

"搞不清他什么意思。"大姐转过身，指着前方说："弟弟你看，这边原来有一口井，我们小时候，就是吃这里的水长大的。西边的梨树园、牛棚，南庄的小学、卫生所，你还记得吧？对呀，老早就搬走了。"

随着大姐的手势，李光田在努力寻觅，寻觅小时候去上学的那条路，还有生病时去找赤脚医生的那条田埂。但无论怎么辨认，都无法与现实的样貌相对应，只能看出大概的方位。不是记忆完全丧失，而是自然早已被前人所改造。

从故地旧址回来的时候，李光田见到大姐家的门口，多了一些小孩子。他们在观赏李光田的豪车，好奇地嘀咕着什么。黄树说，现在我家门前的路上，大小汽车不断，但像这种劳斯莱斯高档车，还是很少见。车子多了，原来修的道路嫌窄，当地政府准备明年把路加宽。

"这路是不宽，我看也该拓宽了。"李光田说，"到时候如果需要，打我电话，我来赞助。"

"那好啊！他们可是求之不得呀。"黄树说着，拿来一条旧毛巾，给李光田擦鞋。

擦完鞋，李光田说："如果不是乔家兄弟晚上来吃饭，我就回城了。"黄树说："他们知道你回来，来看看是理所当然的，虽然是同父异母的兄弟，也是兄弟啊，毕竟多年没见面了；再说你难得回来一趟，何必那么点火似的？你大姐已经把二楼的房间收拾好了，比集镇的宾馆还干净。"

黄树端来椅子，让李光田坐下来。又泡了一杯茶。两人在院子里喝茶聊天，悠闲自在。院子里有鸡、鸭、猫、狗供欣赏，有玩耍的小孩子供逗乐，乡风乡俗，乡音乡情，令人无比神往。

黄树说："将来恐怕不要种田了，科学家发明了多年生'韭菜稻'，一次种植，多年收割，每年两季，亩产千斤。也不用种菜了，现在通过特殊的栽培技术，将一年生蔬菜培养成了

'蔬菜树'，什么茄子树、南瓜树、辣椒树，都长在树上。番茄树一年结果上万个，产量5000多斤，能连续收获二十年。"

李光田说："如果不用种田了，那你和大姐不如搬到城里住，我送给你们一套大房子，去享享福吧！"

黄树说："不去不去，我们在这儿住习惯了，对这儿的庄前屋后有感情了，舍不得。你大姐更是舍不得，她连家里的鸡鸭猫狗都离不开。反正这人啊，怎么活都是一辈子，知足就好了。"

晚餐丰盛，亲人相陪。李光田吃着家乡的菜，喝着故乡的酒，听着久违的方言，他感到从未有过的惬意。宽大的客厅，似乎装不下所有亲人的热情。听乡音，叙乡情，解乡愁，其乐融融。几杯酒过后，满屋子都飘散着菜香和酒香，洋溢着肺腑之言。

黄树咽下一口酒，苦涩地说："乔志根不听我的劝告，现在一定后悔了。我早就说过，他迟早要出事，太贪财了。在那封信中，我提醒他不求富贵，只求平安，他不当回事。"六十七岁的乔大哥直言："他现在还不如我这个乡巴佬，我天天在家喝两顿酒，看看电视，上街转转，再带带孙子，小日子过得乐滋滋的。"又转脸对李光田说，"望老弟常回来看看，下次把你老婆孩子都带回来，到我家做客。"说完，又跟李光田喝了一杯。

话讲了很多，酒也喝了不少，李光田觉到浑身慵懒，客厅的墙壁和吊灯在盘转。吃了一碗老母鸡汤下的鲜美面条，他便在众人的搀扶下，上二楼睡觉了。

一觉睡醒，李光田看看手表：凌晨一点。他想继续睡，可是一幕幕往事从空中飘来，萦绕在眼前挥之不去。往事与现实之间的巨大反差，让他感慨万千。侧身看到窗外的月光洒进房间，仿佛给静谧的夜晚增添了温馨的乳白色。他想出去走一走。于是他轻轻地穿上衣服，悄悄地走出房间，慢慢地下楼、拉开大门，双手背在后面，恍若给自己戴上一种手铐，悠然地，在一条刚刚熟悉的乡村道路上，茫无边际地向前漫步。

夜深人静，月光如水，一轮明月把田野照得通亮。脚下的路，似乎变得异常柔软，伴随着时有时无的虫鸣声，踩在路上，如同踏入棉花编织的梦中。李光田环视远处的村庄和树丛，在白茫茫的光影笼罩下，寂静而又深沉。

这一次返回故里，让李光田深切地体悟到，过去对故乡的人和事，是存在误解的，是缺乏宽容的，也是亏欠良知的。几十年的沧海桑田，让他深谙自己的思想与情感深处，竟然隐匿着被阴影笼罩着的死角和盲区。如果不是此次归来，他几乎忘记了自己的童年成长之地，忘记了年少时饮过的融入血液的生命之水，忘记了曾经赋予他个性与气质的大自然的滋养。大姐说的二婶娘、吴老头、刘大妈、二狗子，还有生产队长、陈家有、李德水、王春雨……他们一个个都离去了，而他们的足迹，却如镌刻在这片大地上的印记，深深浅浅，诉说着往昔的变迁。在时代的进程中，他们就像一粒粒石子，平凡而又渺小，或许粗糙尖锐，甚至外表丑陋，但正是那些看似微不足道的石子，铺就了通往理想的康庄大道，筑起了连接未来的历史征途。相形之下，自己这些年究竟在忙些什么？给别人带来了什么？又能为后世子孙留下怎样的宝贵财富与精神传承呢？

仿佛被神灵牵着，李光田在自忖中，不知不觉地走到了东河口的大坝上。这次回来，他最大的遗憾是没能见到父母的坟墓，更没有烧纸祭拜。此时阒无人声，他望着月光下肃立的树影、灰白的道路、枯黄的野草，他宁愿自己变成一个幽灵，穿越现实的屏障，去感触他们的亡魂，聆听他们的声音，甚至接受他们的拷问。

站在东河口大坝的最高处，李光田怀念亲人和往事。不知什么时候，他的眼眶里渗出了两行冰冷的泪水。遥望前方的路，正是五十年之前，他决然离家出走时的方向。近乎一样的夜晚，一样的月光，一样的宁静，但如今，却是不一样的光景，不一样的心境，不一样的悔恨。没有成功之后的骄傲，也没有胜人一筹的自豪，有的却是灵魂和情怀都无处安放的感伤。

第二十五章

以前的投标工作专题会，江远涛基本上不参加。从上次江自妍有了明确指示以后，他决定参加每次会议，亲自坐镇，防止出现方向性错误。这次会上，他还提出了一个设想：把"投标工作专题会"改为"经营工作专题会"，理由是，在这个会上，不仅可以讨论工程投标的相关工作，也可以讨论与公司经营有关的其他事务。

冯于强说："我非常赞成江总的意见。以后有总经理出席会议，很多事情就能在会上定下来，省得请示汇报，这样大大提高了管理效率。根据董事长的指示精神，我编制了最新工作计划和任务分工表，已经发给你们了，希望大家分头执行。"

行政人事部新任经理白玉婷说："前几天，我根据最新计划和任务分工表，到工商部门把营业执照增加了市政、园林、新能源等项目，相关资质正在申报中。听工商局的领导讲，政府为了助推企业发展，已经取消了绿化等资质限制，这就意味着，我们可以直接参与景观工程投标。"

刘清华说："我们利用投标雷达，筛选了七八个适合投标的非地产项目，比如说，乡园大道绿带景观优化项目，大厂路雨污水管网综合整治项目，云水街道路出新改造项目，进贤社区和卫生服务中心装修项目，乐天路口袋公园改造及路侧泊位智能化改造项目，等等。"

陈晓凤汇报："根据冯总要求，我们在城乡接合部找了六个地块。几次商谈后，我认为东郊的两块是比较合适的，占地都在500亩左右，适合做仓储物流和太阳能光伏电站。当地政府也很欢迎，鼓励我们搞乡村振兴。请江总、冯总抽空去看看。"

江远涛坐在会议桌的中间，他一边听一边记录。等陈晓凤说完，他放下笔，说："行啊，下周我和冯总一起，去实地考察一下。"接着江远涛清了清嗓子，诚挚地讲了一段话：

"我讲的都是真心话。以前你们开会，我很少参加，不是我不重视，也不是我不支持，而是我在寻找新的出路。这期间，我向董事长提供了大量的市场调研数据和行业分析资料，所以才有了今天这样的新思路和新目标。创新是必须的，转型是必然的，道路有点曲折，但前途是光明的，请大家不要担心，要相信自己，相信未来。"

冯于强总结道："江总说得很好。企业的发展都不是一帆风顺的，我们建筑公司在创新和转型，那边地产公司在改革，虽然出发点不同，方式有区别，但目的都是一样，过程都是一样的艰辛。"

"过程都是一样的艰辛"这句话，是陆正杰上午打电话来诉苦时，跟冯于强才说的。

为了创建企业改革方案，陆正杰连续走访了大小部门15个、开发项目7个，召开小型研讨会9场，开展民意调查96人次，参加宴请8次，醉酒7次，摔断腕骨1根，到医院抢救1次。

长达326页的《企业改革方案》，是陆正杰深入基层调查研究的结果，也是公司干部员工建言献策的结果。如果不与群众打成一片，《企业改革方案》就会脱离实际，不接地气。他将《企业改革方案》打印三份，抱到李光田面前，气喘吁吁地说："这一次的方案来之不易啊，差点要了我的命。难怪有人说，改革是要壮士断腕，甚至要做出牺牲的。"

李光田接过文本，翻开看了看，全文分为15章。目录有企业概况、发展中存在的问题、企业远景规划、优化组织架构、人才培养与激励、推进数字化转型、深化产业链合作、加强企业文化建设、扩大品牌影响力、强化风险管理、建立房地产市场预测机制、企业的可持续发展等。

在第二章"发展中存在的问题"中，陆正杰一针见血地揭露了李光田不清楚的问题和弊端。譬如：公司管理层"吃喝风"严重，乱消费现象普遍；各中心与各部门之间管理脱节，效率低下；有些部门和开发项目设置臃肿、人浮于事；中高层管理干部，对基层人员缺乏关怀；公司部分员工没有事业心和奉献精神；规章制度执行不到位，只有处罚没有奖励，员工意见很大；多数中高层管理者以权谋私，甚至贪污受贿；有的部门在搞小团体，拉帮结派。

《企业改革方案》中写道，中高层管理人员是企业发展的中流砥柱，也是企业和社会发展的力量和希望，必须有理想信念和责任担当。要常怀学习之心、忠诚之心、敬畏之心、责任之心，兜住底线，筑牢防线。要树立正确的价值观，提升人格品质，练就过硬本领，发扬敬业精神，追求高尚纯粹的思想境界，为企业和社会事业拼搏奉献，创造出无愧于自己和后人的奋斗足迹。这是企业改革对中高层管理人员的基本要求。

李光田表扬陆正杰说，看来这一次，你是用心用力了，搞得不错，辛苦了。然而两人都深深地意识到，改革的时点有些晚了。企业经过几十年的成长和发展，就像人一样，长高了，长大了，变胖了，有点老了。平时没有体检和养生，体内的垃圾和毒素太多，已经生了许多毛病，有的还是顽疾，不治不行，治了又怕冒出新问题。

星期六，李光田组织召开了一整天的改革方案论证会。说是论证会，实际上是"洗脑大会"，研究论证为辅，学习贯彻为主。公司七个中心、八个部门和下属分公司、子公司的中高层管理者济济一堂，场面壮观。大会由陆正杰主持，李光田坐镇。高层干部坐在大会议桌旁，中层干部坐在后面六排。

与会人员最关心的，是公司的机构调整、人事变动和薪酬改革，这关系到自己的切身利益。当会议决定，撤销战略运营管理中心、投资发展部和"特管队"时，现场一阵骚动。会议还决定，强化项目招商和销售团队，给表现突出的人员提职加薪，辞退和惩治有问题的管理干部，名单将在一周后公布。

会议结束后，陆正杰、张顺曦和人力资源管理中心及法务部负责人，没有离开，围坐到李光田面前听他训话："这个大会开得是好，可是我讲过很多次了，如何执行才是最重要的，下一步，你们要狠抓落实。今天会上通过的事项，我们要带头执行，首先我们自己不能破坏规矩，包括我在内，以后不搞一支笔、一言堂，我就放手让你们管，看你们到底管得怎么样。"

陆正杰说："有董事长您这句话，那就非常好了。恕我直言，以前的管理，问题往往就出在我们自己身上，上梁不正下梁歪，也不能总怪下面人。"

张顺曦说："现在希望公司改革的，多数还是年轻人。将来要不断培养年轻人，他们年富力强，思想活跃，能与时代同频共振。我们这些老同志，不要再大权独揽、逞强好胜了。老了，该退一退了。"

李光田说："老张讲得有道理，要让年轻人冲在前头，我们在后面掌握大方向。包括我，以后也会慢慢放手了，把位子让给年轻一代。说到这里，我想问问，你们觉得哪些年轻人可以重用？正好这次提上来。"

陆正杰说："我通过前一阵子走基层，听到大家普遍反映林国斌、邵春江、李秀丽、董家来、王为云，这几个年轻人都很好，工作能力和管理水平，都是一流的。"

人力资源管理中心葛总说："我觉得可以把邵春江、谢新强、李秀丽、刘广奇、林国斌提一提，他们是复合型人才，懂管理，善经营。至于董家来，这个人能力是强，外面的口碑不是很好。"

张顺曦说："董家来先放一放，他的投诉比较多。邵春江、李秀丽、王为云，还有林国斌，都挺好。关键是人品第一。"

李光田说："刚才你们都提到了李秀丽，看来她是公认的提拔对象，是不是？"

陆正杰说："是的，这个人确实优秀，长得也很标致。以前在跟政府洽谈土地出让时，我就发现她的沟通能力特别强，学的是工业与民用建筑专业，还精通政策法规，可以重用。"

张顺曦戏谑道："关键是她还能喝酒。那天晚上，她帮你代喝了两大壶，不然你又要进医院了，呵呵！"

陆正杰说："没错。但喝酒也是工作。我不深入基层，怎么知道底下的情况呢？况且，喝酒也能看出管理的好坏。那天晚上，我从李秀丽掌控饭局的能力，就能看出她的管理艺术。"

"能者上，庸者下。这一次要动真格的。"李光田严肃地说，"法务部注意了，下周开始，你们要启动对董家来、陈风、李正道三个人立案调查，其他几个人选，我们再考虑一下，今天就到这儿吧。"

李光田忽而失去了说话的兴致，他感到心情不悦。在两分钟之前，他看到了冯于强发来的一则消息：

> 李董您好！打扰了不好意思！向您汇报，江自妍董事长要我转告您，她最近身体欠佳，医生不让她接受来访。非常抱歉！她向您表示感谢并请您谅解。特此汇报。

李光田看了有些失望，也有些气愤。他心里想：什么"身体欠佳"？又什么"医生不让接受来访"？傻子也知道，这分明是婉言拒绝；况且，冯于强本人也没有任何意思表达。不用再问了，一切了然于胸。

一系列情况，促使李光田很快又作出了一项重大决定。

2019年11月17日，星期天晚上，李光田安排了一场非常特殊的三人聚会。此次聚会，对于两个公司和四个家庭来说，是具有历史性意义的。

这是一家在省城并不知名的小酒店，内部的欧式装饰却很豪华。服务人员穿着异国风情的西式服饰，与播放的欧美轻音乐《罗密欧与朱丽叶》《梦中的婚礼》，共同营造了独具情调的环境氛围。

李光田和李梅英，按照约定的时间先到了。

身材细长而纤瘦的李梅英，身着紫色的半袖旗袍，似乎还保留着当年的歌舞风韵。她白皙的脸，保持得紧致光亮，一双大眼睛动人心神。毕竟有演员的底色，看上去依然有些优雅，有些端庄，还有些妩媚。

三十四年前，在一次军民共建联欢会上，李光田为她那娇美的容貌和窈窕的身材所倾倒。那年那月，正是李光田与江自妍的感情走向边缘、他像发情的动物四处寻找美色的时候，利用自己商业大亨的名声和毫不吝惜的钞票，他很快把她追到了床上。

怀上李秀丽两个多月，李梅英发现李光田除了家妻，外面的女人还有好几个，于是提出要打掉孩子。她说我们只能有短暂的情缘，不能有长久的爱情。李光田说，无论如何，你也要把孩子生下来，随便是男是女。那时张大少尚未出生，李光田希望生一个男孩，他说我有的是钱，什么生活费、抚养费和教育费，我全包了。李梅英说，多少钱我都不稀罕，我只想回到我原来的生活。李光田说，如果你打掉孩子，我就到你单位，公开我们的关系。

李梅英最终将李秀丽生了下来。为了高度保密，她采取了异地进修、委托保姆等方法瞒天过海，直到把李秀丽送上大学。那些年，李光田确实给了李梅英很多钱。

李秀丽出生四个月后，张大少降临了。因为李梅英的态度和张大少的降临，李光田对李梅英的感情日渐淡薄，两个人经常发生口角。在李秀丽三岁那一年，两人为买奶粉的事，大吵了一场，一气之下，两人立下君子协议，李光田一次性支付孩子抚养、教育等所有费用，双方各奔东西，保守秘密，互不干涉。

此后，李梅英对这一段感情绝口不提。她跟李秀丽说，你父亲去了越南，失去了联系。李秀丽上大学之后的那年冬季，李梅英与粮食局的汪主任结为伉俪。

2008年国庆节，在一家五星级酒店的大堂里，李光田与李梅英不期而遇。原来他们都是来参加一个朋友孩子的婚礼。像普通熟人一样，双方说了几句话。当时李梅英说，好久不见，你现在房地产做大了，房子卖得那么火，还能在电视上看到你。李光田说，还行吧，有空到我的公司坐坐。

一个月过后，李梅英还真的去了李光田的公司，不为别的，只为买房子请他优惠一点。李光田大笔一挥，给她批了一个八折，让她感激不已。

那以后，两人恢复了联系，但仅限于一般朋友之间的那种关系，谁也没有其他想法，就连偶尔见面时，握手都是轻轻擦过，绝无多余动作。李光田知道她结婚了，生了一个儿子，李梅英也知道他的妻子江自妍和儿子江远涛。再后来，李梅英获悉李光田和江自妍离婚了，便与他的联系遽然变少了。

2015年11月，李秀丽无意中应聘一家房地产开发公司，并有幸被录用。当她告诉李梅英时，李梅英没有反对，也没有告诉李秀丽，这家公司的老板，就是她的亲生父亲。不过，在李秀丽入职两个月后，李梅英经过反复思考，还是去找了李光田，把情况悄悄地告诉他了。当时的想法是，三个月的试用期必须通过，希望李光田给李秀丽安排一个好点的部门，有个好领导带一带，培养一下，将来当个小干部，工资能高一点；千万不要安排到物业公司去，那里又乱又黑。过去的事情继续保密，不能让李秀丽知道，否则对大家都不好。

"到了今天这地步，没有必要再隐瞒李秀丽了。"李光田对李梅英说，"我请你们来，就是想说这件事。"

李梅英说："这么多年都过去了，为什么现在要揭开这个秘密呢？毕竟是私生的，说出去对你对我，只会造成负面影响，瞒下去有什么不好呢？"

"不，我只是说，把真相告诉李秀丽，对外不公开。"

"我知道你的意思。有什么必要吗？"

"是这样的，"李光田挪了一下座位，隔着饭桌，对李梅英说："李秀丽在公司的表现很突出，一方面是她自己的努力，一方面是公司培养的结果。下一步，我打算重用她，甚至想把公司交给她管。我的年龄你是知道的，身体不太好，随时随地都有走掉的可能，没人接班不行啊！"

"接班是好事情。"李梅英的脸上露出了一丝欣喜的笑容，转而问道："哎，你不是有江远涛吗？虽然和江自妍离了，亲生儿子没离呀。"

"他不是我儿子。但并不是因为这一点。"

"怎么不是呢？"

"不是，真不是。他是江自妍母亲捡来的。"

"你再说一遍。"

"真的不是。他是江自妍的母亲捡来的。"

李梅英感到非常吃惊。在她的印象中，江远涛是他的亲生儿子，以至于后来听李秀丽说，要和江远涛谈对象时，她表示绝对不允许。她相信李秀丽是听话的，之后再未听到她提过江远涛。而这一切，李光田全然不知。

"李秀丽也不会相信你是她的父亲。"李梅英淡淡地说，"她一直以为，父亲早就死在越南了。"

"你说了她会信。再不信，我就把她三岁时的照片拿出来，让她看三人合影。如果还不信，可以做亲子鉴定。"

"真不懂，你这样做意义何在呢？"李梅英不解地侧过脸去，望着餐厅的窗帘，陷入沉思。

"如果让她以后掌管企业，这是一个重大决定。说心底话，假如没有血缘关系，我很难相信一个人。张大少命短，我是没有办法啊，现在要提拔李秀丽，要对她委以重任，还要继续隐瞒真相，有什么必要呢？"

"你就是想以亲生父亲的身份来镇住她，让她听你的话，你安心做幕后老板，对不对？可是你想过没有，要是她不能守口如瓶，我们的面子往哪儿搁？我的家庭怎么办？"

"她应该懂的，又不是小孩子，想保密太简单了。这事儿对你我来讲，难道不是好事吗？是我的女儿，也是你的女儿，在国外这种事多呢。当然了，实在不行，我还是尊重你的意见，今天就不提了。我现在打电话给她，让她马上过来。"

看李梅英静默不语，李光田拿起桌子上的手机，给李秀丽打电话。上午的时候，李光田就已通知李秀丽，说晚上有个饭局，可能要她参加。在李秀丽看来，陪领导喝酒，谈开发项目，已经司空见惯。

餐厅的灯光照在李梅英和李光田的脸上，显得无精打采，两个人相对而坐，表情异常镇定。说话间，似笑非笑，若无其事，时而流露出愉快或不愉快的情绪。

李梅英说，现在本该享福了，却被儿子气得要死。他大学毕业不想上班，说找不到工作，天天在家玩手机，没有一点理想抱负。去年，他爸给他安排到一个互联网科技公司上班，工资待遇都不低，他干了半年就不去了，要宅家搞抖音赚钱。在家又是唱又是跳，吵得我吃睡不安，烦死了。他有李秀丽百分之一的优点，我都不生气。想想也难怪，以前的电脑，现在的手机，给我们带来很多好处，也害了不少孩子。

李光田说，现在的孩子不听话，跟世道风气有关系。张大少在的时候，他非要买辆跑车，而且要进口的高配版，当时我就不同意，钱多钱少都不说，影响不好，还不安全。可他就是不听话，结果呢，他死在自己选的车子里。吃一亏，长一智，可惜代价太大了。

闲聊了半个多小时，忽然传来咚咚咚的敲门声。李梅英开门一看，来人正是李秀丽。

"妈，您怎么在这里?"李秀丽劈头就问，眼睛里散发着惊奇的光，转身打量李光田，说："董事长好! 您认识我妈妈?"

"坐下来吧,"李光田说,"岂止是认识啊,让你妈妈说。"

"我们认识三十多年了。你们董事长早前非常关心我们家。你小的时候,他特别喜欢你,给你买过玩具。"李梅英说。

"真的假的呀,怎么会这样啊?"李秀丽呆若木鸡,似乎一头雾水,一双乌黑发亮的大眼睛,看看李光田,又看看李梅英,仿佛要从他们的脸上寻找到什么答案。

"是真的。很多事情,等以后慢慢告诉你。"李光田说,"今天叫你来,是有好消息告诉你。"

"什么好消息?"李秀丽并没有因为"好消息"而感到喜悦,相反地,她的神态变得有些紧张。在一刹那,她似乎明白了三者之间的关系。

李光田说:"公司进行改革,这是你知道的,当然也包括人事方面的改革。大家对你的反映都很好啊,我也早就看出来了,你是一个好苗子,是有培养前途的,将来能成为独当一面的企业负责人。"

"……我?"李秀丽严重怀疑自己的耳朵,她感觉这一切来得太突然了。

"你紧张什么?"李光田说,"公司需要你,我准备把你调到总裁办,担任总裁助理,协助陆正杰工作。你先适应一段时间,如果没有问题,我可能让你担任总裁。陆正杰快要退休了,我的身体也不是很好,医生让我多休息,不服老不行啊!这是对你的信任。"

"是的,这是对你的信任。"李梅英说,"不是每个人都有这样的机会，你要好好珍惜哦。"

"可是，可是我一点思想准备没有呀。"李秀丽浅笑一声，依然感到非常意外。

"你们年轻人，是大有作为的。你要立事，要积极勇敢地去干事创业。有什么问题，可以问我。以后我和你妈妈，都会支持你，绝不干预你的管理，让你尽情施展自己的才能。"

李光田的话中有勉励，有鞭策，也有对李梅英今后不要插手公司管理的旁敲侧击。

第二十六章

最近，江远涛和冯于强的心情很好：连续中了四个标，这意味着企业转型后的首战告捷。虽然市政、景观、环境改造类的工程标的不大，但也能为公司的创新发展注入活力。冯于强说：投标大舞台，好戏更精彩，我们投标11个，中了4个，中标率超过了35%，非常幸运，可喜可贺。没有中标的工程，主要原因是商务报价不准、项目被甲方的关系所垄断，或不正当竞争所导致。

冯于强忙得不可开交，头发越掉越少了，而且都掉在了车上、路上和工地上。中标的项目陆续开工，东郊大型仓储项目的前期建设，也在紧锣密鼓地进行中。相比于市政道路、生态治理和环境改造工程，他更喜欢往仓储项目上跑，他觉得这里更有意思。

东郊仓储项目距离市区将近10公里，位于郊外的一片蛮荒之地。地上有八条高压线穿过，不适合开发，地下有大量沙砾，不适合耕种，是被城市和农村都遗忘的角落。此处远离城市的蜩沸，接近麦浪与稻海，空气中有一股沁人心脾的新鲜感。

这里不适合农作物生长，杂树杂草却长得茂盛。小树林、小鸟声、小溪声，与这里荒僻的空间，悄然构成了独特的景观体验。在崎岖的丘垅上平整，冯于强每天都能看到新的面貌。他另外安排了三个施工班组，一个接水，一个接电，一个修路，接水包括饮用水和雨污水，接电包括强电和弱电，弱电包括电视、电话和网络。

按照江远涛的规划，把场地整平后，用混凝土硬化，先盖一排两层的房子自住，剩余的地空着，以后摆放机械设备和材料，同时也接受其他单位的场地租赁。如果有人需要房子，限高两层，用装配式建筑或彩钢板搭建，方便快捷。万一没有外来单位求租，其余的场地，下一步将构建太阳能发电基地。

此处的土质板结得厉害，地下还埋有废弃的大石块和旧桩头，仅仅一周时间，干坏了两台推土机、一台挖土机。在道路还没有修好的情况下，大型拖板车进不来，故障机械无法直接运到维修店，只能把故障零部件拆下来，人工抬到大马路上运走。逶迤两公里的道路，有点辛苦，班组长产生了畏难情绪。

江远涛和冯于强在视察工地时，对在场的人说，你们要克服困难，先苦后甜。等这儿建好了，我们有空就来喝喝酒，吹吹牛，打打掼蛋；到农村散散心，看看油菜花，还能吃到野生小杂鱼和农家土菜，多好啊！更加方便的是，都能带一些回去，让家人也尝尝乡村的味道，全是正宗的。

在一大簇金黄色的野菊花旁边，江远涛笑眯眯地对冯于强说："看到这个项目，我就想起了资金的来源，多亏地产公司付来的2361万，真顶用啊！上次我母亲把他回绝了，没能见面，他不但没介意，还把尾款一次性给了我们，说真心话，我们应该请他吃顿饭，表示感谢，您说呢？"

"请李光田吗？"

"是啊。"

"你不是怕他吗？哈哈哈。"冯于强觉得奇怪。江远涛一直抗拒李光田，怎么今天主动要请他吃饭？而且是"我们应该请"，说明他要亲自参加饭局。

江远涛抬起头，眼睛微眯着眺望远方，有所感慨地说："我想了很长时间，还是不能怕他，我要改变自己，把怕他变成敬他。"

事出有因。实际上，江远涛已经从李秀丽那里，得知她被重用的消息。据此推测，李秀丽不但不会离开公司，而且还有掌管公司大权的可能性。他们打算明年结婚，情况是瞒不过李光田的，江远涛觉得，这步棋迟早要走，迟走不如早走。除此之外，江远涛跟冯于强说的宴请理由，也确实由心而发。

"行啊！"冯于强说，"那就约他。你约还是我约？"

"都一样，我怕他不理我。还是您约吧，反正我是参加的。"江远涛说。

过了片刻，冯于强对江远涛说，我联系过了，这场饭局暂时搞不起来，因为李光田出去旅游了。

上次和李梅英母女见面以后，李光田在公司签署了一系列改革方案试行文件，包括李秀丽在内的28人任免决定。改革以后，地产公司像一部老旧机器，经过维修和保养，重新运转并焕发起新的动力。李光田觉得，这下比过去放心多了，即使一个月两个月不在公司，乃至更长时间，公司也能照常运行，而且很可能比自己坐在那里运行得更好。

现在，李光田不再担心自己因心脏病猝死而后继无人，也不再担心被纪委找去、长时间不在公司而牵肠挂肚。他感到自己陡然变成了一个自由人，一个泰然自若的旁观者，却又是一个运筹帷幄的幕后将领。毫无疑问，他能抽出大量的时间，做自己想做的事情：跑步锻炼，研读经书，修身养性，外出旅游。

这一次旅游的地点是西藏。对李光田来说，他真正的目的，并不是观赏那里的雪域景观，而是去寻找心灵的寄托和精神的慰藉。虽然天气有些冷了，但他的心中却深藏着灼热的信念。司机建议说，不如让我开车带您去，一边走一边看，风景非常好。可是李光田没有采纳他的建议，他要孤身一人前往，不需要车子，不需要驾驶员，行李越少越好，轻装上阵，容易静心。

　　拉萨的天空极为瓦蓝，仰望天际，感觉是那么地近，仿佛伸手就能触摸，但又遥不可及。附近的寺庙、佛塔和经幡，都沉浸在恬静而明朗的光亮中。远处的山峦连绵不断，如梦幻般的童话世界，令人无比旷达。被誉为"世界屋脊"的拉萨，以其独特的高原风光吸引着无数游客，即使在寒冷的冬季，这里的景色依然如诗如画。

　　金顶辉煌的大昭寺与高大雄伟的布达拉宫遥遥相对，李光田注意到，这里的生活习俗跟自己所在的城市，好像不是一个世界，有着浓厚的宗教气息。他们诵经、朝拜、祈福，极其简朴而又华美。看到无数的朝圣者不远千里、三步一磕头来此叩拜，李光田觉得金钱、地位、权力和高层大厦，都显得那么地苍白无力，那么地虚无缥缈，那么地索然无味。

　　这里的天地仿佛一面镜子，清澈、透明、洁净、耀眼，似乎照见人心，映出灵魂。走到一条上坡的路上，李光田听见两位手摇转经筒的藏民在用藏语谈论经文，他一句没听懂，只能感受到他们的崇敬与真诚。这儿的空气相对稀薄，李光田觉到有点头晕，有点乏力，于是停下脚步，休息一会儿，喘喘气。

　　这时候，他看见一位瘦骨嶙峋的中年人，正拉着双轮架子车艰难地走过来。这种架子车他是非常熟悉的，尽管现在的车轮不再是木制的，车上装的货物也不一样，但依然能勾起他对往日的回忆。车上整齐地放着被褥和行李，还有锅碗之类的炊具，李光田看他爬坡非常吃力，不由自主地走过去，在后面使劲帮他推。

李光田倏然想起，五十年前，他也是用这个姿势，帮孙红军推过车，俯首弯腰，双手用力，一步步进退维谷。那时的他，在求生的道上，渴望找一条活路，而如今，他仍然觉得在求生的道上，但求的不是生计，而是解脱、重生和另一种生命的意义。一个是追求入世的生机，一个是追求出世的智慧，两者之间存在着巨大的差别。

拉车的人来自青海。从他方言较重的话语中，得知他是一位地道的佛教徒。他说把房子卖掉了，把钱捐给了寺庙，这一车子东西，就是他的全部家当。这一次来拉萨，就是自己拉着车，想到哪里就到哪里，走到哪里哪里就是家。

"你这样太辛苦了。"李光田帮他推到坡顶，喘着粗气说。

他说修行的人，谈什么辛苦！什么叫苦行僧？我这比磕长头轻松多了。他们用常人难以忍受的痛苦来磨炼自己，目的就是获得精神的自由和灵魂的解脱。苦难是人生不可多得的财富，它是修炼品性的良药，只要将苦难当作一块垫脚石，即使在黑暗的尽头，也能看见光明。

"磕长头，三步一跪拜，究竟图的什么？"坐在路边的石块上，李光田继续和他聊天。

他松开宽腰长袖的长大襟藏装，把腰带重新系紧，打了一个结，说："磕长头，能让自己获得福报和忏悔的机会，减轻罪业的负重，增加功德的积累。他们祈求世间和平，众生平安……"

在多日的游历中，李光田走进了各种各样的寺庙，接触了各种各样的人，听到了各种各样的故事，感受了各种各样的文化。

在哲蚌寺，李光田得知这是公元1464年建立的僧院，用于传授佛教经典。哲蚌寺内的喇嘛很友善，还邀请游客游寺，令人收获甚多。寺内原有七大札仓（经学院），后来合并为洛色林、果芒、德央、阿巴四大札仓，西藏众多的名僧都曾在此学经。这里是喇嘛教最大的寺院，在格鲁派寺院中地位最高。

在色拉寺，李光田听到寺名的来源有两种说法：一说该寺在奠基兴建时下了一场较猛的冰雹，冰雹藏语发音为"色拉"，所以该寺建成后，取名"色拉寺"，意为"冰雹寺"；一说该寺兴建在一片野蔷薇花盛开的地方，故取名"色拉寺"，野蔷薇在藏语发音中也为"色拉"。

李光田还听到一位从事房地产开发的游客说，冈仁波齐山是一座充满许多未解之谜的神山，到那里转山很有意思，是一种触碰信仰的灵魂之旅。他们认为，转山一圈，可洗一生罪孽。海拔5000多米的高原，52公里的转山路，风霜雨雪，道阻且长，是一场精神、体力、意志与耐力的考验，也是视觉与心灵的旅行。在身体的磨砺中，能够看到别样的风景，收获全新的自己。

让李光田印象最深的是噶丹寺，其修建则标志着格鲁教派有了根本道场，黄教已经在"宗教改革"的基础上建立起来。1961年3月，噶丹寺被国务院公布为第一批全国重点文物保护单位。来这里的有不少是建筑公司的老板，他们祈求工程平安，投标顺利，中标多多。

"这是有生以来，我第一次听说有黄教。"李光田和一位姓刘的游客聊了起来。听他的队友说，他是建工学院的教授，李光田尊重有加，两人交头接耳，越聊越投机，越聊越来劲。

刘教授说："其实，儒家、道家和佛家的文化各有特点，在思想基础、核心关注和价值取向等方面，也是有区别的。譬如说，儒家更注重社会公德和社会责任，道家更注重自然生态和个体修养，而佛家更注重精神解脱与内心慈悲。在工程实践中，这些价值观可以转化为对人文环境的重视，对社会责任的承担，以及对技术应用的审慎态度。宗教因素也会影响工程招投标的决策过程，例如有些项目，就会选择有佛教信仰的设计师和施工方，以体现对伦理文化的尊重与传承。我个人更崇拜道家文化。"

"为什么呢?"李光田感到一种思想上的冲击。

刘教授说，儒教和道教，都是我们的传统文化。道教很早就有了，思想基础是"道"，强调对自然规律的尊重和顺应。道家思想主张返璞归真，倡导清静无为、知足寡欲的生活态度，注重内心平静与自然适应。道家思想还认为，每个人都应该顺随自然规律，不争名夺利，不受欲望所困，以自然的态度面对人生。道家也讲因果报应。祖上积德，福泽后人，祖上造恶，祸及子孙。自然界的平衡和谐，是人类生存的基础，我们应该顺应自然规律，维护生态平衡。否则，就要遭到报应。

旅游的行程还没有结束，李光田却陆续听到了一些消息，这些消息让许多人惶恐不安，多数游客的第一个反应是赶快返程。但李光田没有返程，不论传闻如何，他原本就有不回省城过年的想法，遇到这个情况，恰好坚定了他的想法。

李光田不想回省城过年，原因是多方面的。一是这次出游受益良多，他刚刚进入某种境界，尚未达到最佳状态。二是今年的春节不同以往，即使自己若无其事，也会有人因为张大少的死而愁眉不展，他不愿看见那种表情。三是今年的房子销售不好，资金缺口较大，年关分配肯定有矛盾，正好考验一下改革以后的领导班子；不回去，也是为他们的支付难题，提供某种借口。

在山脚下一个不大的寺院，李光田在收款机上刷了银行卡，交了一笔"学经费"，于是有了安身之处。除了语言有些障碍、饭菜不太习惯，他感觉这里比宾馆方便。李光田很庆幸自己在"面试"的时候，把几种经书理解得头头是道，竟然把《般若波罗蜜多心经》全文背了出来，要不然，给再多的钱，人家寺院也未必接收。

这期间，尤其是春节前那几天，李光田接到了上百个电话和信息，基本上都涉及年关资金问题。他回答说，你们不要找我，这些问题由新的公司领导班子负责解决，我现在只是一个名誉董事长，不管具体事务。有人问他在哪儿，他说在西藏旅游，但他没有透露旅游以外的其他情况。

第二十七章

    春节过后，工地暂停，企业处于值班状态。偌大的地产公司，只有李秀丽带着财务部、人力资源中心和保安共九人上班。确切地讲，还不是上班，而是值班。但值班并不轻松，她要采购利巴韦林等十多种物资产品。在这方面，李秀丽有一个无可比拟的方便之处，那就是江远涛家的中医院。只要她需要，江远涛总是不由分说地悉数安排。然而这一天，当大卡车拉了十几趟之后，江远涛说货源已经短缺。

    "短缺不行，你得帮我想办法。"李秀丽在电话中急切地说。

    江远涛回答："你要的这些物资，根本来不及采购。"

    "别讲那么多废话。"李秀丽说，"你赶快给我安排发货，救人要紧。"

    "我知道救人要紧，我们家的医院不也一样吗？"

    "我不想听你解释，你赶快给我想办法，我已经答应人家了。"

"真没货，你不能不讲理啊。"

"我就是不讲理。"

"秀丽，你要是这么讲，我真是没办法跟你说了。"

"江远涛，你干吗？你这样——干——吗——？"李秀丽在电话中的声音变了。

"你哭也没用，现在是非常时期，不是你要什么就有什么。"

"我不管。你看着办！"李秀丽啜泣着挂断了电话。

因为争购紧俏物资，两人闹得很不开心，江远涛一晚上没睡好。第二天早上，他简单地洗洗漱漱，穿上衣服，抓起车钥匙，开车直奔李秀丽的住处。他想跟她当面解释一下。

通过小区门卫的检查，江远涛快步到了6幢2单元。进入电梯，上了13楼。走出电梯，来到1302门前。他嘣嘣地敲了两下门。不一会儿，门轻轻地开了，头发蓬松、穿着睡裙的李秀丽惺忪着眼睛说：

"你怎么来了？这么早。"

"我来看看你。怕你生气不是吗？"

"快进来吧。你吃早饭了吗？"李秀丽问。

"还没有。"

"那你等一会儿，我们出去买点吃吧。"

"你讲傻话吧？到哪里买吃？"

"也是。我都被你气糊涂了。"李秀丽娇柔地瞥了江远涛一眼。

江远涛一听，连忙作了一连串解释。

"我并不是生气，"李秀丽说，"我只是那会儿急了。你知道吗，人家向我求助的口气，是多么地揪心呀！"李秀丽一边说，一边穿衣服。

江远涛扫视了一下房间，128平方米的三室两厅，被李秀丽打理得整整洁洁，除了主卧室还没有铺床，其他地方一点也不乱。内帏的灯光尚未全开，窗帘紧闭着，显得有些朦胧。在这般情境下，却有一种另类的安宁与温情。

随着厨房里刺刺啦啦的声响，李秀丽做好了两碗热气腾腾的炸酱面。江远涛看了好奇地问：你还会做这玩意儿，怎么做的？李秀丽说很简单，将煮熟的面条和蔬菜捞进碗里，上面浇上现成的肉酱，淋些芝麻油，再洒点香葱就成了。正如老子《道德经》上讲的，治大国，若烹小鲜，我们治理企业，有时跟做饭做菜差不多。

一边吃着热辣滚烫的炸酱面，一边卿卿我我地说着话，一会儿工夫，两人将碗里的面条吃得干干净净。在收拾碗筷时，江远涛听见楼下有人在用喇叭喊话。

"你听听，楼下在喊什么？"他屏住呼吸听了听，对李秀丽说。

李秀丽刚把碗筷收到厨房，正准备放水洗刷，也听到外面有人喊话。她立即放下碗筷，大步走过客厅，到阳台边，推开窗户朝下看。她看见三四个身穿白衣的医务人员，正在用担架把陌生人抬往一辆救护车。

此时，喇叭传出的声音更加清晰："居民注意了，居民注意了。由于特殊情况，小区暂时封闭。请大家不要出门，请大家不要出门。"

李秀丽惊惧道："完了。看来我们小区有人中招了。"

"小区封闭，那我怎么办？"江远涛被这猝不及防的景况吓蒙了，抓耳挠腮，不知所措。

"你回不去了。"李秀丽说，"昨天惹我生气，今儿老天爷惩罚你。"

"不行，今天还有好多事情要办呢，我得赶快冲出去。"江远涛有些激动。李秀丽上前拦住他，说："你急也没用。"

"那怎么办？"

"居家办公。在我这里老老实实待着，有吃有喝，还不好吗？便宜你了。"

李秀丽把饭桌上的茶杯、花瓶、水果盘和几本书收到茶几上，又把桌子往中间移了一点，放上笔记本电脑，插上电源，摆好两张木椅，对江远涛说："我们就在这儿办公。你如果用电脑，就用我的。我俩合用一部电脑。这里有固定电话，想用也可以用。"

"条件还是不赖。嗨！也只能这样了。"

"不赖吧？今天我要物资，你要是再跟我啰唆，我直接扭你耳朵，看你往哪儿跑。"李秀丽笑着说。

"我说过了，院长是我舅，中医院的物资都掌管在他手上。只有我妈说话，他不敢不听，有两次，我就是找我妈协调的。"

"我统计了，目前总共发了17车的货，多少钱，我这里都有账。前面划拨的款项如果不够，后面结算时补齐。"

"捐助不谈钱。"江远涛说，"只要有货，你一分不给，我还得给你供。况且你们公司捐得少，比我们少。"

"怎么少了？你以为我们公司只是捐物吗？捐物是小钱，捐款才是大钱。"

"大钱！你们董事长同意吗？我知道他很小气的。2008年汶川地震，他只捐了300万。"

"过去怎么样，我不知道。现在我觉得，董事长还算慷慨的，他很积极，也很舍得。他叫我看着办，速度要快，不要总是请示他。"

"他回来了吗？年前我和冯总商量过，还想请他吃饭呢，说他出去旅游了。"

"没回来。但没失联，我和他随时能联系。他现在不想管事了，身上揣着钱，到处享受生活。"

"人在知足的时候最富有，人在开心的时候最幸福。他享受生活是应该的，让年轻人发挥作用，才是明智的。我觉得你和他有一点特别像。"

"哪儿像？"

"走路的姿势特别像。"

"是吗？怎么可能呢。"

说者无心，听者有意。李秀丽操作电脑的手蓦然停止，她仰头看了看江远涛，仿佛被什么东西叩了一下，内心再次产生了悬疑。

去年11月17日晚上在饭店见面以后，李秀丽很晚了还在给母亲李梅英发信息，追问她与董事长李光田究竟什么关系？是不是那个关系？李梅英矢口否认，态度非常坚决。之后工作上的事情接踵而至，她没再多想。今天江远涛这么一提，又激起了李秀丽脑海里的风暴。

李秀丽和江远涛居家办公，面对面坐着，手机加电脑，通过网络跟外界联系。在做好相关工作的同时，也聊了很多与工作不相关的事情。

李秀丽说："我们公司改革以后有了新气象，一切都步入了正规化、程序化、信息化和现代化的发展轨道。但也出现了新的问题和矛盾，例如房地产销售问题，资产大量积压导致的经营问题，产出与收入矛盾，员工数量和员工效益矛盾。总之，企业的可持续发展，是当前面临的最大问题。董事长'退二线了'，后面的摊子不好收拾。"

江远涛说："通过一年多时间的中医调理，我母亲的病总算看到了曙光。本来年后就要出院，却又赶上这种情况，她又静不下来了，整天在操心这儿、操心那儿，好像什么事没有她不行。我怕她劳累过度，病又犯了。劝她不听。自己的命都不顾了，还要去救死扶伤，真是无语。"

李秀丽说："我妈整天宠着她那不争气的儿子，从来不想管我。说她不管，她还管我不能跟你恋爱，这两年我在她面前，就没敢提到你。唉！做女人可怜啊，她二婚以后就容不下我了，平时我想和她吃顿饭，都难。所以说，我跟你的命运很相似，但又不一样，我才是真正的野孩子。"

江远涛说："这一点我妈倒还好。虽然我不是她亲生的，可她把我看得跟亲生的一样，从小到大，都很关心我。不过我妈有点气我，说我没有照顾好宋文玲，不论从公司领导角度，还是从朋友角度，就那样让她死了，那么年轻，那么优秀，太可惜了。宋文玲出事后的那几天，我妈流了不少眼泪，不知道为什么，她就是喜欢宋文玲。"

李秀丽说："甭说你妈伤心，我们听到那个情况，当时也都很难过，我估计，公司的好多女人都哭过。张大少也很优秀，那么年轻，长得那么帅，如果不出事，也许能和宋文玲走到一起。噢，对了，上次讲的，你要把我们结婚的事，告诉你妈的呢，说了吗？"

江远涛说："我告诉她了。她怪我了，说，没把人带给她看看，就提结婚的事了，还不知道长得啥样呢。我从手机里找出你的照片给她看，她笑了，说这女孩长得不丑，就是面相有点劳碌，还有点富贵相。问我在哪儿认识的，我说在地产公司认识的，她微笑着瞪了我一眼。"

李秀丽说："那一年我刚从外地回来，孤苦伶仃的，想找一个依靠，如果换是现在，我还不一定看上你呢。不过那时候，我是一个普通的打工者，你是老板家的少爷，你能看上我，也是我的荣幸。但有一点可要讲清楚啊，我可不是看中你家的钱呀，我就是觉得，你长得蛮好玩的。"

......

到了第四天，李秀丽看了看，找了找，冰箱里的排骨和鸡蛋吃完了，蔬菜和水果也吃完了，连厨房角落里的几个马铃薯也吃掉了，房间里只剩下大米、牛奶、榨菜和萝卜干。

"原来是按一个人一周的量储备的，现在多了你这个壮汉，真能吃。"李秀丽逗趣道，"要是被你吃光了，该不会吃我身上的肉吧？"

"那倒不会。"江远涛笑笑。

"还笑哩！你少吃点也好，再吃的话，甭说人受不了，床都受不了。"李秀丽羞涩地说。

"什么意思？我没听懂。"江远涛明知故问，脸上瞬间涨得通红。

"你可记得昨天晚上，你做了几次？"李秀丽羞红的脸扭到了一边，斜睨着江远涛。

"四次。我记得。"

"你这个坏蛋！还好意思说哩。这下非怀上不可，我可担心了，后悔死了。"

"怀就怀呗，反正都要结婚了，迟早要怀的。"

"你说得轻巧，这时候怀孕是作孽。"

李秀丽认为，在这非常时期是不应该怀孕的，从科学角度也不太好，各种情绪复杂，难以做到优生优育。如果真的怀了，非堕胎不可。

江远涛不同意她的说法。他说非常时期，是应该做好非常时期的事情，但不能不吃饭、不喝水、不睡觉，一切还要顺其自然。况且，人口需要补充，我们这是在做好事，做有利于人类发展的事儿。

闲聊间，江远涛的手机骤响。他接了一个电话。

江远涛告诉李秀丽，刚才的电话是母亲打来的，说医院床位紧缺，为了尽快缓解床位问题，我们要在东郊仓储项目上建一个临时医院，用于转移患者。时间紧迫，设计和施工，给我一周时间，必须提供1800到2000张床位。

"我得马上打电话给冯总、朱总，还有供货商，请他们快速行动。"说完，江远涛站了起来，连续打了一个多小时的电话。

李秀丽问："你还吃不吃饭啦？饭都凉了。才说的，不能不吃饭、不喝水，你这讲话怎么不算数？"

江远涛的通话总算挂断了，可他似乎又想起了什么事，再次拨打了什么人的电话。高一声，低一声，时不时地还像命令似的，大声呵斥几句。

李秀丽说："我要看看你到底有多大本事，要是一周时间完不成任务，我看你找什么借口跟你妈交代？这下你要现原形了，别怪我笑话你。"

江远涛说："你要相信我的应急能力。计划是这样的：今天安排设计人员，连夜把施工图画出来，包括会诊室、库房、病房和医护人员用房；医院和有关部门确认后，编制采购计划。施工人员和机具连夜通知到位，明天全部抵达现场。第一天组织材料设备、做样板间、施工准备和工人急训，次日开展大面积施工，专业配套，标准化作业，分组包干，提前有奖。"

李秀丽说："那你就赶紧安排吧。你不睡觉，我也不睡觉，陪着你。"

她看到江远涛急得像热锅上的蚂蚁，一会儿打电话，一会儿接电话，一会儿发信息，一会儿看信息，一会儿在客厅里徘徊。地板上留下了一串串浅显的脚印。

快到凌晨一点的时候，冯于强打电话过来，说施工人员有问题：外地的工人由于交通不便，不能如期到达，不确定的人员名单正在统计，需要另想办法解决。

十分钟过后，江远涛望着手机上的清单，对李秀丽说："来来来，还缺些人，需要你支持，帮我快调搬运工120人，水电工80人，电焊工50人，装配工130人。自带工具。另外帮我找十几名质检员。"

正在看电视的李秀丽扭头说："被我说中了吧？我就知道你搞不定。人有啊，我们地产公司下面的施工单位，有的就是人，甭说400人，就是4000人我们也有。你把清单发给我，我来安排。这时候，就怕他们关机。"

江远涛说："你给我这些就够了，我已经落实过1000多人，再多反而窝工。一定要就近原则，越近、越快越好。"

过了半个小时，李秀丽说："好了，都安排好了。我另外还给你们安排了一卡车矿泉水，一卡车方便面，一卡车水果，够意思吧？我们该睡一会儿了，明天还要继续工作。"

江远涛干搓了一把脸，说："你去睡吧，我不能睡，冯总、朱总、刘总和白经理，他们都没睡，随时会有电话。时间就是生命，我要陪着他们。"

……

单层的临时医院能在一周时间建成，主要是组织有力、齐心奋战，其次还有一个重要的原因，是现场的水、电、路、网络和地面硬化，早就做好了，直接在熟地上盖房子，要比开垦荒地快很多。

到了第七天晚上八点二十分，江远涛没吃饭，便在沙发上睡着了。他手里握着手机，蜷缩着身体，一动也不动。李秀丽喊了他五六遍"起来吃饭"，还开了一瓶白酒为他庆祝，可他就是喊不醒。李秀丽走过去，俯下身子，轻轻地揪了揪他的耳朵，还是一动也不动。听着他呼噜呼噜的鼾声，望着他困倦不堪的可怜模样，李秀丽沉默了，禁不住湿了眼眶。

第二十八章

一个月以后，李秀丽有两个重大发现：一是发现自己怀孕了，到医院检查，医生说，有可能是双胞胎；二是在董事长办公室的笔记本里，她发现了一张自己小时候的黑白照片：母亲李梅英坐在板凳上抱着她，后面弯腰搭背的人，竟然是董事长李光田。

星期六黄昏时分，在方兴湖公园的南门口，李秀丽把照片递给母亲李梅英，责问她："这是怎么回事？您骗了我二十多年，今天还能再骗我吗？"

李梅英看过照片，慢慢地转过身，向前走了两步，微微地低下头，不敢直视李秀丽闪闪发光的大眼睛。

"妈妈，我要您说句真话，这到底是怎么回事？"

李梅英沉默不语。

李秀丽也向前迈了两步，转身面对李梅英。她看见母亲的右手捏着照片，有些发抖，左手窘迫地抠动着衣角，而嘴唇却在无声地颤动。

"是妈妈错了，"李梅英开口说话了，"不，是我错了，我不配做你的妈妈。你的父亲没有去越南，你的父亲就是李光田，这就是真话。你可以恨我，你也可以从此不认我这个母亲。"

"把照片给我。"李秀丽激动地说。

当李梅英缓缓地抬起右手，把照片还给李秀丽的时候，李秀丽一把接过照片，情不自禁地扑到了母亲的怀里，失声痛哭。李梅英紧紧地搂住李秀丽，也哭了。

擦干眼泪，李秀丽挽着李梅英的胳膊，在公园的小路上往前走。她说妈妈只怪您，这么多年一直瞒着我，是对是错，都是过去的事了，谁的感情都不是一帆风顺的。人生没有彩排，有了便是现实。

李梅英说，你不知道，我们都有难处。起初李光田不许公开这个事实，他怕丢人，其实我也怕，我怕现在的丈夫说我不守妇道，本来他就欺负我。直到张大少死后，老李他是脚后无人，没有办法了，才要把事情挑明。但是那天晚上，我没有同意，我想以后在合适的时候，再慢慢告诉你。

李秀丽问，妈妈您和他那时候为什么散了，要是结婚，不也很好吗？免得我缺少父爱，还吃了那么多的苦。这些年，我做梦都在想，到越南的爸爸能够回来，我不太相信他会死了。

李梅英说，老李年轻的时候，有些不顾家，他外面的事情，我不太好讲，总是敷衍我。还有一个更主要的原因，他这个人呀，重男轻女思想太严重，即使我们结婚，也不会长久。但如果你是男孩子，也许结果就不一样了。如今他要你接班，是没有办法的办法。

李秀丽说，我才不想接班呢！现在我的工作，比早前多忙好几倍，玩的时间都没了。他就是重男轻女，待人不一样，他给张大少几百万买房子、买车子，没给过我一分钱，想想气人呢。公司改革以后，他把事情都往我身上推，好像我是救火队长。有时我真想不通。

李梅英说，他给张大少钱，是因为张大少炒股赚大钱了，你不要跟他比，纸是包不住火的，人家看得出来，就是不说而已。现在怎么办？他不靠你靠谁呢？我怀疑你们企业改革的主要目的，就是为了突出法定继承人。

李秀丽想了想，为难地说，妈妈，还有一件事，我觉得很难办。怎么说呢，嗳！我怀上了江远涛的孩子，医生说可能是双胞胎。我说暂时不要，江远涛非要不可，还说要马上筹备结婚，您说我该怎么办呢？

李梅英说，以前你没跟我讲清楚，我一直以为，江远涛是他的亲生儿子，所以不同意你跟远涛谈恋爱。直到去年11月我才知道，小江不是他亲生的。后来我想，他不喜欢小江，可能是小江占了生育指标，要不然，他和江自妍可以生个孩子；如果有个孩子，也许没有后来的结局。

李秀丽问，妈妈你认为，他会反对我与江远涛结婚吗？既然他那么不喜欢江远涛，跟江自妍的关系又是那么的死结，那么，他会不会阻止我们结婚呢？

李梅英停顿了一会儿，说：他会反对的。江自妍也会反对的。这两个人死过心了，水火不相容。要说你俩结婚，最反对的人应该是李光田，他拿刀干涉都有可能。为什么？你想想，他的家产被江自妍瓜分了，他能心甘情愿吗？

李秀丽担心道：那怎么办？江远涛的母亲之前同意过，是的，之前她不知道我的身世，现在知道了这层关系，会不会改口又不同意了呢？其实，如果要从家境来讲，江远涛的家产可能更好一些，都是优质资产。

李梅英说，不管怎么讲，你就按照江远涛的想法，把孩子生出来。有了孩子反而成了好事，水到渠成，生米煮成熟饭，他们不同意也得同意，还说什么话呢？现在的社会，先怀孕后结婚，这种情况多着呢。

走到公园的一处凉亭，李秀丽说：妈妈，我们坐一会儿吧。嗳！怎么说呢，婚姻包办的时代早就过去了，但是呢，我还是不想让两个原先有矛盾的家庭，因为我而闹出新的矛盾。两个董事长都不是省油的灯，脾气古怪，一旦把事情搞砸了，后果难以预料啊。

李梅英说，也是啊，不能弄出新的矛盾，事先要商量妥当，和和美美最好了。可以这样：你婆婆让远涛去沟通，让他负责摆平去。老李那边，我来在背后说说。你也可以让小江和冯于强一起去找他，都说冯于强这个人能讲会道，做个"和事佬"最合适，老李很相信他。等双方都沟通好了，你们把婚事一办，不就万事大吉了嘛！

江远涛获知最新情况，非常震惊，差不多两分钟没说出话来。他把那张黑白照片凑到眼前，用大拇指在照片上反复擦拭，似乎想擦得更清楚一些，看到更多的秘密。他说这是一个天大的玩笑，又是一个千真万确的事实，真不知道下一步该怎么办。

"你是怎么得到这张照片的？"江远涛惊异地问。

李秀丽说："居家办公期间，你说我和他走路是一样的姿势，当时我就想告诉你，我也怀疑过，可是没有任何根据。出来以后，我一直想到他的办公室，看看能否找到什么痕迹。前天正好有一个机会：他打电话给我，要我去他办公室，找三年前的公寓抵押协议书。我顺手打开他抽屉里的笔记本，从里面发现了这张照片。我跟我妈确认过了，就是那么回事。"

"也许他就是故意把照片放在那里，让你看到的。"江远涛说。

"不知道哩。听我妈说，他是早就想告诉我了，当时我妈没让他说。"

关于下一步怎么办，江远涛和李秀丽商量了一个晚上，最后作了这样的安排：先不要李梅英找李光田沟通，那样不好，假如遭到他的反感，事态更难控制。妥善的办法，还是江远涛先与李光田会面，主动拜见，坦诚说明情况，取得他的认可。为避免尴尬，邀请冯于强陪同，让他在中间打打圆场，这样效果更好。至于江自妍那边，相比之下问题不是很大，放在第二步吧。如果李光田竭力反对这门亲事，那就再想其他办法。

李秀丽强调说，不论怎么着，反正不能弄成"怀孕绑架婚姻"的误区，而且时间不能再拖了，实在不行，人流也要趁早。她对冯于强是有信心的，毕竟他们共事多年，知根知底，有很好的感情基础，什么话都好讲；就怕冯于强不愿意去，毕竟是工作以外的事情，而且冯于强因为生病，正在家休养。

上次在东郊仓储项目建临时医院，抢工期，七天七夜把他累倒了，结果第二批患者都康复回家了，他还没有康复。如果不是床位紧张，他打算到医院安心住下来，彻底查一下，为什么总是虚脱？不过还好，一个月过后，现在他的眼睛不充血了，腿脚不肿了，耳鸣消失了，有了喝酒的兴趣。这会儿接到江远涛的电话，他立马来了劲头，说："好啊，这是大好事！双喜临门啊！找李董，我一定去。"说完掀开被子，一骨碌从床上跳了起来，把他老婆吓得，一碗鸡汤没端稳，泼了一半。她埋怨道：

"看你！什么事这么激动呀？"

冯于强嬉笑说："老子投标没成功，他小子投胎成功了，太好啦！呵呵呵！"

联系了才知道，李光田不在西藏了，他在福建。

在西藏待了一段时间，李光田越发认识到，在此"入学"是一个错误。语言障碍和饮食习惯不是大问题，主要是这儿的空气含氧量少，对他的心脏病极为不利，尽管他住在山脚下，海拔相对较低。开始的十多天，他夜里时而感到胸部闷痛，后来白天也有了同样的症状，所以交通形势好转以后，他根据刘教授的推荐，毅然决然地跑到了福建，在一处岩峻山中的道观住了下来。

据他自己回忆说，在西藏的寺院里，还是有收获的，记事本里写了几十页的心得体会。他领悟到人的一生，要不断提升自己的品德和修为，否则无法驾驭功名利禄，最后可能变成灾难。凡事有得必有失，任何事情都有两面性，要辩证地看待服从、善良和付出；这些东西如果给错了人，也是一种罪过。人生的下半场，要学会看淡，比的是健康和福报。此时的他，不想多说话，不想去争辩，不想讨好任何人，他喜欢独处，喜欢安静，喜欢独来独往。他似乎悟透了人生，不让浮华毁掉余生，内心平静才有强大的力量。之前以为参悟太晚，现在看来并不晚，修不了今生，可修来世。

然而有一点，他觉得很难接受，那就是"放下"。这个概念太宽泛了，太模糊了，以他目前的认知，还不能完全做到；至少他认为，把房子和钱财全部捐给寺庙，那是不可能的。

道观是道士修炼的地方。这儿地方不大，但林木苍翠，风景怡人。殿宇依山面水而建，高低错落有致。中轴线上，玉皇殿位居关帝殿之后，台基高峙，踏道整齐。三清殿的殿身有五跨六柱，梁架规整，结构紧凑，屋坡深远，形制古朴。中后两院左右为阎王殿、祖师殿、灵芝殿、东西廊庑等，共计28间。殿宇雄伟壮观，气势盛大，是福建省重点文物保护单位。

冯于强和江远涛见到李光田时，他在殿西的一间装饰古朴的厢房里，正接受气功的疗法。李光田趴在一条米把宽的按摩床上，脸部朝下，两腿并齐伸直，两手枕在额下。旁边躬身站着一位50岁左右、头戴偃月冠、身穿长袍的道士。道士正在缓缓地运气，隔空施压，为李光田打通任督二脉，偶尔问道："感觉有凉气吗？"

"李董您好！我和江远涛到了。"冯于强进门，大声地向李光田报到。

"呃，到啦！你们先坐会儿。"听到李光田应答，但看不见他的表情。

实际上，房内没有可坐的椅子或沙发，只有一张多出来的按摩床，高度齐腰，适合躺，不适合坐；另有其他的功法器具，就更不适合人坐了。

冯于强把江远涛带出门外，到了主殿大堂前面的宽敞走廊。这走廊足足有4米宽、30多米长，依序摆放着三张大型的长方形木桌，桌边放着黄得发亮的长条木板凳。"这种长板凳，在城里基本上绝迹了。即使在农村，也很少看见。"冯于强说。

长板凳的板凳面比较宽，宽得几乎可以睡下一个人，与桌子的高度非常适配。坐下来吹着轻柔的山风，听着殿堂里飘出来的诵经声，看着其他桌边的人们三三两两，在悄声细语地聊天，会觉得十分地放松和称意。此处没有电视，没有汽车——汽车都停在了1公里以外的停车场，手机信号时有时无。这里远离了人间的繁华，抛开了世俗的喧闹，让人仿佛置身于一个古老而又匮乏的年代。

江远涛把手机从木桌上取回来，塞进自己的裤兜里。此刻他觉得，现代化的通信工具，好像与这里的清真环境格格不入。

"冯总，有个话题可能需要调整。"江远涛低声说。

"什么话题？"冯于强转脸问他。

"如果董事长问到他哥哥的情况，我们别说了，就说不知道。"

"不是统一口径了嘛，不问不说，问了就说。"

在上周二，李光田的哥哥乔志根被判13年的消息公布于众，不知道李光田是否知悉。来之前，是这样商量的：如果李光田问到这件事，就实话实说，如果他不问，就不提了，毕竟也不是什么好事情。刚才江远涛的意思，是要改变之前的计划，即使他问了，也不要说，就当不知道罢了。还有一件事，江远涛和冯于强也统一过口径：李秀丽看到三人照片的事，不要说，保持他们关系的原貌。

冯于强笑道："你改变主意了？是不是觉得今天是来报喜的，不该提那破事儿？"

"不完全是。我觉得，在这种清心寡欲而又神圣的地方，讲那些事情有些丢人，场合不对，不提更好吧。"江远涛摇摇头，似乎说不下去了。

江远涛的意思是，这地方清静无为、自然为本，与那种受到法律惩治的腐败行为，可谓方枘圆凿、格不相入。说出来，容易破坏心境，甚至亵渎神灵，玷污了这里的圣洁。

此处看不到服务员，更看不到任何商业性质的广告宣传，只能看到身穿长袍的道士，偶尔拎来水瓶放在木桌上；只能看到四面八方的寥寥来客，端着陶瓷的小茶碗自斟自饮；只能看到丛林气象、古韵建筑、道教神像和绘技精湛的山水壁画与人物雕像。

由于手机信号不好，冯于强断断续续地接了一个电话。电话是郭新明打来的。他向冯于强大倒苦水，说接了二环北路的项目亏死了，干干停停，投下去几个亿，看不到希望。别提销售了，一塌糊涂。这时候谁买房子啊？他快要被这个项目拖垮了，后面不是破产就是倒闭。冯于强看到李光田已经出来了，就没和郭新明多聊，只说你不要着急，困难是暂时的，不要对未来失去信心。

就在刚才，江远涛收到一条信息。他看了看，是公司财务部经理发来的，说政府给予东郊临时医院的奖补资金，第一笔5000万元，已经到账。

冯于强喊了一声"董事长"，连忙向李光田靠近。此刻一看，李光田又瘦了一圈，脸上瘪了许多，但目光锐利，神采奕奕。

"董事长您好!"江远涛很不自然地向李光田拱手致敬,脸上笑嘻嘻的。前几分钟,他还在纠结于见面了怎么称呼,是叫大伯,还是叫董事长?记得李光田以前说过,在公共场合,就叫董事长。

"过来坐吧。"李光田招招手,示意冯于强和江远涛到这边坐下来。他拿起桌上的水瓶给两人倒水,说:"以后别叫什么董事长了,我退三线了,不是退二线。老冯,你就叫我老李;江远涛,你还是喊我大伯,跟小时候一样叫。"

冯于强和江远涛相互看了看,不置可否地朝李光田笑了笑,听他继续往下讲。

李光田说:这边的气功按摩是有效果的。前一段时间,我心脏闷痛、难受,来这里做了十几次,感觉好多了,刚才又做了一次,现在浑身轻松。他说出来大半年时间,今天是第一次会见外人,如果不是冯总说有很重要的事儿,他是不会告诉其他人地址的,更不会见面。

冯于强诙谐地说:"我们不是外人,也不是其他人,都是您的至亲之人呀。哈哈哈。"转而又郑重地说,"我和远涛这次来拜见您,确实有很重要的事情,必须当面汇报。"

"到底什么很重要的事儿?"李光田表情诧异。

"是好事,也是喜事!"冯于强笑着说,"李秀丽和江远涛,两个孩子准备结婚啦,特来向您报喜呢,请您关心支持啊!"

"什么?"李光田吃惊地看向江远涛,问道:"你要和李秀丽结婚？你们什么时候谈的？"

"谈有四年了。"江远涛畏畏葸葸地说，"大伯，请原谅，我们一直没有跟您说。"

"你没跟我说，李秀丽这丫头，也没跟我说过……"李光田不吱声了，坐在那儿，意味深长地微微点头。

冯于强说："现在的孩子都这样，不到快要结婚的时候，不会说的。缘分到了，作为领导或长辈，一般都是赞成的、支持的、开心的。哈哈哈！"

"是啊。"李光田憨笑了一声，感叹道，"一切都是缘分。人生百年，万物无常，唯有缘分，早已注定；缘起缘灭，缘散缘聚，一切都是定数。"

冯于强说："男大当婚，女大当嫁，我们都希望年轻人早点成家立业。江远涛和李秀丽都很优秀，是天生的一对，谈了好几年，就连江自妍也不知道。现在他们俩，都需要您的理解和支持啊！有喜了，结婚迫在眉睫。请李董提提要求，到时候出席婚礼。"

李光田半晌没有说话，如雕像般坐在那里，仿佛陷入了某种感想。过了一会儿，他说："世间万物，不论善缘还是恶缘，都要以善相待。任何人今生相遇，都是前世的因缘。婚姻是世间的伦常，是生命的延续，是人生的大事，我应该随喜随缘！"

当李光田仙风道骨般的目光，从江远涛的脸上挪开，江远涛如释重负，紧张的心情倏然放松了。他没想到，李光田这么快就表明了态度，而且是赞许的。

"谢谢大伯的关心和厚爱。"江远涛感激地说。

"以后别叫大伯了。"冯于强说，"以后你就喊他爸。"

"还用谢吗？"李光田说，"如果是宿世结下的善缘，那么就让善缘继续增长，否则就要积极行善，忏悔包容，互度终生。"接着，李光田转移话题，跟冯于强聊起了养生和生活上的情况，在外面的所见所闻和所思所想，还聊了下一步的打算。江远涛听得津津有味。

李光田指着前面的散客说："你们看，那几个人跟我一样，也是来静养修行的，到这里五个月了，其中一个是上海著名的企业家。这儿的吃和住，都强调清净，饮食上的限制，减少了世俗的欲望，降低了物质的追求，能够更好地专注于内心的修炼和精神的提升。这种生活方式，有助于人们从繁杂的事务中抽离出来，完成自我的成长与净化，从而达到一种内心的平静和满足。虽然苦一点，但是苦中有乐，充满法喜。"

李光田领着冯于强和江远涛，在道观前后转了一圈。他指着旁边的房子说："这些攒尖、庑殿和歇山，多种形式的屋顶，还有斗拱结构、榫卯结构和古典造型，都体现了道法自然的哲学思想，有天人合一、自然融合的艺术表现。这种传统建筑和老式工艺，越来越少喽！你们搞建筑的，要是抱着积善的心态，盖出来的房子是不一样的。善建者行。不要小看这些东西，它能影响到商业行为，也影响到项目上的招投标。"

到了吃饭时间，李光田安排的地方在"清斋堂"。席间他说，小时候没有机会读书，成年后忙于事业，也没时间看书，搞了个大学文凭，其实空有虚名。可是最近看了不少书，很受启发，想出一本书，自己不会写，请冯总找个会写书的人，把自己和有关的人和事，都写出来。不仅是人生的纪念，而且是积德的事情。

冯于强听了，先是一阵惊异，继而表示赞同。他放下筷子对李光田说："您的想法和我们公司的朱长贵是一样的，他很早就想出一本书，书名都起好了。出书是好事啊，出书可以出名。"

"不是为了出名，"李光田说，"不用我的名字，也不要用所有人的真名实姓，只要把几十年的事情写出来，就行了。但除了人名、地名和公司名，其余都要真实。"

江远涛说："朱长贵写标书可以，几天就能搞一大本，但是让他写书，恐怕不行，最好找个作家来写。"

冯于强说："不，我看他能行。他对两家公司的情况都比较了解，人头也很熟悉，写起来笃定没问题。不清楚的地方，还有我呢！"

李光田说："你俩不要抬杠了，我看这样吧，两个人合作写。两个人总比一个人写出来的要好，是不是？费用我来给，不管多少钱，都是小事。我不但愿意出钱，我还愿意把所有的经历和所有的事情，都毫无保留地讲出来。"

第二十九章

从福建回来的当天晚上，江远涛去见母亲江自妍。他首先解释，为什么要带冯于强去福建找李光田，然后说："沟通得很好，大伯是同意的。"江自妍愤慨地说："啊！原来还有这么个情况？事到临头，他是火烧乌龟肚里痛——有苦说不出。当年，他说你是野种，这回轮到他自己女儿，他怎么不说了？"江自妍转脸责怪江远涛说，"这么大的事情，你隐隐盖盖的，也不早点跟我讲清楚，现在怀孕了才说。那个李秀丽，你最近带来给我看看，到底什么样子。"

江远涛说："我原先也不知道。妈妈您看不看也就这样了，我和李秀丽的命运都很特殊，也算是苦命出身，能走到一起不容易。您和大伯的恩怨，跟我们没有关系，再说都是过去的事了，您就不要计较那么多行吗？您看在胎儿的分儿上，一切从头开始，不好吗？"

李秀丽第二次去医院检查，进一步确定是双胞胎，状况很正常。她问医生，能不能看出性别？医生说这个不要问，我们看出来也不能讲。李秀丽托人打探情况，还送了两样小礼品，医生还是缄口如瓶。再三央求下，医生反问道："你家里有几套房子？"

"这个意思，可能两个都是男孩。"江远涛说，"以后做产前检查，你就到我们自家的医院，不用乱跑了。我妈基本上同意了，近日带你去见她。"

周六上午，江远涛领着李秀丽进了医院大门。当两人在大厅、走廊和楼梯口出现时，几乎所有人，都投过来惊艳的目光。什么叫郎才女貌，什么叫才子佳人，什么叫堪称绝配，眼见为实。尽管李秀丽化的淡妆，戴着口罩，穿得素雅，可她那娉婷的身材、含笑的眼神和高贵的气质，令人倾慕，让人折服。

在几个女护士的簇拥下，李秀丽走进房间，亭亭玉立地站在江自妍面前，亲切地叫了声"阿姨"，然后把两大盒礼品递给江自妍，说："阿姨，我给您买的，祝您早日康复。早就想来看您，一直忙，您别介意！"

"哎呀，姑娘这么客气，还带礼品来呀。坐吧。喝点水。口罩可以取下来了。"江自妍把礼品放到床边，从床头柜拿出一包口罩，取出一个递给李秀丽，关心道："待会儿换个口罩，这个质量很好的。"

李秀丽接过口罩，拆开包装，试戴后莞尔一笑。

江自妍目不转睛地望着李秀丽，突然哈哈地笑了，夸赞道："这个好，比那个好多了。"

江远涛说："妈，您今天可算是见到真人了，见面的红包别忘啦。"

江自妍笑笑说："不会忘，都准备好了。我人老了，记性还没老，红包哪能忘呢！"

李秀丽往江自妍的杯子里加了热水，把她床上的床单理了理、叠了叠，枕头摆正；又把地上的鞋子放好，桌子上的报纸收到一起，问道："阿姨，您还看报纸呢？看来您的眼神蛮好的。感觉怎么样，快康复了吧？"

江自妍欣慰地说："总的感觉一天比一天好，哎呀，算是熬过来了。能活多少年，不好说，反正多活一年，就要给你们多添一年麻烦。"

李秀丽说："阿姨您不要担心，康复以后，日子还长哩。家有一老，如有一宝，我和江远涛不嫌麻烦，肯定孝敬您，然后您有什么需要，只管说出来。"

江远涛问："妈，您看日子怎么定？婚礼放在哪里合适？邀请哪些人？"

江自妍说："就小范围吧，现在还不宜大操大办。婚期和酒店你们俩商量着定，我没有意见。邀请嘉宾，你和秀丽排一排，我这边也来想一想。"

李秀丽经过第三次产前检查，已确定是一对男性胎儿。她对江远涛说，生下来，一个跟你姓，一个跟我姓，这也是我那多情的父亲的唯一要求。江远涛说，我同意，就怕我妈不同意。李秀丽说，她应该会同意吧，如果她不同意，你做思想工作。

经过努力，冯于强终于找来了一位作家。在公司会议室，三人交流了一个下午。首先定义这本书，为长篇纪实小说，通过项目招投标的全过程，讲述大半个世纪，三代人的精彩往事，重点是新老企业家的创业史、情感经历和精神走向。书中的人物、地名均为化名。时间从2019年9月写起，采用倒叙、插叙和补叙，贯穿多个事件的发展。按照20万字谋篇布局，严控篇幅，绝不啰唆。

冯于强对作家说，建筑工程和房地产开发的专业性很强，涉及招投标和项目管理等多方面的知识，有我和朱长贵两个高级工程师，写出来就不会离谱。我们专家与作家共同努力，打造鸿篇巨制。书中关联到的人物，我和朱长贵都比较清楚，如果需要翔实的资料，可以随时查阅，也可以直接访问；唯独张大少和宋文玲，只能凭印象了，或者调阅他们生前的各种记录。

作家说，张和宋这两个人，我听下来觉得挺感人的。但是，我们可以不把他们写死了，否则过于悲壮，虽然是发生的事实，读者看了不一定能接受。

冯于强说，是啊，情理上是这样。我们都不愿看到他们离开这个世界，特别是宋文玲，她真是一个很善良很优秀的女青年。但是李光田的要求，必须如实反映。如果从悲剧发生的起因来看，宋文玲的父母有一定责任。从她母亲的哭诉中得知，后来是她父亲利用职权，干预了那次安全监管，还故意把突击检查的消息传给宋文玲，间接导致了工地"带病"施工，造成两死四伤的惨剧。从这一点来分析，宋文玲的死，与她父母徇私舞弊有关，害人害己。事故是一种惩戒，也是对执法部门的一种警示。

朱长贵奚落道：要说责任，您冯总也有责任，您为了投标，让宋文玲冲到一线去，其实您也知道那里的风险。所以说，把项目招投标作为这部小说的一条主线，是能够反映很多问题的。人生就像工程招投标，跟所处的环境，有太多的关系。

冯于强承认自己有责任，他说后来生病，并不全是累的，也因为内心受到了折磨。他也承认作为企业高管，内心深处还存在着灰暗的一面，也许这就是人性，需要开化和修为。虽然宋文玲早早地走了，但我们可以让她的无数个"相当于"，长留于人世。

为了进一步了解出书动机，作家想打电话与李光田交流一下。冯于强说，不要打电话，您和朱长贵最近去一趟，当面问他，不是还有很多细节需要了解吗？去了，就能全部解决。

投标专家与文学作家的"两家"合作，使一部长篇小说拉开了序幕。最让"两家"欣喜的是，不仅李光田全力支持，而且江自妍也乐于配合，这样一来，写作是无障碍的，两代企业家的传奇故事，必将全景展示，一览无余。

江自妍出院的消息，让许多人振奋不已。建筑公司的员工们，一年多没见到董事长了，都翘首以盼，想一睹她的风采。据说江自妍见了李秀丽以后，非常满意，尤其是确定她还怀着一对健康的男宝宝，更加开心，似乎百病全消。她整天笑呵呵的，把两个孙子的小衣服都买好了，还四处跟老年人打听带孙子的方法。当江远涛说起李光田的唯一要求时，她二话没讲，当场表示同意。

　　2020年6月26日，被有幸称为作家的我，跟随朱长贵去找李光田，进行专访。

　　那日的航班，因天气原因一延再延。坐在飞机上，居然还等了四十分钟，一直到下午四点才起飞。望着窗外电闪雷鸣，真有一种奔赴死亡的担忧。

　　下了飞机，我们400元包了一辆出租车，在风雨交加中驶入高速公路，又驶入省级公路，拐了两个大弯，车子进入山区道路，最后在一处集镇的一家饭店门口停了下来。外面滂沱大雨倾注而下，我和朱长贵一时无法下车。无法下车不是怕淋雨，而是因为地上积水很深，车子置身于湍急的溪流中，仿佛要漂起来。

　　"你看，站在门口的，好像就是李董。"朱长贵说，"他在等。我们下车吧，湿了就湿了。"

　　下车后的十几步路，两个人的鞋子完全湿透了，来不及撑伞，衣服湿了一大半。望着马路上滔滔汩汩的水流，我说为什么不多建一些下水道呢。不过转念一想，这么大的暴风雨，即使增加100条下水道，短时间也来不及排放。

　　李光田接过我们的雨伞，将我们迎进门。小饭

店的老板，给我们找了两双拖鞋换上，然后请我们
到包间里坐下来，又递给两条干毛巾，让我们擦拭
头上、脸上和手上的雨水。李光田让我们点菜，我
和朱长贵不约而同地说，李董您点吧，吃什么都行。
李光田坚持要我俩点菜，他说眼镜没戴，他负责买
单。朱长贵点了五个菜，还点了三小瓶100毫升装
的白酒，他说要喝点白酒，祛祛寒气。

把菜单交给饭店老板，朱长贵进一步介绍了我。
三人相互打量，很快就有了一见如故的感觉。此时
看上去，李光田的身上有两种气质，一种是久经沙
场的老板气质，一种是超凡脱俗的儒家气质。前者
是因为他体形高大、宽额浓眉、厚实的嘴唇和淡定
的表情；后者则是因为他那宽松的无领罗汉衫、手
腕上的佛珠、圆口布鞋及慈善的神色。

用餐的时候才知道，李光田不但戒酒了，而且
只吃素。朱长贵说，再加两道蔬菜吧？他拦住道，
不用不用，本来晚上就吃得少。场面变成了我和朱
长贵在大吃大喝，李光田在文质彬彬地坐着，他不
时也问问省城的房屋销售行情和建筑公司经营情况。

喝过酒，吃过饭，我感觉恢复了体能，身上的
衣服也被风干了。这时候，外面的雨势明显小了，
但风还在呼呼地刮，一阵凉风从门缝里钻进来，把
桌子上的餐巾纸吹落在地上。我们喝着店老板泡的

山上野茶，神清气爽地聊到十点多。朱长贵说，这茶好喝，请店老板给我们带一点，到宾馆去喝。

但李光田订的不是宾馆，而是隔壁的民宿，是非常简朴的民宿。刚进门时，我的第一个感觉，就是这里会不会漏雨，会不会有蚊虫，会不会有老鼠，甚至会不会有蛇出现。李光田似乎看出了我的顾虑，解释说："我不是为了省钱。这地方不是旅游区，没什么像样的宾馆，凑合一晚吧，也照顾一下我认识的困难户。"

点了两盘蚊香，烧了一壶水，泡了三杯茶，我们坐在藤椅上，围着一张木制的小方桌，抽烟、喝茶、聊天。虽然听得见外面绵绵不断的风雨声，我的内心却变得异常地宁静，仿佛来到了一个遥远而又空灵的世界。

李光田从他的出生，一直讲到现在。他平和的声音、坦诚的姿态和饱含真挚的情感，令人感同身受。他说这些年，做了很多大事、很多好事，帮助了很多人，但也做了不少龌龊事、亏心事。最对不起的人，是孙红军一家，特别是孙春英母女俩。

我问李光田，当年，你父辈手上有1万多亩土地，后来，你开发的土地也有1万多亩，你觉得这两者之间有没有关系？意味着什么？

李光田说："父亲是旧社会的地主，我好比是新社会的地主，概念不一样，性质都是贪财，都是想剥削劳苦大众。哥哥出事以后，我就在想，他不是地主，可他是财主，爱财如命没有错，问题是，他取财的手段不对头。在我们的骨子里，可能有一种掠夺和霸占钱财的基因。但是，我大姐不一样。"

我说："李总，您能把企业做到这么大，曾经销售几百个亿，这是很厉害的！除了能力和资本，您觉得主要原因是什么？"

"能力和资本都不重要，"李光田说，"主要是时代给了我发展的机遇。如果没有政策的加持，我能力再大，资本再多，没有用。况且，我早前并没有资本，都是一点一点滚起来的。江自妍在我生命中出现，很重要，加上她父亲是老中医，据说救了很多人，我们发财，可能也有他的福报。"

朱长贵问："我请教李董，去年您要去看望我们董事长江自妍，被她拒绝了，您是怎么想的？"

李光田说："当时有点来气，但我想想不能气她，应该气我自己，以前我伤她太深了。原本想去看看她，道个歉，认个错，可是她不领我这个情，那就算了。她这个人，以前的境界比我高，现在她不如我了，她记仇，没肚量，还没觉悟过来，还在被名利所束缚。不过你们写书的时候，要多写写她的优点，我是无所谓的。"

我问李光田："您出书的真正目的是什么?"

李光田说:"谈不上什么目的。不图名,不图利,是我忏悔和修行的一种方式吧!也许我的德行不配做一个企业家,企业家是社会精英人士,在很大程度上影响着社会的发展。相比来看,我比较差劲,不像江自妍,更不像江远涛和李秀丽这一代年轻人,他们的正能量比我大。我想通过这本书,至少也能给一些朋友一点点启示吧。"

朱长贵笑着说:"李董太谦虚了。对于我们来讲,您说的出书目的只是冰山一角,更大的意义是在水面以下。刚才讲到江远涛和李秀丽,李董您应该高兴呀,快要双喜临门了,这是您修行来的福气啊!"

"哪是我修来的福气。哈哈哈。"李光田冷笑了几声,叹息道:"天雨虽大,不润无根之草,佛法虽广,不度无缘之人。他们是缘分也是因果,关键在于自己,不然的话,即便外界帮助再大,也等于零。"

朱长贵又问:"您修行了佛家,又修行了道家,以后还准备修行什么?"

李光田说:"你以为修行就是吃斋念佛、参禅打坐、诵经拜佛吗?实际上,修行不一定非要与佛家、道家联系起来。修行就是修养德行,修正心念的偏差,让思维、心智和行为,达到更广更高的境界。我学佛家和道家,其实是在了解和比较。最近我又悟了两点，商道要服从人道，人道要服从天道，千万不能忽视自然法则；各大宗教和科学，都倡导感恩和慈悲，未来只有感恩和慈悲，才是救人甚至救人类的唯一方式。"

这时候，李光田无意中提起了张大少，他说曾经和几个大师交流过，关于张大少的死有三种说法：一是他自己的因果，也是对李光田的报应；二是他聪明过人，泄露了天机，不能长久；三是张大少属于奇才，壮志凌云，他要提前转世，去完成更大的功业。

我感觉气氛变得有些低落，连忙转移话题："李总，现在您对自己开发的项目销售不佳，怎么看？事业上，您还有什么新的理想？"

李光田说："以前我忽视了自然法则，拼命地买地建房子，没想到节制，超过市场承受能力了。现在看来，或许是对我势利投资、贪得无厌的一种惩罚。事业方面，我都交给年轻人了，解决了代际传承、新老更替的大问题。人老了，该退则退，但事业要是传不下去，很麻烦。要说理想，没什么，无非是平安健康，积善求福。"

聊到高兴时，李光田说："我和李秀丽把其中一个小孩的名字都起好了，叫'乔传易'。对，不跟她妈姓，也不跟我姓，随我父亲姓乔。'传'是我家辈分'家志传千秋'中的第三个字，'易'是变化和改变的意思。最近我在看《周易》，我想他的名字正好跟古典名著有点儿联系。"

也许是喝茶提神，也许是交谈兴奋，不知不觉地，三个人一直聊到次日凌晨4点。睡在竹条编织的硬床上，我感到四肢疲惫，大脑却很亢奋。虽然一直把录音笔放在桌子上，可我总是担心机器是否都在正常工作，生怕漏了什么。而连夜的长谈中，所听到的人和事，超出了我的想象，许多情节像山洪似的，在滚滚流淌，波澜起伏。

第二天下午返程，江远涛亲自开车到机场接我们。

在回城的路上，江远涛首先询问李光田的头发是否还在，他担心与李秀丽举行结婚典礼时，他光着头到现场，不一定好看。

朱长贵笑道："在呢，没剃光。他给你的孩子起了一个名字，叫乔传易，你觉得怎么样？"

江远涛笑着说："随他呢！我的孩子，他的后代，他爱怎么叫都行。前几天，我妈也给孩子起了一个名字，叫江德宽。"

我问江远涛，此名有何来意呢？他说不一样，他们家的字辈谱是一句座右铭："德行天地间，品高道自远。"江是姓，德是两个轮回后的开始。

2025年3月